麦家／主编
麦家陪你读书／编

麦家
陪你读书

写给世间所有的迷茫

SPM 南方传媒 | 花城出版社
中国·广州

图书在版编目（CIP）数据

写给世间所有的迷茫 / 麦家陪你读书编. -- 广州 : 花城出版社，2023.1
（麦家陪你读书 / 麦家主编）
ISBN 978-7-5360-9753-7

Ⅰ. ①写… Ⅱ. ①麦… Ⅲ. ①中国文学－文学评论－文集 Ⅳ. ①I206-53

中国版本图书馆CIP数据核字(2022)第189291号

出 版 人：张　懿
特约策划：萧宿荣
责任编辑：林　菁　杨柳青
技术编辑：凌春梅
封面设计：艾　藤
封面摄影：Elijah Hail　Jennifer Latuperisa
内文版式：童天真

书　　名　写给世间所有的迷茫
XIEGEI SHIJIAN SUOYOU DE MIMANG
出版发行　花城出版社
（广州市环市东路水荫路 11 号）
经　　销　全国新华书店
印　　刷　深圳市福圣印刷有限公司
（深圳市龙华区龙华街道龙苑大道联华工业区）
开　　本　880 毫米 ×1230 毫米　32 开
印　　张　13　1 插页
字　　数　238，000 字
版　　次　2023 年 1 月第 1 版　2023 年 1 月第 1 次印刷
定　　价　69.80 元

购书热线：020-37604658　37602954
花城出版社网站：http：//www.fcph.com.cn

读书就是回家

——书家

目录 CONTENTS

《地下室手记》

打开思想的钥匙

[俄] 陀思妥耶夫斯基

人就是始终处在矛盾当中，一方面想要出类拔萃，一方面又要归于平常

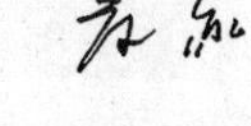

文学巨人的扛鼎之作

不看它，则无法推开陀思妥耶夫斯基

文学世界的大门

生活中都受过种种委屈

《地下室手记》帮你说出心里话

Day 1《地下室手记》

生活需要廉价的幸福，还是崇高的痛苦

每个现代人心底潜藏着无可慰藉的苦闷和自己都难以察觉的疯狂

“我是个病人……我是个凶狠的人。我是个不招人喜欢的人。”

陀思妥耶夫斯基的《地下室手记》的开篇如横空出世，惊雷般炸响在读者面前，让人对这部小说带着一种无法言说的期待与隐隐的敬畏。这是一个在文学史中彪炳史册的伟大作家所写的一部登峰造极的小说。它在阴沉忧郁的格调中对个体精神进行解剖，在癫狂与冷静的激烈交锋中写尽了每个现代人心底潜藏的无可慰藉的苦闷和或许自己都难以察觉的疯狂。

19世纪中后期对俄国而言，是一个既动荡又活跃、既开放又混乱的时代。沙皇亚历山大二世上台后，进行了多方面的改革，包括下诏废除农奴制、推动君主制向君主立宪制转变、实行地方自治和司法改革等，其涉及范围之广、影响之深远，使得亚历山大二世成为俄国历史上与彼得大帝、叶卡捷琳娜二世齐名的沙皇。

在这一时期，俄国加速向现代化国家转变，西方国家的各种思潮也纷纷涌入，对俄国产生了巨大影响。社会急剧变化使得传统的社会结构及价值观濒临瓦解，而新的秩序和社会风尚又尚未确立。此时，社会亟须建立新的规范和准则，需要新的信仰和对生活的解释，因此理性与自我意志是否可信、真理与自由选择是否存在，又重新成了人们探讨的话题。

《地下室手记》就是在这样的时代背景下完成的。它被认为是陀思妥耶夫斯基五部长篇小说，即《罪与罚》《白痴》《群魔》《少年》《卡拉马佐夫兄弟》的总序，是陀思妥耶夫斯基创作生涯的一个重要转折点。而《地下室手记》中无名的主人公（因此我们只能称他为“地下室人”）则是陀思妥耶夫斯基小说人物的典型代表，他蜗居在地下室，过多地思虑而不付诸行动，这使得他自卑却又无法改变，因而陷入极端的痛苦与矛盾之中。借此，陀思妥耶夫斯基探讨了生活的真谛、身份的认同和自我的矛盾。

既在怀疑，又在行动；既渴望证明自身，又对自己感到深深的厌恶和唾弃

陀思妥耶夫斯基，与托尔斯泰和屠格涅夫并称为“俄国文学三巨头”。与其他无数知名作家一样，陀思妥耶夫斯基一生坎坷。他从小患有癫痫，终其一生都遭受病痛的折磨。他16岁丧母，18岁丧父，28岁因为参与反对农奴制和反沙皇活动而被判处死刑，在临刑前一刻改判为流放西伯利亚。在寒冷严酷、贫瘠荒凉的西伯利亚，他的思想发生了巨大的变化。

陀思妥耶夫斯基可以说是俄国，乃至世界文学史上最为矛盾的作家之一。他一方面对教会深恶痛绝，另一方面又是基督教的狂热信徒。他只接受《福音书》中的思想和教诲，因此他曾受到天主教人士的强烈抨击。他在写作时常常文思泉涌，但很快又对写下的文字感到不满，因而产生新的写作计划，将已经写好的文稿全部推倒重来。陀思妥耶夫斯基曾尝试从伦理学、社会学、政治学、心理学以及文艺理论等角度来阐明自己混乱而矛盾的思想，但均以失败告终。最终，他找到了小说这个形式，将自己的矛盾投射到小说人物身上，使这些人物也具有了与他一样自相矛盾、前后不一的特点。他们既想成就，又想毁灭；既在怀疑，又在行动；既

渴望证明自身，又对自己感到深深的厌恶和唾弃。他笔下的人物虽然矛盾重重，但有一种巧妙的统一，令人拍案叫绝，而当他在书信中说到自己时，却混乱不堪，他自己也承认，“我不善于写信，更不善于写我自己，恰如其分地写我自己”。

法国19世纪最著名的现代派诗人、象征派诗歌先驱波德莱尔在《私人日记》中有这样一句名言：“任何人在任何时候都同时具有两种祈求：一种向往上帝，另一种向往撒旦。”这很好地解释了陀思妥耶夫斯基笔下人物的矛盾性以及这种矛盾人物具有吸引力的原因。尼采曾说：“唯有陀思妥耶夫斯基才使我学到一点心理学。”陀思妥耶夫斯基对于人的内心隐秘的角落，尤其是阴暗与肮脏之处的挖掘，甚至可以与弗洛伊德相媲美——只不过他不善于将自己的思想理论化，而总是将它们形象地倾注到各类人物角色身上。

一个人究竟能在多深刻的程度上认识自己？又能在多大的程度上接纳自己？或许《地下室手记》给了我们一个悲观的答案：即使我们能够深刻地认识到自己的优势和不足，能够洞察周围环境与时代的弊端，并且相信永恒真理的存在及其正确性，我们依旧无法真正地接纳自己，而只能在与假想中的听众反复论辩中说服自己。我所坚信的是确凿不移的事实。

内心的渴求与社会的期望构成了两种撕裂的力量，当一个人无法与其中任何一种力量对抗时，悲剧便拉开了序幕。而当他连自身的悲剧都不愿承认时，就只能龟缩在自己的地下室里，如同蜗牛蜗居在自己的壳里，终其一生都无法从中走出，将美好与丑恶一并拒之门外，从而渐渐地使他远离社会，走向彻底毁灭的癫狂。

黑塞说："我们之所以必须阅读陀思妥耶夫斯基，只是在我们遭受痛苦不幸，而我们承受痛苦的能力又趋于极限之时，只是在我们感到整个生活犹如一个火烧火燎、疼痛难忍的伤口之时，只是在我们充满绝望、经历无可慰藉的死亡之时；当我们孤独苦闷，麻木不仁地面对生活时，当我们不再能理解生活那疯狂而美丽的残酷，并对生活一无所求时，我们就会敞开心扉去聆听这位惊世骇俗、才华横溢的诗人的音乐。"

Day 2 《地下室手记》

我对正常人羡慕极了，可不愿做他们那样的人

我看不起他们，却又羡慕他们

我从小便是一个孤儿。在我小时候，我依靠几个远房亲戚抚养。当然他们对我并不算好，在他们眼里，我就是一个废物。因此我很小便能够沉默地观察周围的一切，并做出相应的思考与判断。在将我送入中学之后，我的记忆里几乎不再有这些亲戚的身影。

那所中学对我而言，是可怕的、苦役般的岁月的象征。同学们满怀恶意，残酷无情地嘲笑我，因为我拒绝与他们合群。很快我开始离群索居，顾影自怜，战战兢兢又饱受屈辱，但同时却维持着一种异乎寻常的高傲，刻意地将自己与周围的环境剥离开来。

但我不得不承认，我看不起他们，却又羡慕他们。渐渐地，我发现同学们崇拜成功，以功利主义的目光衡量周围的一切，而对于那些真正振聋发聩、激动人心的事物毫不关心。在16岁的年纪，他们就开始尊崇官衔，大谈肥缺，并故意装出放荡不羁与肆意妄为的样子。当然我做出这种判断并非出于我自命清高，而是因为我已经开始阅读他们视为畏途的书籍。正因如此，我的成绩名列前茅，老师们都对我青眼相看。同学们虽然不再嘲笑我，但是敌意仍然存在，从某种程度而言甚至更浓了。

然而，少年人总是需要友谊的；显然这样的人际关系无法满足我与人交往的需求，我开始试着接近周围的人，但每次都以失败告终。我也曾有过一个朋友，但我想要控制他的一切，要求他与我一样和周围的人一刀两断。我的朋友也是一个软弱的人，他对我唯命是从。但是很快我开始厌恶这样的关系，厌恶他的唯唯诺诺，并开始疏远他，仿佛在这段友谊中我只是为了征服他。然而我无法征服所有人，这正是我的失败之处。

我毕业之后做的第一件事，就是放弃了分配给我的职务，以此和过去的一切彻底斩断联系，将这受诅咒的过去彻底尘封在岁月深处。然而在我工作之后，我的生活并没有发生什么实质性的变化。我依旧郁郁寡欢，形单影只，甚至避免和任何人交谈。自然而然，办公室里的同事将我当作怪人，并且用一种厌恶的目光打量着我。同样，我也厌恶办公室里的所有同事。我每天做出一副高贵的表情，以此来掩盖自己长相的不足，并且将自己与周围的同事区分开来。有时我甚至对上班办公都深恶痛绝，以致达到如此地步——许多次我下班回家，竟像大病了一场。

但与此同时，我的内心又有一股截然相反的力量，那是对社交的需求。我想要和他们畅所欲言，甚至恨不得和他们相互视为知己。唯有一次我成功做到了，我对他们进行登门拜访，和他们一起打牌，喝酒，谈论职务升迁……但没多久，我就和他们吵翻了，又回归了孤身一人的境地。因此我只好借助读书，借助外来的感觉来抑制内心不断积累的愤懑。诚然，阅读能够使人心潮起伏，心花怒放，但同时它也会使人感到思绪纷乱，痛苦不堪。最终到达临界值后，会让人感觉疲惫不堪，乏味至极。

这时我毕竟才24岁，我需要一种活动来发泄自己无处可去的激情。我选择了放纵荒淫，我的情欲随着压抑的感情的喷发而炽烈，随着深重的苦闷的日益积累而变得歇斯底里。我“突然陷入阴郁的、地下的、卑劣的状况之中——并非放荡，而是堕落”。但我的羞耻之心使我深感自己的丑恶，因此我去嫖娼时总是独自一人，偷偷摸摸，乘着夜色在最为隐蔽的场所出入。我惶恐不安，生怕一不小心被熟人看到并认出来。

请你们原谅玄谈说理、高谈阔论，这是因为我在地下室生活了40年

从“地下室人”的童年开始，他就在慢慢构筑自己心中的“地下室”，直到40岁。当他沉默无言地观察亲戚的脸色和态度，当他被同学嘲笑并离群索居，一个与世隔绝的地下室在他心里逐渐形成。然而人毕竟是一种社会动物，长时间地脱离社会必然会带来社会功能的退化，渐渐远离正常的人际关系，从而难以进行正常的表达和交流，渐渐地形成一种恶性循环。“地下室人”对中学时期朋友的变态控制欲正是来源于此。而这种共情与表达能力的退化，在他日后的生活中将会越发明显地显现出来。

“地下室人”试图通过阅读解决矛盾。但是随着阅读的广泛和深入，他发现自己的思想与周围人越发背道而驰。“我国浪漫主义者的特性是：……总是盯着有利的、实际的目标（比如某些公家住宅、退休金、星形勋章）——透过热情洋溢和一本本抒情诗集来盯住这一目标，与此同时又至死不渝地胸怀‘美与崇高’。”

诚然，在任何时代，理性与实用主义必然都是占主流的价值观，因为对于绝大多数人而言，生活不过就是既然已经“生”，就要想办法“活”。对于庸庸碌碌的凡人而言，顺

从生活的安排是一种本能。于是“地下室人”的矛盾于此展露无遗：他既厌恶办公室里的同事，又不得不和他们朝夕相处；他既鄙弃实用主义和他的工作，又不得不为了薪资而日复一日地坐在办公室里。

“地下室人”正面临这样的困境：他纵然可以从书中寻求庇护和慰藉，但他无法与书本进行真正意义上的“交流”，因而最终脱离了正常的人际交往，满腔的苦闷压抑无法找到发泄的渠道。因此他只能在“地下室”中寻找自己的假想敌：

“先生们，请你们原谅玄谈说理、高谈阔论，这是因为我在地下室生活了40年！”

“归根结底，先生们：……地下室万岁！我虽然也说过，我对正常人羡慕极了，然而，当我看见他们那种生活状况，我可不愿做他们那样的人了。”

Day 3《地下室手记》

过度的自我意识
是一种病

我只是走进去，然后退出来

“我”从小与周围的环境格格不入，形成了孤僻的性格。但与此同时，“我”又期望能融入周围的环境，获得身边人的友情。为此我不得不迎合他们的兴趣和观点，但毫无疑问，这样的友情并不能够长久，“我”依旧孤独并且苦闷。一个“地下室”渐渐在我心中成形。

有一次，我在夜间路过一家小饭馆，透过窗户看见一群人在台球桌边打架，其中一个人还被人从窗户里推了出来。这时，我对这位被推出来的先生突然产生了一种无法言说的羡慕，以至于我忍不住也走进这家饭馆，想要和他们一起打架，让他们也把我从窗户里推出去。但事实上，我走进饭馆里，既没有勇气去参与打斗，更没有被人从窗户里推出去。我只是走进去，然后退出来。然而在我转身的时候，有一个军官挡住了我——或者说我挡住了他。他抓住我的双肩，把我从原来站的地方挪到了另一个地方，而他自己却旁若无人地走了过去。这个举动使我气不打一处来。我甚至可以原谅他为此将我打一顿，也无法原谅他对我的熟视无睹。我想我应该挑起一场真正的、正式的争吵，以此表明自己的立场，但我看着这个身高两俄尺十俄寸（大概1米86）的军官，最终心怀愤恨地溜之大吉。当然，我害怕的并非他的身高，而是在那个场合下，一旦我提出抗议并开始和他们理论，在场的所有人，从那个恬不知耻的台球计分员一直到那个臭气熏人、脸上长满粉刺、在这里阿谀献媚的最低级小官吏，都会嘲笑我。

后来我常常在街上遇见这位军官，他似乎并没有认出我，但我却怀恨在心，每次见到他都怒火中烧，一直持续了好多年，甚至我的恨意一年比一年更为强烈，越积越深。我开始悄悄打听这个军官的情况，并偷偷尾随他。有一次刚好有人在街上叫了一声他的姓氏，于是我知道了他姓什么；另一次，我跟踪他一直到他的住所，从看门人那里打听到了他住在哪里等一切能从看门人那里打听到的信息。还有一次，我心血来潮，打算以揭露的方式、漫画的手法和小说的形式来描写一下这个军官。我肆意揭露，甚至不惜造谣中伤，并为此得意非凡。写好后我将稿子寄给了《祖国纪事》。但是那时还不流行揭露性的文章，因此我的文稿未能发表，这使我非常愤怒。最终，我下定决心向我的对手提出决斗。于是我给他写了一封信，并尽我所能地使它措辞优美。在信中我恳请他向我道歉，并且强硬地暗示如果他拒绝，我将和他决斗。尽管这时距离他侮辱我已经过去了两年时间。但是，感谢上帝，我最终没有将这封信寄出，从而免去了许多麻烦。

最终，我用最出其不意的方式复了仇。在节假日，我常去涅瓦大街散步，在这里我最经常碰见这位军官。在如潮的人群中我不得不卑躬屈膝地向将军们、军官们、太太们让路，并发现他也要向比他更有地位的人让路，尽管在面对我这样的小市民时他可以目中无人地横冲直撞。这让我产生了一个天才的想法：如果我和他劈面相逢却又故意不给他让路，会发生什么呢？这个想法渐渐控制了我，使我坐卧不宁。“撞他一下，但又不要撞得太厉害，而只是肩膀碰着肩膀，刚好控制在合乎礼貌的范围之内；这样，他撞我多重，我也就撞他多重。”

为了实施这一计划，我花了相当多的时间进行准备：为了使我与他在旁观者心中处于平等的地位，我预支了一笔薪水，买了一双高雅的黑手套和一顶相当体面的帽子，还提前准备好了一件缀着白色骨制纽扣的考究衬衫。然而我的外套显得过于寒酸，我至少得把它的领子换成军官们身上的那种假獭绒的。我卖掉了原先浣熊皮的领子，并且向我的科长借了一笔钱，才买到那块领子。当所有行头都准备好后，我便着手实施我的计划。但是——我们怎样都无法相撞！每当我下定决心，要迎头撞上他的时候，下一秒，我又闪身让开了路，而他径自走了过去，根本没有注意到我。有一次我总算横下心来，但结果却是我倒在了他的脚边，而他神色不惊地从我身上跨了过去。最终，我扎扎实实地撞了他一下。我分毫不让，以完全平等的身份扬长走过。回到家里，我欣喜若狂，深感大仇已报。

生活过于苍白，使人对无足轻重的小事耿耿于怀

“地下室人”一直是一个孤僻的、远离社会的形象，但同样，内心深处又有一种对于合群的渴望，希望能够通过他人的行为来证明自己在社会中的地位，从而确认自己的身份。但与此同时，他又不敢真正参与到打架之中，因为即便是打架，也是一种社交活动，长期的自我封闭使他对任何形式的交流都感到胆怯。他对挡路军官的态度更清楚地说明了这一点。

正是因为交流的贫乏使他过度地解读他人对他的态度，而长期以来刻意维持的自尊与高傲使他无比敏感地抓住来自外界的任何轻视，并将它无限放大。对于“地下室人”而

言，生活的过于苍白使他对这样无足轻重的小事耿耿于怀。过于贫乏的社交使他不得不通过一次次的“碰撞”来找到自己的定位，挖空心思地想要证明自己与军官有着平等的地位。当“地下室人”越是极力证明自己的自尊、在他人眼中的地位，实际这正是他最缺乏自信的地方。他竭力摆出看不起周围人的样子，但实际上他想的是：“（那位军官）跑到我跟前来，搂住我的脖子，主动献出自己的友谊……我们会握手言欢！视为知己……”正如“地下室人”所说的那样，“过度的自我意识是一种病”。这一类人由于思维高度发达而容易精神紧张，由于善于思辨和推理而怀疑一切，由于自卑而自负，由于自负而自卑。

Day 4 《地下室手记》

你曾经因为自己的身份焦虑过吗

他们无视了我，就像忽略一只最平淡无奇的苍蝇一样

在“我”完成对军官的报复之后三个多月的时间里，我完全蜷缩在自己的角落，幻想自己有一天会成为英雄，会具有那些大人物的“美与崇高”。我在这种幻想中体会到一种无与伦比的爱，但同时也无比清醒地知道自己俗不可耐而又厚颜无耻。物极必反，在这一时期之后我开始产生了一种不可遏制的融入社会，甚至是拥抱全人类的需求。

融入社会，对我来说就是去科长安东·安东内奇·谢托奇金家做客。这是我整个人生中唯一一位一直交往的熟人。不过，要去安东内奇家必须要在星期二，这是他规定的接待

访客的日子。除了我之外，安东内奇家仅有的客人是我们部门或者其他部门的一两位官员。

我还有另一个熟人，我中学时代的同学西蒙诺夫。我们曾有过一段亲密无间的友谊，但结束得很快，不过不管怎么说，我还是会时常去看他。于是这一天，当我忍受不了孤独的时候，我推开西蒙诺夫的家门。在西蒙诺夫家里，我还遇见了另外两位中学同学，特鲁多柳博夫和费尔菲奇金。但很显然，他们同样无视了我，就像忽略一只最平淡无奇的苍蝇。他们在讨论第二天一起为一位将要到外省去当军官的同学兹维尔科夫饯行。最终西蒙诺夫三人决定每人出七卢布，请兹维尔科夫吃一顿饭。然而这时我出其不意地跳了出来，表示自己也希望参与这个饭局——尽管他们我一个都看不上眼，都是些厚颜无耻、粗鲁不堪的家伙。然而我还是这样做了，并且认为自己做得十分漂亮，这样他们必将对我另眼相看。大家确实对我的行为感到十分惊讶，也很不解，因为他们都知道我向来不愿意参与社交活动，尤其不喜欢兹维尔科夫，并且也不像是能拿出这笔饭钱的样子。同样，他们也不希望我参与这样小圈子的聚会。但是我的坚持使在场所有人都十分尴尬，因而不得不勉强答应了我的要求，最终不欢而散。

但事情一经敲定我就后悔了。我几乎是仓皇地从西蒙诺夫家里逃出来的，在街上咬牙切齿地诅咒自己。这个饭局让我神思恍惚，我想逃离，却发现根本逃不开。我不可能不去，我不可能承认自己心中的胆怯。我越是害怕，就越是要证明给他们看，我根本不是胆小鬼。这天我一如既往地出门上班，只不过提前两个小时溜回了家。我又擦了一遍我的靴子，却发现自己并没有体面的衣服可穿。我似乎已经可以想象兹维尔科夫将会怎样盛气凌人、冷若冰霜地迎接我，特鲁多柳博夫将会怎样轻蔑地望着我，费尔菲奇金将会怎样嘲笑我以讨好兹维尔科夫；而西蒙诺夫则会对这一切洞若观火，并鄙视我的爱慕虚荣、畏首畏尾。于是我幻想着自己能够以“思想的崇高和毋庸置疑的机智”战胜他们，最终使他们与我冰释前嫌，把酒言欢。然而与此同时我又清楚地知道，我真正想要的并非打垮他们、征服他们、吸引他们。

最终出门的时间到了，我坐上花最后半个卢布雇来的豪华马车前往饭店。但到了饭店之后，我发现他们没有一个人到场。这时我才知道，宴会推迟了一个小时，但是没有人通知我。一个小时后，他们一同出现在了餐厅。兹维尔科夫率先走进了包间，不慌不忙地向我走来，装腔作势地稍微弯了弯腰，并向我伸出一只手来，带着某种老成持重、几乎是将军式的彬彬有礼。这使我感到，他已经完完全全地认为超过了我。我愤懑地向他们质问为什么改了时间却不通知我，西蒙诺夫只是说他忘了，并没有丝毫歉意。于是其他人开始嘲弄起我来，直到西蒙诺夫点完菜，大家开始落座为止。

“地下室人”从一开始就找错了他想要认同的对象

人是一种社会性动物，不可避免地会产生与同伴交往的需求，并且在交往中寻求自己的社会定位，也就是每个人自己的“身份”。在解答“我是谁”这个问题的时候，我们不可避免地要通过他人来对自身进行定位：我属于哪个群体，不属于哪个群体；我认同什么样的人，不认同什么样的人。而“地下室人”在长时间的离群索居的状态中，渐渐地偏离了社会和人群，因而更迫切地希望能够找到自己的定位，使自己有一个明确的身份。这正是他每隔一段时间就会产生“拥抱全人类”的想法的根本原因。

纵观“地下室人”的生活和思想状态，一方面由于周围的人与他的追求相去甚远，另一方面由于他长期处于自我封闭、孤立无援的环境中，社交能力大大退化，因此他无法得到任何来自外界的认同。在无处可去之下，“地下室人”不得不向昔日他看不起的人靠拢，祈求他们能让他参与他们的活动。

但事实上，或许他自己已经意识到却不愿意面对的事实——这样的努力必将以失败告终。如果精神上的追求太过虚无缥缈，那么使得他与西蒙诺夫们泾渭分明的就是经济和社会地位。不管是在此前他为向军官“报仇”而不惜借钱来使自己穿戴得更加体面，还是他为了参与这次饯行宴会花光所有存款，我们都能看出他与他所不齿的人分属于不同的阶级。他从一开始就找错了他想要认同的对象。他此前种种与周边社会割裂的行为已经使他们走上了不同的人生道路，而“地下室人”却还没有意识到这种差距，抱着可笑而又可悲的自尊蝇营狗苟，将无处发泄的苦闷和多余的精力消耗在一件又一件无聊的事情上，使得自己既疲惫不堪又毫无收获。

最讽刺的是，“地下室人”是如此希望能够找回属于自己的身份，以至于他一面对同学、同事、遇到的军官、官吏们感到深恶痛绝，一面却在不知不觉地向他们靠近。他内心潜藏的对自己身份的担忧和焦虑，使得他一而再，再而三地想要证明自己的身份和地位，而现实却一次又一次给他无情的打击。

Day 5《地下室手记》

冷静与疯狂，
仅在一念之间

我不遗余力地向他们证明，没有他们我照样过得很好

“请——问——您——是在司里上班？”兹维尔科夫故意压低声音，拖长字眼，装腔作势地问我。“就在——某某厅。”我把字音拖得比他还长两倍。

“那么——给您的——条件——优厚吗？——请问——是什么——使得——您放弃原来的职务呢？”“我愿意放弃，所以我——就——放——弃——了。”

“那您的收入怎么样呢？”这个问题让我十分窘迫。但是我不得不说出了我的工资。

“太少了。”兹维尔科夫扬扬得意地说。“是啊，还不

足以到咖啡屋饭馆去吃一顿呢！”费尔菲奇金补充道。

“因此您就瘦骨嶙峋，今非昔比了……”兹维尔科夫带着十足的恶意，并用某种狗眼看人低的同情目光，打量着我和我的衣服。“够了，别再让人家难堪了。”费尔菲奇金嬉皮笑脸地说。

我终于忍不住发火了：“阁下，告诉您，我并未感到难堪。我在这里吃饭，在咖啡屋饭馆用餐，花的是自己的钱，而不是吃别人的！”于是整个宴会的氛围都被破坏了。特鲁多柳博夫指责我是来搅局的，西蒙诺夫也抱怨：“这真是愚不可及。”接下来又是兹维尔科夫炫耀的时间，他大谈那些将军、上校、宫廷侍从们是怎样唯他马首是瞻，上流社会的贵妇是怎样向他表白。于是大伙开始恭维，气氛又变得热闹起来了。而冷眼旁观的我同样也觉得他们愚不可及，我这时候就应该一走了之，让他们看到我对他们的蔑视。但是我仍旧一动不动地坐在那里。我这样绝对不是因为舍不得那七个卢布。我开始一杯接一杯地喝酒。就在西蒙诺夫给大家斟上香槟，大家一起举杯为兹维尔科夫祝福的时候，我颤巍巍地坐直身子，拿起酒杯，开口说：“中尉兹维尔科夫先生，您知道吗，我痛恨巧舌如簧和惺惺作态的人，这是第一点……第二点，我痛恨有风流韵事和风流成性之徒……”我自己也不知道我在说什么，为什么要这样说，并被自己说出的话吓得浑身冰凉。但是我依旧在继续：“第三点，我热爱诚实、真理和正直，我热爱思想，我热爱真正的友谊平等互待，而不是……哼……兹维尔科夫先生，您去勾引那些高加索的女人吧，您去打死祖国的那些敌人吧，还有……为您的健康干杯，兹维尔科夫先生！”

兹维尔科夫脸都气白了，但仍然从椅子上站起身向我鞠了一躬。这时群情激愤，他们想要扇我耳光，并将我轰出去。我也激动地提出要决斗。最后，兹维尔科夫带着其余三人挪到了一旁的小沙发上。当然，他们并没有邀请我。而我偏不如他们的愿早早离开，而是决意坐到酒阑人散，以此表示我根本没有把他们放在眼里。然而与此同时，我又是多么急不可耐地等待他们先开口跟我谈话，而我又为此摆出一副独立不羁的姿态。我听着他们谈高加索，谈什么是真正的激情，谈一掷千金的豪赌……我，在包间的另一头，在桌子和壁炉之间来回踱步。我不遗余力地向他们证明，没有他们我照样过得很好；但与此同时，我又故意踏着靴后跟，让靴子咚咚地跺着地面。然而他们根本置之不理。

在当时我就能清楚地意识到，这是我一生中最为肮脏、最为可笑、最为可怕的时刻，然而我依旧在那里来回走着。直到时钟敲响了十一下，兹维尔科夫从沙发上站起来，高声说道：“诸位，现在都到那里去吧！”“当然！当然！”其他人异口同声地说。我终于没能等来我想要的握手言欢。这使我痛苦不堪。我转向兹维尔科夫：“兹维尔科夫！我请求您原谅我，请所有人原谅，我冒犯了大家伙儿！”“我只请您让我们过去，您挡住路了！”兹维尔科夫轻蔑地回答。我看着他们吵吵闹闹地走出了包间，自己一个人饱受羞辱地站在那里。

人需要的只不过是一种独立的意愿

对于“地下室人”，这无疑是他一生中做得最出格而又最冒险的一件事，直到他40岁，在“地下室”中苟延残喘半辈子之后，仍有如此强烈的愿望将它写下来。但这也无疑是他一生中最为不堪回首的一件事，让每个读者都深深觉得可悲又可笑。

在他的身体中有两种相反的力量撕裂着他的灵魂，而这两种力量又互为因果，以至于他摆脱不了其中任何一种。他越是去挑战生活的成规，就越是了解自己；越是了解自己，就越是厌弃自己；越是厌弃自己，就越是远离人群，远离“活生生的生活”。最终他在自己纠结与畏缩的泥潭中越陷越深，直至完全被泥潭吞没。“地下室人”越是清醒地知道自己的懦弱、无能、傲慢和对友谊的渴望，越是无力从这些情绪中脱身出来，以至于被它们裹挟着做出自己也无法理解的事来。此时他对人际交往的渴求已经不能够用常理来衡量，以至于达到病态的地步。但与此同时他仍固守着他的自尊、他的骄傲，并希望以此来获得人们的尊重和友谊。从某种角度而言，他与兹维尔科夫并无不同，这同样也是时代的悲剧。在这个时代中充斥着“理性”的人们，围绕着功利的目的组织自己的生活，决定自己的交往对象和待人接物的态度。然而“地下室人”在独白中说道：“人需要的只不过是一种独立的意愿，无论这种独立要付出多大的代价，也无论这种独立会导致什么后果。”

Day 6 《地下室手记》

止步于幻想

我那时需要的是权力，需要的是游戏，需要的是得到你的眼泪、你的屈辱

看着兹维尔科夫带着费尔菲奇金等人离开包间，我急忙叫住西蒙诺夫："西蒙诺夫！借给我六个卢布！"

西蒙诺夫万分惊讶地望着我："难道您也要跟我们一起去那里？"

"对。"我回答。

"我没有钱！"他断然说道，并不屑一顾地冷笑着走出房间。

我一把抓住他的外套："我看见您有钱！您为何要拒绝我？这关系到我未来的整个计划……"

西蒙诺夫掏出钱，丢给我："拿去，既然你如此厚颜无耻！"说完他就去追赶兹维尔科夫等人了。

我在酒店门口坐上了简陋的马车，我知道他们去了哪里。"我要么彻底挽回，要么便在今夜死于非命！"我坐在马车上高喊道。既然他们不会跪下来乞求我的友谊，那么我就去扇兹维尔科夫一记耳光！哪怕和他们打一架也在所不惜！我要在他明天登上马车的关头，扑过去抓住他的一条腿，剥下他的外套，用牙齿紧紧咬住他的手，即便从此以后会被流放到西伯利亚。等到我刑满释放后，我会找到他并对他说："因为你我失去了一切，而我来找你，是为了宽恕你……"我一面幻想着，一面蛮横地叫车夫再赶快一点。然而我还是来迟了。我熟悉的客厅里一个人也没有。这时候一个身材高挑、体态匀称的姑娘走了进来，有点苍白的脸上带着一本正经的神情。这使我十分满意。

在低矮、拥挤、逼仄的房间里，我清醒过来，在与姑娘的对话中我知道了她叫丽莎，并且不知出于什么目的，我开始苦口婆心地劝她离开这个行业，像正常的女孩子一样恋爱，结婚，生子。

"我来了，又走了，也就没有我的事了。我抖掉身上的尘土，就不是原来那个我了。可拿你来说吧，从一开始就是个奴隶。你把一切，把整个意志都奉献出来了。而且，今后你想挣脱这锁链，都无能为力了：它会把你绑得越来越紧。”“难道你自己在这里就不感到恶心吗？不，看来，这真是习以为常啊！鬼知道，习惯能把人变成什么。然而，难道你当真认为你会青春永驻，会永葆花容月貌，而且人家会永远把你留在这里吗？你在这里欠了债，那就会一直欠下去，一直欠到人老珠黄，客人开始厌弃你。”我热情高涨，在临别前还将自己的住址给了丽莎，请她来做客。接下来的几日里，我一直心心念念地想着丽莎会来，甚至开始幻想：我开导她，教育她，她因此而疯狂地爱上我。

几天后，我的注意力开始转向我的仆人阿波罗。又到了给他工钱的时候，然而他从不肯开口问我要工钱，而总是用严厉甚至是鄙视的目光折磨我，让我不得不屈服。这一次我终于爆发了，拿出七个卢布对他大喊大叫：“这就是钱，你的工钱！但我就是不——给——你！除非你恭恭敬敬地向我低头认错，请求我原谅！要么你就去警察局告我侮辱你！”

就在我歇斯底里的时候，丽莎来了。我站在她面前，窘迫得不知道应该干什么。我从椅子上跳下来，在房间里跑来跑去：“权力，我那时需要的是权力，需要的是游戏，需要的是得到你的眼泪、你的屈辱、你的歇斯底里！我当时曾在你面前充足了大英雄，而在这里你却突然看到我穿着这件破烂的睡衣，穷得叮当响，鄙陋不堪。”显然，丽莎无法承受我这样的激情。即便她对我怀着无比的同情，但最终还是离开了。

爱人是一种能力，一个人只能从“活生生的生活”中去学习

小说里的主人公往往都是英雄人物，而我们在现实的生活之中也常常期盼英雄的出现。但事实上，这个世界上更多的是平凡的人，我们对英雄的渴望可以来自很多方面，或是来自对不平之事的无能为力，或是来自超越自身的需要，又或是为了满足自身隐秘的渴望。“地下室人”就属于最后一种。

他需要找到一种发泄的渠道，需要让自己重新被人重视起来，成为一个“英雄”。于是，在发泄过身体上的冲动之后，他开始对身边的妓女滔滔不绝地宣讲何为“正道”。当然他自己比谁都清楚，这么做并非为了挽回一个迷途的灵魂，而是为了显示自己的存在和力量。从某种角度而言他确实做到了。丽莎前来拜访他，就是为了告诉他她准备彻底离开那个妓院，但她却撞上了他最不堪的一面。因为受不了这样的难堪和窘迫，“地下室人”将他内心所有的不堪对着丽莎和盘托出。这时，他与她的角色调换过来了，他成了那个被欺凌、被羞辱的人，而丽莎则像是他的救赎。所有“英雄”的特质在“地下室人”身上荡然无存，悲悯、惶恐、犹豫、神经质等种种负面的性格凸显了出来；“小人物”的形

象因而在作品中浮现出来，带着每个人的影子，而又将每个人心中的阴影无以复加地展现出来，将人性的阴暗和光面、矛盾和冲突展现得无以复加。

当“英雄”的形象破碎之后，“地下室人”在丽莎面前无所遁形，因而只能重新回到他的“地下室”，去寻求他所渴望的“安宁”。爱人是一种能力，一个人只能从“活生生的生活”中去学习，待在“地下室”中的人永远也无法拥有这种能力。

Day 7《地下室手记》

无论它给人何等不幸，却仍然是最高的善

我们每个人或多或少都在这样的牢笼中而不自知

“地下室”对“地下室人”而言，不仅是一个有形的、物质上的栖身之所，更是一个无形的、精神上的依托。“地下室人”期望在其中找到永恒的“安宁”：“为了不让人打扰我的安宁，我情愿只要一戈比就立刻把整个世界卖掉。”“为了让我能永远喝上茶，就让整个世界都见鬼去吧。”其实，我们每个人都如同他一般，在不同程度上远离“活生生的生活”，将自己淹没在繁忙的工作和琐事之中，循规蹈矩，而很少问问自己真正想要的到底是什么。

柏拉图在《理想国》中讲述了一个“洞穴寓言”：有一群人犹如囚徒，世代居住在一个洞穴中，洞穴有条长长的通

道通向外面。他们身后有一堆火在燃烧，火和囚徒之间有些人拿着器物走动，火光将器物变动不居的影像投在囚徒前面的洞壁上。人们的脖子和脚被铁链锁住不能回头，因而将这些影子当成是真实的世界，用不同的名字称呼它们，并习惯了这样的生活。一次，一个囚徒偶然挣脱枷锁回头看火时，发现以前所见的只是影像，而不是真实的事物。当他继续努力走出洞口后，看见了阳光和外面的世界，却因为长时间处在昏暗的环境中，无法适应强光的刺激而失明了。他只得再次回到洞内，在黑暗中继续痛苦地生活。

“地下室”就像是这样一个洞穴，由习惯、陈见、表象构成，我们每个人或多或少都在这样的牢笼中而不自知。我们不知道，或假装不知道外界的阳光和景物，只有极少数人有勇气去探寻这些“真实”。

是否当真存在某种东西，它对于几乎任何人来说都比他的最高利益更为珍贵

巴赫金认为，“地下室人”是陀思妥耶夫斯基塑造的第一个思想者的形象，是一个“以进行意识活动为主的人物，其全部生活内容集中于一种纯粹的功能——认识自己和世界”。

《地下室手记》据“地下室人”所说，是一本试图“对自己完完全全地坦诚，而不害怕全部真相”的自传，为了能

够写出“某种能警醒人的东西，能更多地批判自己”。“地下室人”的形象远离我们所熟悉的小说中的“英雄形象”，正如美国学者考夫曼所言：“我们所听到的是个性之歌中未被听到的一首：不是古典的，不是《圣经》式的，也绝不是浪漫的。不！这个个性没有经过修饰，没有经过理想化，也没有神圣化。它是可悲的和叛逆的，但无论它给人何等不幸，却仍然是最高的善。”“最高的善”意味着真实，意味着承认并接受已经存在的事物，意味着面对荒诞不经和无法理解的世界所感受到的自己的存在，意味着在自己的“存在”中体验到生与活的痛苦、忧虑和恐惧。

因为人作为一种与环境相对立的“存在”所具有的矛盾、彷徨、痛苦必不可避免。所以“地下室人”试图将其转换为一种疼痛的快感，以此给自己无聊的生活一点慰藉。“已经做过的事情无论如何也无法挽回，因此就在内心深处暗自咬牙切齿地不断责备自己，翻来覆去地指摘自己，慢慢腾腾地折磨自己，以致那痛苦终于变成某种可耻的、令人诅咒的快感，而且最终变成一种千真万确、货真价实的享受！”将自己一时冲动做的令人后悔、尴尬、不愿面对的事反复咀嚼，慢慢地接受“我就是这样的人”，继而扬扬自得，“看啊，我就是这样的人”，于是痛苦最终成为一种享受，也不失为另一种“精神胜利法”。

面对无法理解的、荒诞的世界，人有着自由选择的权利：

是向世界低头，成为其中的一分子，还是坚守自己的信念，远离人群，渐渐脱离社会生活？从理性的角度出发，我们自然应当选择对自己最“有利”的生活方式，我们追求荣誉、安宁、幸福、财富、地位……但是否存在什么东西，是人可以抛却理性、不顾一切地去追求的？“是否当真存在某种东西，它对于几乎任何人来说都比他的最高利益更为珍贵？”

对此，“地下室人”更进一步论述道：“理性终究只是理性，只能满足人的理性能力，而意愿却是整个生命的表现，也就是人的整个生命，既包括理性，也包括一切内心骚动。”所谓“意愿”就是人的自由意志。人从本质上而言是自由的，他有权利自由地选择，并能够承担这种选择所带来的一切后果。人有权渴望去做并可以去做那些在一些人眼中被认为是愚蠢的，甚至是有害的事情，人们去做这些事情，正是为了使得自己有做这些事情的权力。

《地下室手记》如此旗帜鲜明地反对理性，并针锋相对地反驳以车尔尼雪夫斯基的《怎么办？》为代表的理性王国。“地下室人”的感情是如此充沛，就如同在自己的世界里高歌、舞蹈、奔跑，情绪仿佛构成了他生命中唯一的支撑，他想要证明自己的身份、地位、在他人心目中的分量。更重要的是，他想要证明自己是人，而非大自然的或是社会的某个零部件、某个附属物。所有这些，构成了“地下室人”可悲可叹，但又极具有先锋意味的形象。

《心是孤独的猎手》

一座没有彼岸的桥

[美]卡森·麦卡勒斯

既然每个人都跑不掉逃不开，那不如去爱上生活。

麦家

令人刻骨铭心，充满着情感、幽默和诗意

在无尽的时间里

孤独在永恒地流淌

两颗孤独的心看似无限接近

却永不触碰

Day 1《心是孤独的猎手》

人越是明白，越是有追求，就越孤独

她用精美的文字打造了一个迷宫，人们被未知的神秘力量牵引，一旦走入，便永远找不到出口

有这样一张照片。女孩穿着一件白色衬衣，剪着类似赫本的时髦刘海儿，手指间夹着一支烟，她的眼睛像猫一样，深邃而颓靡，似乎能够洞悉生活的一切。她，就是卡森·麦卡勒斯，一位与杜拉斯齐名、与福克纳比肩的天才女作家，在23岁便写下了震惊世界文坛的作品。麦卡勒斯的作品并不好读，需要耐心，就如她本人一样，有一种迷人的、孤傲的气质。

从钱锺书到苏童，从21次获“诺奖”提名的作家格雷厄姆·格林到心理学宗师荣格，再到媒体之星奥普拉，无一不

为麦卡勒斯笔下的“孤独”所深深着迷。麦卡勒斯认为，孤独是人的宿命，没有任何人任何事情能够改变我们如此的命运。是的，甚至连爱也不能。村上春树亲自翻译其作品后说道：“我就像麦卡勒斯小说里的失语青年，倾听着，在心里沉淀着。”还说，“我最初读到这本《心是孤独的猎手》是在大学时代，应该是在我20岁左右。读毕掩卷，我的内心受到了极大冲击。这已是半个世纪以前的事情了，但从那以后这本书就成了我十分珍视的挚爱。”格雷厄姆·格林认为：“劳伦斯陨落之后更具有原创诗情的作家，只有麦卡勒斯小姐，也许还有福克纳先生。”

麦卡勒斯仿佛拥有魔法，她用精美的文字打造了一个迷宫，人们被未知的神秘力量牵引，一旦走入，便永远找不到出口。麦卡勒斯是一夜成名的少女。她出生于美国南方小镇乔治亚州府哥伦布，是一个珠宝店主的女儿。小时候，麦卡勒斯的梦想是成为一名钢琴家。10岁开始练习钢琴的她，很快就成了人们眼中的音乐神童。只是，13岁那年，她患上风湿病中断了学习。15岁时，父亲送给麦卡勒斯一部打字机，从此她开启了写作的大门。在死亡边缘徘徊的她，深刻意识到自己的精力有限，最后决定放弃音乐专注于写作。

19岁的麦卡勒斯发表了第一篇短篇小说《神童》，23岁出版了第一部长篇小说《心是孤独的猎手》，引发美国文坛的轰动。《纽约客》曾评论道：“就二十来岁来说，好得太过分了。”“美国现代文库”也将之评为“20世纪百佳英文小说”之一。麦卡勒斯年少成名，却也遭遇了常人无法忍受的病痛，先后经历三次中风，29岁时瘫痪。情感之路也颇为坎坷，经历多次感情纠葛，爱而不得，心力交瘁。她的疾病将她推上写作的高峰，也使她跌落人生低谷。

此后短暂的一生，麦卡勒斯与人类的孤独较上了劲，完美地阐释了孤独与爱的定义。她在30岁之前完成了大部分的作品，50岁离开人世。从某种角度而言，她将自己锁定在了年轻时代。

没有人能摆脱掉孤独的影子

除了《心是孤独的猎手》，麦卡勒斯还著有《伤心咖啡馆之歌》《婚礼的成员》《金色眼睛的映像》等。仿佛是在说爱，亦是在说忧伤，或者绝望，小说背后渗透着麦卡勒斯独有的气质，而孤独始终贯穿在她的作品中，并烙刻于她个人生活的各个层面。

麦卡勒斯34岁完成的《伤心咖啡馆之歌》，被美国国家图书奖得主欧文·豪称赞：“这是美国人曾写作的小说至高经典之一。”这是麦卡勒斯于1951年出版的小说集，收录了七篇传奇之作，描写了三个因为爱而孤独挣扎的灵魂。这是爱恋之孤独。《婚礼的成员》讲述了12岁少女弗兰淇短短4天的夏日经历，传达的主旨是每一个孤独的人都被深锁在各自的内心空间，无法进行任何有意义的交流。也许我们都想挣脱自己，更自由自在，但不管怎么努力，我们都活在定局中。《金色眼睛的映像》以20世纪30年代驻扎在美国南方的一支军队为背景，讲述了双性恋者潘德腾上尉因兰顿上校的到来，生活被搅扰得翻天覆地的故事。在创作这部小说之时，麦卡勒斯与利夫斯的婚姻正处于崩溃的边缘。这是不可行之爱的孤独。

《心是孤独的猎手》讲述了这样的一段故事，人越是明白，越是有追求，就越孤独。这是寻找出口之孤独。在与繁华城市隔绝的南部小镇上，沉闷的八月，午夜的咖啡馆中，孤独的人各怀心事。种族主义、社会阶级、女权主义、同性之爱……在那些昏暗的天空下，一个温和的聋哑人用他的孤独预示了一个狂乱变更的年代。麦卡勒斯告诉人们：“没有人能摆脱掉孤独的影子。”

Day 2《心是孤独的猎手》

孤 独 没 有 出 口

彼此之间的不信任让每个人都形同陌路

马尔克斯的《百年孤独》犹如神来之笔的开头，多年来依旧撩拨无数作家和读者的心。而麦卡勒斯在《心是孤独的猎手》中同样写了一个伟大的开头："镇上有两个哑巴，他们总是形影不离。每天一大早，他们从家里出来，手挽着手穿过大街去上班。两个好友没有一丁点儿相似的地方。"

这两个哑巴，一个很胖，老是恍恍惚惚；另一个个头很高，眼里闪烁着机敏、智慧的光芒。他穿着朴素，总是把自己收拾得干干净净。他叫辛格。哑巴辛格是所有人围绕的中心。麦卡勒斯在他身上赋予了一种力量，仿佛"上帝"。众人对他投以期待——他又聋又哑，不可能泄露秘密，同时他沉静的表情又告诉人们：他懂得。于是，热爱音乐的少女米克、沉默困惑的咖啡店主、狂躁易怒的工人，以及苦闷绝望的黑人医生，开始对其中一个“上帝”——哑巴辛格倾诉。每个人都在寻求一种灵魂的依靠。

比夫·布兰农的“纽约咖啡馆”，是全镇唯一24小时营业的地方，也是所有故事登场的舞台。人们在这里出现，比画着各自的欢乐和孤独，最后又从这里消失。麦卡勒斯是如此形容这群人的：“在深夜，正在熬夜的人和刚刚苏醒的人碰头时刻，预示着新的一天的开始。睡眼惺忪的女侍应端上啤酒和咖啡。屋子里并无喧嚣声，也无人交谈，因为每个人似乎都很孤独。刚刚睡醒的男人和度过漫漫长夜的男人彼此之间的不信任让每个人都形同陌路。”

作为咖啡馆的主人，比夫·布兰农每天会做的事情，就是观察这群人。醉酒的、发牢骚的、苦闷的、沉默的……比夫认为自己是个奇怪的人，或者称为怪胎。而他也喜欢怪胎。比夫的孤独，来源于内心无休止的困惑，也来源于无法说出口的事实，以及见不得光的欲望。因为看起来充满男人味儿的比夫，私下里却是一个喜欢香水、会把胡子刮得干干净净、清清爽爽的“女装大佬”。他深爱邻居少女米克，认为她身上有一种特殊的力量。但是，他对米克的感情又比较复杂，因为有时比夫期望自己是个母亲，而米克和外甥女贝贝都是自己的孩子。比夫认为，为什么就连大部分最聪明的人都看不出所有人都是双性人。老头的声音往往会变得尖声尖气，走起路来装模作样。老妇有时候会发福，声音变得粗哑低沉，还会长出黑黑的小胡子。

有一些人有这样的本能，在适当的时候会舍弃掉所有私人的东西，趁它们还没发酵变成毒药前交给某个人

比夫的妻子叫艾丽斯，与比夫相处了二十一年，最后因病去世。他们是两个性格极度不同的人。比夫喜爱观察，充满好奇心；艾丽斯怕麻烦，平庸。在比夫的印象中，前十五年的婚姻两人还相敬如宾，后面因为一次吵架，就开始尊称对方为先生、太太，自那以后再也没有和好。比夫觉得自己跟艾丽斯相处总是让他像换了个人，让他变得跟艾丽斯一样粗俗、渺小、平庸。比夫总认为，艾丽斯顶多算一个没缺胳膊没少腿的人罢了。妻子亡故后他曾经陷入回忆，思考自己对妻子的爱是怎样的一种爱。也是在这时，比夫才意识到自己的有些生活方式其实是在模仿妻子的日常，只有他们在一起的生活才是完整的。

比夫心里思绪万千，在妻子葬礼的前一刻，他想：“究竟是为什么相爱的人中有一个死了，另一个也不能自杀、随爱人而去？因为一个人死后，生者必须为他们举行葬礼，因为要履行职责，还是因为当心中有爱时，丧偶的人必须活着，好使心爱之人复活，这样一来，去世的人就如同没死，并在生者的灵魂中再生？”比夫觉得每一分钟都变得漫长，有的是时间让他沉思和提问。然而，他最终还是选择重新开启一段新生活。相较于其他人，比夫是个遵从内心的人。他爱上少女米克，一种介于父爱和情爱之间、他自己难以判断的爱。最后因为米克蜕去了年少的面貌，成了大人，他的这种爱恋也消失了。他坚持自己的喜好，弹曼陀林，二十年如一日地整理报纸，阅读书籍。他是善良的，认为整条街的孩子都是值得爱的。当心爱的外甥女被人不小心用枪打伤了，比夫也不会因此为难对方，只是索要了相应的赔偿。

当然，比夫也是孤独的。在丧妻之后，他需要靠每日营业到深夜，通过观察不同的客人抵抗内心的孤独。而他那些难以言说的秘密和困惑，谁也无法理解。比夫找到了辛格这样的倾诉渠道，他认为这是本能：“因为有一些人有这样的本能，在适当的时候会舍弃掉所有私人的东西，趁它们还没发酵变成毒药前交给某个人，或者索性让它变成人间的注意。他们必须这么做。有些人就有这样的本能。”最后，如同“上帝”一样存在的倾听者辛格去世了。一时间比夫失去了倾诉的对象，但是他在“纽约咖啡馆”依旧拥有思考的对象。他思考，思考死亡，思考爱，思考自己要什么，思考自己要去何处……然而，书中唯一没有明确告诉我们的，就是答案。

小说结尾处，麦卡勒斯写道："于是在雨后、于是在夜晚将结束的时候，比夫他清醒地调整了自己，准备迎接早晨的太阳。"比夫是告别辛格这样的假想的倾听者，还是准备寻找新的倾听者？无论如何，孤独没有出口。比夫的那些秘密，依旧无处可藏。

Day 3 《心是孤独的猎手》

心灵被忙碌占据之后，孤独只是被隐藏

总有些事是你不想对外人说的。倒不是因为是坏事，而是因为你就是不想对别人说

在比夫眼里，12岁左右的米克有着瘦长的身子，穿着短裤，网球鞋，有时会拖着两个流鼻涕的弟弟，除此之外，总是单独一个人。成长中的米克，有一种怪异的粗鲁和孩子气，那是青春期特有的魅力。她是个假小子，出身于穷人家庭。她和两个姐姐和两个弟弟，以及租客生活在一栋破旧的公寓里。米克的穿着犹如比夫眼中那样，和同龄女孩有些格格不入，因此她也很不合群。不过，米克不在意那些表面化的东西，她爱音乐，爱钢琴。米克渴望成为一名音乐家，渴望拥有一架钢琴，却因为家庭贫穷而不能实现。米克无法与

父亲达成有效的沟通，姐妹们也嘲笑她假小子的装扮。过早的成熟和格格不入的梦，注定了米克须要承受那一份孤独。就在这时，辛格成了她家的租客，成了她最佳的倾听伙伴。辛格与音乐，拯救了这个不合时宜的少女。

某种程度上，米克像极了青少年时期学习钢琴的麦卡勒斯。米克认为：“在拥挤的屋子里，一个人会感觉如此孤独。”米克喜欢音乐，完全沉浸在艺术世界里，她有一个遥远的梦，认为自己会在17岁的豆蔻年华功成名就，到时候她就要在所有东西上签上“M.K”。米克不是只会空想，她省下午饭钱交给老师学钢琴，这是一个浑身透露着狠劲的姑娘。在米克身上，被划分出两个地方——“里屋”和“外屋”。学校、家和每天发生的事放在“外屋”，音乐藏在“里屋”。米克对音乐极度敏感，同时她也有着惊人的通感能力。米克说：“我愿意用我的一切去交换一样东西，那就是钢琴。我要是能有架钢琴，我一定会每晚练习，学会这世上所有的曲子。这就是我最想要的东西。”米克努力琢磨着哪些私密的地方可以让她去，让她可以独自学习莫扎特的音乐。她想了很久，不过从一开始她就知道，根本就没有这样的地方。

米克有着超乎同龄人的成熟，这也暗示她将提前体验青春期成长的痛苦。有时候她会和两个弟弟说话，但是更像是自言自语。她觉得自己像是在无数的人流中游来游去，她大喊大叫，孤独地飘荡在人群之间。“总有些事是你不想对外人说的。倒不是因为是坏事，而是因为你就是不想对别人说。有些事，我甚至都不愿意告诉你们。”米克的家里住满了房客，但是她不愿意和人说话。然而她无处可去。她经常自言自语：“除了一架真正的钢琴，我最想要的就是一个属于我自己的地方了。”

生活的重担，压在疲于奔波的人们身上，连思考孤独都成了一种奢侈

米克最喜欢的就是在辛格房间待着。虽然他是聋哑人，但是她认为自己说的每句话辛格都明白。她会把自己的一些计划告诉辛格，一些她绝对不会告诉其他人的计划。米克坚信，一个人必须努力奋斗才能得到每一样东西。最后，辛格为了女孩买了一台收音机，此后米克就更喜欢待在辛格的房间了。米克明知道辛格是个聋子，却认为他了解音乐。

酷暑难耐，日子过得极为漫长，她听辛格的收音机，一边在房子里游荡，一边思考着。她想用分期付款的方式买一架钢琴，她的音乐梦还要继续。佣人波西娅说了这样的一段话：“米克是怎么了？她的舌头被猫偷去了吗？她总是走来走去，连话也不说，甚至都不像从前那样贪吃了。近来，她出落成了一个正常的姑娘了。”不过此时此刻贫穷的一家

人，为了生计不得不奔波劳碌。最后，为了家人，米克去工作赚钱了，不是暑期打工，而是要工作很久很久，在她可以预见的未来，她都要工作。

米克去找了辛格，期望他能给自己意见。辛格对于米克的答复是点点头。于是，米克得到了那份工作。自此之后，米克便告别那个拥有梦的米克。后来，米克也曾经问过自己，她很想搞清楚这个问题的答案。到底有什么用？她制订的计划，她创造的音乐，究竟有什么用？结果就是她被困在了陷阱里。米克去商店上班，然后回家睡觉，每天周而复始。

有两件事情，她永远无法相信。一是辛格先生自杀去世了。二是她已经长大，必须在商店里打工。米克的心里不再有音乐，这就好像她被关在里屋之外。有时候，也会有一段小曲子在米克心里闪现，但是她再也不能像从前那样和音乐待在里屋。原因可能是她太紧张了，也可能是因为在商店里工作，耗光了她的全部精力和时间。现在的米克，再也不像从前那样，可以随时随地创作音乐，现在的她总是筋疲力尽，在家里只是吃晚饭、睡觉、吃早餐，然后出发去工作。她希望自己能进里屋，但是就好像里屋上了锁，米克进不去了。那时候的米克已经不再是个毛毛躁躁、古怪孤僻的女孩了，她的孤独都被收起来了，藏在心里，不再企图与人分享。而比夫对她的爱恋也随之消失了。

麦卡勒斯，用一种纤细、大胆、无畏的笔法，描述了一个青春期女孩梦破碎的声音。她就这样不动声色地长大了，为生计而奔波。心灵被忙碌占据之后，孤独会消散吗？并没有，只是她学会了隐藏。生活的重担，压在疲于奔波的人们身上，连思考孤独都成了一种奢侈。出现在这个世界里的人，都背负着各自的特殊性，忍受着各自的痛苦，怀抱着各自的缺陷和欠缺，并拼命地寻找着各自的出口。在大多数情况下，那个出口是找不到的。而正是这种“出口的缺失”，包含着类似“麦卡勒斯式小说的真面貌”那样的东西。

Day 4《心是孤独的猎手》

一个人自己心里明白，
却无法让别人理解

我去过很多地方，但只遇到过很少的我们

杰克·布朗特在“纽约咖啡馆”的大多数时候是醉醺醺的、喋喋不休的，醉酒后总会说出一些令人感觉不愉快的政治话题。现在的杰克在游乐场找到了一份工作，修理旋转木马，以及检票。咖啡馆主人比夫喜欢观察杰克，说“他个子很矮，厚实的肩膀却如同横梁一般。留着乱糟糟的胡子，胡子下面的嘴唇像是被黄蜂叮过。那家伙身上似乎有许多自相矛盾的地方。他的头很大，头形也不错，可脖子却柔软纤细，跟小男孩的一样。因为留着大胡子，他看上去像个中年人，不过，光洁的额头高高的，睁得溜圆的眼睛又让他的脸显得很年轻。这个人身上透着一股十分滑稽的气质，却又没

办法叫人笑出来”。杰克身上的矛盾之处还有很多。比如他有时候像工厂工人，有时候又像大学教授。在其他人看来，杰克始终是一个富有神秘气息的人。因为没有人知道杰克来自哪里，只是听说他曾经在哈佛读过书，又蹲过监狱……他们还认为杰克是个疯子。关于这一点，杰克自己也认同。

在咖啡馆见到辛格的那一瞬间，杰克已经微醺，却有一种一见如故的感觉，于是对着辛格絮絮叨叨地说了许多事情。后来，无处可去的杰克被好心的辛格收留。那时候杰克才知道，原来辛格是个聋哑人，当时的他是有些失望的。在一次偶然的机会下，杰克又向辛格吐露心声。他是个激进的工人，对政治有着自己的看法，就比如他觉得应该按劳分配。因此他不断呼吁人们要团结起来对抗资本家，获得更高的报酬……但是没有人能懂。杰克对辛格说道：“你知道，好像有两个我。一个我受过良好教育。我去过全国最大的几个图书馆。我爱阅读。我看的书道出了纯粹的真理。然而，一个人自己心里明白却无法让别人理解，那他怎么办？你看向何处都会有卑鄙行为和腐败堕落，这个房间、这瓶红酒、篮子里的这些水果，都是利润和亏损的产物。一个人若是不能被动接受卑鄙的行为，就无法活在这个人世。人们忙忙碌碌，累死累活，就为了买食物果腹，买衣服遮蔽身体。但看来没有人知道这一点。人人都是瞎子，哑巴，是榆木疙瘩，不光愚蠢，还很卑鄙。”

辛格听了他的烦恼之后，饶有兴趣地在纸上写下了一句话：你是民主党还是共和党？这句话让杰克瞬间萌生了寻到知己的归属感，他非常兴奋，终于有人能明白他所说的一切了。每当杰克发疯似的说话，辛格总是耐着性子看着他。在他们之后的往来中，杰克从辛格安静的倾听中获得了从未有过的温暖和鼓励，这让他更加笃信：辛格能理解他的革命理想和自由意志。来到镇上之前，杰克当过纺织工人，修过纺织机，在汽车修理厂和汽车组装厂也干过活。曾经的杰克和无数不懂如何生活的人一样，可能当个牧师、织布工或是销售员，按部就班地过完一生，但如果这样，杰克认为自己的一生就虚度了。杰克不停地换地方、换工作，他知道自己内心想要什么，知道这样的工作方式是错误的，他知道相关事情背后的本质，但是别人不知道。杰克认为自己应该去宣扬真理，唤醒那些人的意识，但是没有人能听懂他的话。他希望自己成为一名福音传教士，周游列国，到处布道。杰克拼命工作，攒够了钱就休息一段时间去学习。他觉得自己获得了重生。杰克说：“我去过很多地方，但我只遇到过很少的我们。”

他了解真理，却无法让不知道的人了解真理

在游走的时间里，杰克看到有的人为了活下去，必须打

劫自己的兄弟；看到孩子们挨饿，女人们为了填饱肚子必须每周工作六十个小时；看到可恶的资本主义使失业者不计其数……但是最重要的一点，他认为这个（西方）世界的全部体制建立在谎言之上。杰克向辛格倾诉着："这个谎言像照耀我们的太阳一样显而易见，那些不知道的人却一直生活在其中，他们就是看不见真相。"这是杰克孤独与苦闷的来源。杰克发起了一些行动，创立了组织。那是以自由为终极目标。然而，他们的组织经费却被朋友偷走了。杰克和辛格说到这些的时候不禁发出一阵爆笑，但是他额头青筋暴起。这些秘密，杰克从来没有告诉过任何人。也因为这些秘密，让孤独占据了他的心。杰克清楚地知道，自己去过那么多地方，唯独这个镇子感觉最为孤独。只有他和辛格理解真理。他了解真理，却无法让不知道的人了解真理。有时候，杰克和辛格一起散步、下棋，但他们通常都是安静地待在辛格的房间里。如果杰克想说话，辛格会自始至终全神贯注听他说。

但是，有一天辛格死了。杰克并不觉得悲伤，只是非常愤怒，犹如站在一堵墙面前。杰克记得自己向辛格倾诉了所有心里话，现在他死了，那些心里话似乎也一起消失了。现在杰克再也不能去那里了，只剩下他一个人。杰克知道，自己要准备离开了。虽然，他打印了很多宣传真理的传单准备派发，但是谁会看呢？这么做，有什么好处？杰克自己也知道，对于一个人而言，这座镇子虽小，却还是太大了。现在，杰克准备离开这里。没有辛格的镇子，杰克觉得太孤独了。他必须依靠自己的力量走出泥沼，再一次重新开始。杰克的结局，麦卡勒斯是这样写的："杰克开始不停地走，他将镇子远远甩在后面，感觉到身体里出现了全新的力量。他在逃避，还是攻击？不管怎样，他都在行动。杰克·布朗特即将迎来新的开始。他怀揣希望，不知道走向何处，或许很快就会有答案了。"小说里的主人公们时时刻刻都被孤独感所缠绕着，但他们并没有因为这相似的孤独而感知对方，他们只是在单向倾诉，期待被理解。杰克在去往辛格房间的楼梯上，曾经遇到过一个人，一个黑人医生，他在为了他们的种族而努力。杰克觉得他们似曾相识，但他们从未互相理解。

Day 5《心是孤独的猎手》

我做了我不该做的事，却没做我该做的事

必须挣脱掉他们肩上与生俱来的屈从和懒散的命运枷锁

黑人科普兰是镇上的医生，一直致力于唤醒镇上黑人的民权意识。他的母亲生来就是个奴隶，获得自由之后做了一名洗衣女工。科普兰的父亲是一名牧师，与约翰·布朗是朋友，他们一起教他。等科普兰长到十七岁，他们送他去了北方，还在他的鞋子里塞了八十美元。科普兰在铁匠铺里做过工，也做过服务员，还在酒店里做过门童。在这期间，科普兰医生一直在学习和阅读，还去上了学。科普兰的父亲去世后，他母亲没多久也撒手人寰。奋斗了十年之后，科普兰成了一名医生，他很清楚他的使命，于是，他回到了南方。科

普兰医生从不停歇地挨家串户，宣讲使命和真理。他的同胞饱受苦难，孤苦无依，这让他发狂，让他想要摧毁一切。每天，科普兰都带着自己的医药包，跟同胞们聊各种热点事情。他总会跟别人说“你不能做这个”“为什么不能要第五个或者第九个孩子”等。科普兰认为，人们真正需要的不是更多的孩子，而是让那些已经降生在这个地球上的孩子得到更多的机会。

后来，科普兰医生娶妻生子，有了自己的家。科普兰医生会规劝他的孩子们，甚至在他们还是婴儿的时候，科普兰就会告诉他们：必须挣脱掉他们肩上与生俱来的屈从和懒散的命运枷锁。当孩子们稍微长大一点，他就不断向他们强调上帝并不存在，只有生命才是神圣的，每一个人都应该拥有一个真正并且坚持为之付出努力的目标。然而科普兰医生的这些规劝并没有得到理解，甚至连他的老婆和孩子们都不能真正理解他。科普兰医生面对这一切觉得无助、绝望。每当他自己独处的时候，就会被一种属于黑人特有的黑暗恐怖所笼罩。有一次，科普兰医生一把抄起壁炉边的扒火棍，把他的妻子打倒在地。妻子黛西便带孩子汉密尔顿、卡尔·马克斯、威廉和波西娅回了娘家。此后，妻子黛西再也没有回到他身边。八年后，妻子去世了，他的孩子们不再是孩童，没有回来找他这个父亲。就这样，科普兰医生成了一个孤苦老人，独自守着空房子。

只有有了自由，我们才有权利做贡献

科普兰医生认为自己一生都清楚自己的使命。他知道自己为何工作，并且全心肯定自己的使命，因为他了解迎来的每一天，日子过得有意义。

有一次，科普兰医生从女儿波西娅口中得知了辛格。波西娅说：“辛格先生不仅待人友善，而且性格很随和。他是个与众不同的白人。”这让科普兰医生心生一丝希望：不是所有的白人都歧视黑人，可以先把辛格拉入自己的战线。接着，科普兰医生就给辛格写了一张便条，希望可以与他当面聊聊。与辛格接触了一段时间，科普兰医生发现了辛格身上与众不同的理解力。后来，科普兰医生带辛格一起去贫民窟巡诊，那里到处充斥着灰尘和病毒。他指给辛格看病人手掌心剥落的疹子、空洞透明的眼神和倾斜的门牙……辛格没有像其他参观者那样打扰病人，只是安静地试着理解他们，还好心地塞给病人钱币。种种行为都让科普兰医生很是感动。于是，他又试着跟辛格说起了自己的种族问题。科普兰医生告诉辛格：“我们黑人需要一个机会，从而获得自己。只有有了自由，我们才有权利做贡献。我们想要服务，想要分享，想要劳动，想要消费我们赢得的报酬。但是，在我遇到的白人中，只有你清楚我的同胞迫切需要自由。”无论他说什么，辛格都微笑着安静倾听，这让他判定辛格能够理解黑人解放的迫切需要。

某天，科普兰医生已经病重，他思考着自己的所作所为。他觉得能听到心底深处的呐喊，有哑巴辛格的呐喊，他是一个正直的白人，能够理解真理；有同胞发出的悲鸣，还有亡者的声音。科普兰医生恨不得大声说：“全能的主啊！你身具宇宙中最强大的力量！我做了我不该做的事，却没做我该做的事。因此，最后的结局不可能是这样的。”等到科普兰医生知道辛格去世之后，他伤心欲绝。他只与辛格这一个白人畅谈过，也只相信他这一个白人。辛格为何自杀是个谜。这让科普兰医生困惑不解，感觉孤立无援。

他们还没有开口，我就知道他们要说什么

然而，哑巴辛格真的听懂了科普兰医生的倾诉吗？辛格给好友安东纳波罗斯的信，是这样写的：一开始，我根本就不明白他们在说什么。他们总是说啊说啊，后来，一晃几个月过去，他们说的话越来越多。我熟悉了他们说话时嘴唇的动作，所以知道他们说的每一个字。又过了一段时间，他们还没有开口我就知道他们要说什么，因为他们说的话总是一成不变。

关于科普兰医生说的那些话，辛格也向好友反馈了情

况："那个黑人得了肺痨，但他是个黑人，所以这里没有上好的医院让他去看病。他是医生，我从未见过像他这样辛苦工作的人。这个黑人有时候会让我害怕。他的眼神炽热明亮。他还邀请我参加派对，我去了。他有很多书，不过连一本推理小说都没有。他不喝酒、不吃肉，也不看电影。关于这些事，我写得够多了，我知道你都烦了。我也是。"

咖啡馆店主比夫、热爱音乐的少女米克、激进的工人杰克、黑人医生经常向辛格倾诉，但是他们又何曾明了辛格的孤独？在与好友安东纳波罗斯分开后，辛格就成了孤独的一人。他想告诉安东纳波罗斯，自己一直孤孤单单，唯一的快乐就是与安东纳波罗斯重新相聚。如果见不到，也不知道如何是好。

Day 6《心是孤独的猎手》

所谓心心相通，
都只是一场误会

上帝从来没有真的听懂他们的话，他有属于他自己的孤独

哑巴辛格是所有人围绕的中心。麦卡勒斯在他身上赋予了一种力量，仿佛“上帝”。众人对他投以期待——他又聋又哑，不可能泄露秘密，同时他沉静的表情又告诉人们：他懂得。因为误解，书里的其余四位主角开始对哑巴辛格倾诉。但是，辛格并不懂。因为他也是孤独的一员。麦卡勒斯告诉我们，“上帝从来没有真的听懂他们的话，他有属于他自己的孤独，所谓心心相通，都只是一场误会而已”。辛格是谁？小镇上关于辛格的传说众多，只是每个人都按照自己的意愿去猜测。有钱人认为哑巴辛格是个有钱人；穷人则认

为他和他们一样穷；黑人老妇告诉人们，辛格知道怎么让死者的灵魂返回阳间……而辛格只是一个普通的哑巴，是一个正直、善良的白人。他从小耳聋，但并非天生的哑巴。小时候他就成了孤儿，被送进了一家聋哑学校，在那里学会了手语，还学会了识字。但他从来不习惯用嘴说话，用手才能将自己想说的话表达出来。

二十二岁那年，辛格从芝加哥来到了这个南方小镇，很快遇见了安东纳波罗斯。从那以后，辛格再也没用嘴说过话，因为跟好朋友在一起压根用不到。两个哑巴自食其力，一同居住，十年如一日在小镇上过着单调的生活，辛格从未感到孤独。那时候，辛格雕刻银器，安东纳波罗斯制作糖果和甜品。对安东纳波罗斯来说，吃是他在这个世界上最大的爱好，而辛格最大的爱好却不是银器，而是安东纳波罗斯，他对安东纳波罗斯有着一种超乎常理的爱，而安东纳波罗斯从未知晓。正如他们的相处模式，辛格永远是那个付出者。每天回到家，辛格总是对安东纳波罗斯想要倾诉很多事情，飞快地打出一串手语，然后安东纳波罗斯总是一副懒洋洋的模样。辛格和安东纳波罗斯最大的区别在于，辛格尽最大努力保持着体面与尊严，而安东纳波罗斯则显示出某种破罐破摔的放任。

后来，安东纳波罗斯病了。辛格悉心照料他，“做了他能做的一切”。病愈后的安东纳波罗斯仿佛变了一个人，动不动发脾气，晚上也不愿安分地待在家里。辛格每天过着提心吊胆的日子，但是安东纳波罗斯却事不关己，他的态度总是很漠然，还到处闯祸，甚至做违法乱纪之事——偷东西，随地小便，袭击路人。辛格一次次把安东纳波罗斯从看守所捞出来，为此花光了所有积蓄，却也没有怨言。辛格想让安东纳波罗斯清醒，却无济于事。至此开始，他们的日子过得相当孤独，辛格不知道安东纳波罗斯究竟是怎么想的，而他也无法阻止安东纳波罗斯被他的表哥送去两百英里外的疯人院。辛格告诉安东纳波罗斯的表哥，“你不能这样做。安东纳波罗斯必须和我在一起”。在他们告别的时候，安东纳波罗斯始终不明白这一切。

和陌生人在一起，总好过独自一人

他们分别之后，辛格就生病了，变得焦躁不安，夜不能寐，每天在房间里走来走去。在强烈的思念中，辛格初识孤独的况味——“半梦半醒中，朋友会栩栩如生地出现在梦中，醒来后，一种痛彻心扉的孤独感会在内心滋长”。仿佛他们待在一起的十年都是假的。辛格再也没办法在他们居住的地方待下去了，于是他搬到了一所破烂的公寓，就是米克家。因为辛格太孤独，独自一人想起他的朋友，便会下意识地打起手语。等他意识到自己在做什么，感觉就好像一个人在大声自言自语时被人发现了一样。辛格想，或许他们四个人中的一个人会来找他，这样也好。和陌生人在一起，总好过独自一人。大多数时候辛格都会给好朋友写信，然而安东纳波罗斯并不识字。在分别的时间里，安东纳波罗斯的形象在辛格心里越来越伟大。

现在，辛格被留在了一片陌生的土地上，十分孤独。辛格睁开眼睛，周围有很多他弄不明白的事。他困惑极了，却无处可逃。辛格经常会去他们曾住过的地方，一切都变了，他感到巨大的空虚感在心里蔓延开来。

在分别五个多月的时候，辛格没有通知任何人，就去探望安东纳波罗斯了。他为安东纳波罗斯准备了一份礼物，是放映机，可以在病房里观看动画片。这个消息在病人之间传开了，大家都很兴奋，唯有安东纳波罗斯不为所动，不理解辛格的心意。每次见到安东纳波罗斯的时候，辛格总是有太多话要说。他的手比画的速度跟不上脑子。病房里有个老人和安东纳波罗斯住在一起，辛格恨不得自己和他交换位置。

辛格熟练地打出各种手语，因为心中有爱，所以每一次比画都很精准。他告诉安东纳波罗斯，自己一个人孤独地度过了漫长的好几个月。他们之间只是有些简单的交流，这已经让辛格感到欣慰。只是时间飞快，他们又不得不告别。辛格又孤独地度过了漫长的时间，大多时候，他都只是安静地听着那四个人不停地说话。他不懂他们说什么，但是辛格知道他们要说什么话。多么讽刺啊。四个人把辛格当成孤独的出口，而辛格却深陷自己的孤独无法自拔。

辛格给安东纳波罗斯写了很多信，但是只寄出了一封信，而“我是这样需要你，我孤独得受不了”成了那封信和他们感情中最深刻的句子。对于辛格来说，安东纳波罗斯是朋友，是亲人，是同性之爱。安东纳波罗斯在外人眼中，是个肥胖的，邋遢的，不务正业的人，但是辛格却单纯地认为他有尊严，也有几分智慧。最后一次，辛格去探望安东纳波罗斯。辛格没有见到他，只是看到了一张纸条，上面写着：安东纳波罗斯死了。辛格盯着纸条看了很久，眼睛斜视，垂着头。安东纳波罗斯死了，辛格的世界也死了。

Day 7《心是孤独的猎手》

真理失落的孤独

只能用来生存的时代，人一思考，就会走进死胡同，人一渴望，就会收获满怀的孤独

在《心是孤独的猎手》的结尾，卡森·麦卡勒斯告诉我们，辛格死后，每个人的生活又仿佛回到了原点，但是那个原点却不是曾经的原点。那是一种真理失落的孤独。人们拼尽全力追寻着的真理，到最后才发现，竟然不清楚自己在找寻什么，这才是人类遇到的最大的孤独。真理和自由，是每个人心里都想要的终极目标，只是漫漫人生长路，对于每个人来说，它是不同的东西。对于辛格，它是安东纳波罗斯的陪伴；对于米克，它是拥抱音乐的梦想；对于杰克·布朗特，它是公平和自由；对于科普兰医生，它是黑人的自尊和

独立；对于比夫，它是真实的性爱与选择。所以，在辛格死后，他们将再次被孤独包围。米克，因为辛格的死以及生活的压力，不得不变成大人了，尽管她只有14岁。杰克·布朗特在一场混乱的白人和黑人的斗殴以后，准备离开小镇，不知向何处去。比夫，在黑暗的小隔间几乎无所事事，需要观察人来抵抗漫长时光，那些双性人的秘密再也不能宣之于口。科普兰医生被白人警察打了一顿以后病得厉害，且始终抵抗不了白人的歧视。他的理想再也无处可说，最后只能向女儿妥协，归入脱离已久的家庭，抗争已逝，只剩生命。

那是一个只能用来生存的时代，人一思考，就会走进死胡同，人一渴望，就会收获满怀的孤独，甚至绝望。《心是孤独的猎手》曾被评为百部最佳同性恋小说之一。我们会看到两个哑巴之间的爱，但是却很难准确地将此归类为爱情。辛格和安东纳波罗斯的爱是不平等的。似乎麦卡勒斯笔下的爱，总是蕴含着不平等，无论亲情、友情，还是爱情。一个人永远也不可能同时扮演爱者和被爱者两个角色。故事里，所有的人都得不到有效的交流。人性的多面性被展露得淋漓尽致，每个人在乎的只是自己。两个哑巴之间，四个人和辛格之间，米克父亲和他的家人们之间，比夫和妻子以及对米克的迷恋，科普兰和他的妻儿之间。

小说情节的设立需要结合麦卡勒斯的人生来思考。她推崇无性别之爱，那是博爱的，无界限的，甚至有些滥情的爱。麦卡勒斯的婚姻生活时好时坏，离婚、复婚、酗酒、无数的派对和恋爱，除了写作，她过着标准的无所事事的文艺生活。夫妻两人都是半公开的双性恋者，他们曾经同时爱慕一个男人，三个人一起同居过一段时间。在感情上，麦卡勒斯贪得无厌，上一段恋爱和下一段恋爱总是纠缠不清。和麦卡勒斯孤寂的作品对比，麦卡勒斯的现实生活充满了喧哗。然而，爱她的人最终会离她而去，麦卡勒斯自私、贪婪、神经质，热衷于社交，她希望世界围着她转，一切以她为中心。那样的爱，是令人苦闷的，是孤独的，最终将会失去。

我的心是一个孤独的猎手，在一座孤独的小山上打猎

这本书，卡森·麦卡勒斯原定的题目是《哑巴》。之所以改名，是因为受了莎士比亚诗歌的影响，“但我的心是一个孤独的猎手，在一座孤独的小山上打猎”。心是猎手，追捕真理、理想，但是在追捕的路上，却永远都找不到同伴。因为人与人之间、阶层与阶层之间终究无法沟通，最后猎取的注定只有孤独而已。正如被人们看作“孤独出口的上帝辛格”，是那样冷静，那样决绝，甚至在死前还喝了一杯冰咖啡，抽了一支烟，洗完了烟灰缸和杯子，然后掏出一把枪自杀了。没有人知道为何如此，辛格的死亡对他们而言是一个

谜。麦卡勒斯暗示的结局仿佛是每个人的人生最后都是一种“黑暗的，错误的，破灭的未来”。这是一条阴冷的真理，一个残酷的真相，麦卡勒斯却将其描绘得生动而尖锐，描绘得可以容忍，也必须容忍。

卡森·麦卡勒斯曾经在一次采访中这样说道：“世界上所有人都是孤独的，有时候我觉得我们美国人是世界上最孤独的。我们向外扩展的饥饿感和那些做事的新方式有时候就像疾病一样。我们的文学铭刻了渴望与不安，我们的文学家都是伟大的漫游者。”

“心是孤独的猎手”，每一个生命个体都是孤独的。街头巷尾，人潮汹涌，人头攒动，我们的内心依然是孤独的。每个人都在寻找一种倾诉的目标、寄托的目标，这是本能。为了逃离那一种侵入骨髓的孤独，人们用尽一切方式，然而最终获得的依旧是大片的孤独。也许，当人们真正理解孤独的时候才会不孤独。寄托于自己的时候，才会懂得孤独的意义。种族主义、社会阶级、女权主义、性少数人群……深刻又考验功力。村上春树说：“麦卡勒斯是一位对我有着如此重要意义的作家。古往今来，放眼全球，在女性作家里，她可能是最为打动我的那一位。”

《在轮下》

理想破灭后，人应如何自处

[德] 赫尔曼·黑塞

人唯有在痛苦的时候才见得到自己的灵魂，越是痛苦，越是清晰！读书有时是为了寻找痛苦，跟灵魂对话。黑塞的书就是如此。

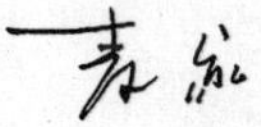

西方青年人手一本的孤独之书

写给迷茫中的每一个人

你要活在别人的期望之中

还是成为内心真正认可的自己

Day 1 《在轮下》

自从你认识了自己的路，你真正的失落便开始了

“全世界年轻人都爱的黑塞”

1906年，黑塞出版了一部具有自传性质的小说——《在轮下》，时年29岁。《在轮下》是一部批判德国旧教育体制的作品，同时，这更是一部思考理想破灭后人应该如何自处的作品。它讲述了年幼天赋过人、勤奋好学、被大家视为神童的少年——汉斯，他受家庭和社会的影响，一心追求功名。一次偶然的机会，他结识了海尔纳。海尔纳轻狂不羁，蔑视功名，为学校所不容。明明是两个截然不同的人，却意气相投，成为好朋友。海尔纳的出现，扰乱了汉斯的生活和思想。海尔纳因思想过于超前被开除。失去好友，汉斯更加孤独，时常受到老师的训斥和同学的耻笑，最终被遣返回

家。随后，他又遭受了社会的歧视和生活的失意。他跌在无情而庞大的车轮下，最终对生活的一切绝望了。

黑塞的书是永远读不完、读不尽的，翻阅原文，更可领略黑塞诗一般的文字。无论何种年龄，黑塞总能准确无误地击中心中所想，他把时代与人的处境描写得细致又深刻。一百多年前的黑塞，是大家口中“全世界年轻人都爱的黑塞”。德国当代学者米夏尔斯用这样的一句话来形容：“读黑塞的作品往往让人感觉好像在写我们自己，好像我们自己写下了这一切。”

然而，关于黑塞的人生，可以用这么几个词形容：苦难、挣扎、孤独。即便如此，黑塞却用它们浇灌出了世上最美的花朵。正如黑塞写道：“我们所渴求的，不过是活一次，将那自发的自我抛向世界，与之相联，或与之抗争。”黑塞出生在一个特殊的家庭，他的童年是在浓郁的宗教氛围中度过的。少年时，他深受传统教育的压迫，被要求继承家族传统做一名牧师。枯燥的校园教育和乏味的生活，让少年时期的他变得苦闷、孤独、易怒、烦躁，最终陷入了精神危机，只能辍学。青年时，他逃离家庭，做过木工、书店员……在不同的职业、不同的身份中前行。中年时，他经历过世界大战，遭遇父亲病逝、幼子重病，妻子承受不住生活之重，患上了严重的精神病。但在生活和创作上，他永远保持热忱，追寻内心，寻找自我。最后才如他所愿，潜心文学研究和写作事业。

在文学史上，有两个人曾对黑塞赞誉有加。一个是雨果·巴尔，他说“黑塞是浪漫主义最后一个骑士”。另一个，是同为诺贝尔文学奖得主的托马斯·曼，他说“黑塞代表了一个古老的、真正的、纯粹的、精神上的德国”。正如诺贝尔文学奖颁奖词所说：“他那些灵思盎然的作品，它们一方面具有高度的创意和深刻的洞见，一方面象征古典的人道理想和高尚的风格。”

失落感不会因为空气向你张开了双臂、青草同你娓娓而谈而减轻

虽然这本书是黑塞的早期作品，但是文笔已经流畅细腻。整个故事的脉络清晰，环境描写简单优美，人物的刻画也足够直白深刻，从最初的众人捧月到最后的人人可惜，让我们看到了一个天才少年完成了出生到死去的所有过程。不同的是，汉斯在德国旧教育的压迫之下走向了死亡。而黑塞始终坚信自己的理念，并且勇敢地克服了。

晚年的黑塞说：“我想借描述成长期的危机，来把自己从那记忆中解放出来……对于学校、神学、传统和权威等力量，也就是汉斯·吉本拉特所屈服的，以前我也几乎屈服的力量，我想扮演一个小小的弹劾者和批判者。”汉斯是家乡

最聪明的天才少年，背负着父亲、学校，乃至整个乡的使命，他只有一个目标，就是成为神学院的学生。他的童年被说教充斥着：“你应该成为什么样的人，你应该在什么时间做什么事。”他变成学业不佳的少年，虽结识了新的好友，受到了心灵的启发，然而好友也只不过是正在成长的少年，并没有能力强悍到引领他走出困境。他是从耀眼之处跌落在命运之轮下的少年，所有人使尽浑身解数向他丢来嘲讽：“你只不过是个考上名校又成了普通打工仔的人。”

Day 2《在轮下》

他背负了
所有人的希望

“你只需要看一眼孩群中的他，便能感觉到他的与众不同、夺目耀眼。”

汉斯·吉本拉特出生在古老偏僻的施瓦本。他是全村人的希望，也是公认的天才。这个小村落从来没有出现过有远见、有影响力的大人物。而提起汉斯，人们就会经不住夸赞：“你只需要看一眼孩群中的他，便能感觉到他的与众不同、夺目耀眼。”事实上这样的夸赞一点也不为过，因为在施瓦本，人们都保持着老旧的习惯，大部分人的生活就如汉斯的父亲：一成不变，愚昧，落后。

汉斯的父亲是个中间商兼经纪人，与同乡人相比，没有任何优势和突出的特点。他和大家一样，身体健壮，脑袋平庸，阅读范围仅限报纸，当然他对金钱是真心实意的。他骂穷人饿死鬼，也骂富人爱显摆。他可以和任何一个邻居换个名字和住所，因为那样也不会有任何改变。他的内心，庸俗市侩，原有的一点点情趣，早已消失不见，偶尔对穷苦人心生一点怜悯，剩下的只有粗鄙的传统家庭观——以自己的儿子为傲。他的儿子汉斯，便是在这样的思想之下，成长起来的。

他每天都要从这里经过，却不曾瞥见这里的一丝风景

对于汉斯·吉本拉特的天赋，没有人会质疑。校长、老师、邻居、镇上的牧师，还有同学，人人都承认，这个男孩生得一副好头脑，且有过人之处，他的前途上天早已经安排好了。只是，在施瓦本这样的地方，除非父母非常富有，否则天才少年也只有一条路可以走——通过州试考入神学院，再从那儿进入图宾根的教会神学院，毕业后站上布道坛，或是走上讲台。每年，这个地区总有三四十个男孩走上这条平稳的道路。这些少年将在政府的资助下，拖着因用功过度而瘦削、疲惫的身躯在知识的海洋穿梭，八九年后踏上他们的人生，而后又要偿还从政府那儿享受过的好处。

这一年，汉斯作为小镇选送的唯一考生，去参加这场激

烈的竞争。这是他的荣幸。当然，他变得很忙，需要牺牲自己所有的时间。由于他过早被灌输了一种空洞的功利心，他也同意了这样的做法。学校上完课之后，他要去校长那里补习希腊语，找小镇的牧师复习拉丁文和宗教课，一周还有两次在晚饭后去数学老师那里上辅导课。汉斯大部分的学习时间在晚上十一二点结束，有时候更晚。当然父亲偶尔也会提醒他要节制，每周去散步一两次，然后，打起精神来。只是，这样的善意也转瞬即逝。因为父亲并没有发现，此时的汉斯已经顶着一张熬夜的脸，一双眼圈乌青、疲惫无神的双眼。这也是黑塞的亲身经历。他在年少时期被迫考入神学院，内心排斥却无从逃脱。年长之后，他对这段记忆依旧深刻，于是写下了这个故事。所幸，黑塞比汉斯更幸运，他知道自己要坚持什么。而汉斯一如大多数人，并未形成自己的人格，对于这种过度消耗，只能接受。终于在考试的前一天，汉斯获得了可怜的休息时间。校长和父亲都嘱咐他可以不用学习了，早点休息。汉斯松了一口气，不用听到那让人害怕的诸多告诫。

汉斯从集市广场走过，来到了古老的市政厅，又穿过小巷，来到桥边，停了下来。其实他每天都要从这里经过，却不曾瞥见这里的一丝风景，桥下的流水，边上的青青草地和满目垂柳的河岸。他想起曾经在这儿度过了无数个日子，他在这儿游泳、划船、钓鱼。钓鱼是他的最爱，是他漫长的学生时代中最美好的事情。然而他现在什么也不会了。他身边早已没有玩伴，甚至连曾经常去的“鹰巷”他也没有去过了，那是他童年快乐的源泉。

上天对每个人都只有安排，自会指引他们走自己的道路

汉斯正是在这时，遇上了鞋匠弗莱格。鞋匠知道他要参加考试，便给予了祝福和一些鼓励的话——考试终究只不过是表面的东西，且带有很大的偶然性。黑塞正是通过鞋匠，把他心中的话写了出来，这是他人生的感同身受。

“就算考不过，也并不丢脸，哪怕成绩最好的人也有名落孙山的可能，万一他真的落了榜，就去想想，上天对每个人都只有安排，自会指引他们走自己的道路。”遗憾的是，身边的汉斯却全然没有听到鞋匠的善意关心。不知不觉，他们走到了牧师的家，鞋匠对他十分冷淡，打了招呼便离开了。牧师问汉斯：“怎么样？你应该很高兴吧，终于到这一天了。你知道，我们所有人对你寄予厚望。”汉斯说：“可假如我考不上呢？”牧师怔住了，“考不上？不可能！根本不可能！你真是胡思乱想！”汉斯说：“我只是说，万一……”“不会的！汉斯，不会的！”两人便没有再继续交谈。高高在上的牧师除了传授知识，并不在乎人的心灵成

长。而看似职业低下的鞋匠，却真正能看懂人心。在牧师离开后，汉斯才回忆起鞋匠的话。

潜意识中的汉斯，并不明白自己所做的一切是为什么

汉斯无精打采地回到家，他走进那个坍塌的小花园，曾经这里是他的天堂。他想起那些快乐的时光，那居然是两年前的事情了。他拖着疲惫的身体回到了房间，父亲早早和他道别，也不再打扰他。汉斯没有开灯，在寂静的房间里坐了很久，这是他迄今为止第一次因为考试而享受到的最大福祉——拥有一个自己的小房间。在这里，他是主人，没有人打扰他。终于，他渐渐睡去，睡意像逝去的母亲的手，轻柔地抚平了他稚嫩的心。

校长亲自送汉斯和父亲去火车站，到了城里，汉斯和父亲借宿到了姑妈家。这里的一切，其实都让汉斯感到不安。他觉得自己好像已经离家出走了一辈子。潜意识中的汉斯并不明白自己所做的一切是为什么。姑妈告诉汉斯，据说今年有一百一十八名考生参加州试，但只录取三十六名。听到这里，汉斯的心简直跌落到了谷底。他也因此挨了父亲的一顿痛骂，甚至连姑妈也觉得他不可理喻。带着紧张与惶恐的情绪，汉斯进入了梦乡。

Day 3《在轮下》

看到大自然的青山绿水，他竟有负罪感

如果自己考不上，就真的没脸见人了

汉斯在父亲的陪同下走进了考场，像一个犯人走到审讯室，环顾坐满了脸色苍白的男孩的大房间。然而，当汉斯看到拉丁文考题的那一瞬间，他松了一口气，因为他发现试题容易得可笑。他飞快地、几乎是兴高采烈地打了草稿，然后从容谨慎、干净整洁地写到了卷子上。他是最先交卷的人之一。下午不用考试，汉斯被父亲拖着去了几个朋友家，其中也有一个小男孩参加了州试。

“你觉得拉丁文的试题怎么样？”汉斯率先问道。“超级简单。可往往就是这样的，越简单的题目越容易出错，因为你会麻痹大意，而隐藏的陷阱就在这里。”汉斯有点吃

惊，陷入了沉思。男孩随后说道："我们那里来了十二个人。其中有三个人特别聪明，大家都指望他们能名列前茅。去年的第一名也是我们那里人。"汉斯深受震动，因为这些都让他害怕。如果自己考不上，就真的没脸见人了。回到家里，汉斯就将希腊语的内容从头到尾复习了一遍。

第二天的考试，先考希腊语，再考德语写作。上午考场大厅十分闷热，汉斯穿着厚厚的西装，汗流浃背，其间还遇上了一个作弊的学生，希望汉斯能传阅答案，汉斯吓得哆嗦。汉斯最终很沮丧地交卷了，他觉得这次考试恐怕是完蛋了。中午吃饭的时候，汉斯一言不发。父亲又在边上心烦意乱地问个不停，情绪激动。而下午还有一场口试，这是汉斯最害怕的。果然在考试的最后，被问到一个问题，汉斯脑海一片空白，答不上来。在被考官赶出门的时候，他又想了起来，走到门边，将答案大声地说了出来，然后红着脸就跑了。

这一天的汉斯，已经精疲力竭。明天还有两门要考，是数学和宗教。家人们看他如此，也终于不再打扰他。但第二天的考试却出奇地顺利。结束之后，他准备收拾行李回家，父亲却还想再停留几天。于是汉斯就先坐着火车回家了。火车穿过绿色的丘陵地带，向家乡而去。直到窗外出现了熟悉的深蓝色的枞树山，汉斯才有了些许喜悦和如释重负的感觉。

请记住这样的河水，也请记住在河水中自然如鱼儿般的汉斯

回到家后的汉斯，就跑向了野外。城外有一条小河，汉斯纵身一跃跳入水中。他在和缓的水里逆流而上，感觉近几日的汗水和恐惧都随着水流逐渐褪去。这是他熟悉的地方，让他最为放松的地方。当他瘦弱的身体被清凉的河水环抱之时，他的心也被美丽的家乡占据，充满了喜悦。他看着夕阳、河流，一切都是那般地如意。请记住这样的河水，也请记住在河水中自然如鱼儿般的汉斯。

第二天中午，他去车站接父亲。“如果你考上了，可以跟我提点要求。”父亲兴致勃勃地说。“不不，我肯定考不上。”汉斯叹着气。“笨蛋，你怎么回事！你还是想想要什么，趁我还没有反悔。”“我想假期里再去钓钓鱼，可以吗？”“好，考上了你就可以去。”汉斯的脑海里其实有各种设想：如果神学院和高中都进不了，他就会被送到一家店当学徒，或是到某个办公室去做办事员，然后他这辈子就会变成一个自己瞧不起的、绝对不想做的平庸可怜之人。这样的人生，他觉得痛苦、愤怒。然而，自始至终没有人告诉他：你要成为什么样的人，你又如何去成为。

终于要出成绩了，星期一的上午他去了学校，但上午没

有传来消息，中午也没有传来消息。午饭的时候，汉斯因为内心痛苦几乎咽不下饭。下午两点左右，班主任走进教室，大声喊着他的名字："汉斯·吉本拉特。""祝贺你，你以第二名的成绩被录取了！"教室里安静了，汉斯整个人都僵住了。老师让他回家把消息告诉父亲，他可以不用留在学校上课了。汉斯晕乎乎地走在街上，看见两边的树木一如昨日，然而又显得比平时更加美丽、更为欢愉。现在他可以升学了！他不必再担心要去打工店做学徒，或是去办公室了。而且，他还可以去钓鱼！

哪怕肉体腐烂十次，也不能玷污一丝灵魂

当他回到家把自己第二名的成绩告诉父亲时，父亲压根没有想到。他一边笑，一边摇头："好家伙！好家伙！"于是，汉斯开启了他漫长又愉快的假期，他满脸通红，眼睛里闪着炯炯的光，兴奋地做起渔具来，对他来说，这样的活儿就跟钓鱼本身一样叫他喜爱。他知道自己可以一整天享受独处的时光，做着自己喜欢的事情。

假期第一天，汉斯大口大口呼吸着早晨的新鲜空气，似乎要把那些已经失去的美好时光都加倍夺回来。钓鱼的时候，他又想起自己通过了考试，他开心地吹着口哨。他不会吹，还因此受过同学们的嘲笑，但是现在

他一点也不胆怯和害怕。因为其他人都还在教室里上课，只有他一个人放假、自由自在。几乎一整天，他都在阳光和水里来回玩耍。那是属于他自己的时光。任何人都不能剥夺的时光。

只是这样的快乐时光并没有持续很久。汉斯又被安排补习课程，他每天需要去牧师那里一小时，校长那里两小时，一周去数学老师那里四次。汉斯被两种矛盾的情绪占据，一种是觉得自己每天都比前一天提升了一个层次，一天比一天觉得它更加美妙。只要那种激情和狂热还在，他的阅读和学习就能继续突飞猛进。

在老师的灌输下，他有着一种急于求成的欲望，那是一种十分急切的上进心。然而，这种思想紧跟其后的就是头疼。看到汉斯有这样的决心，校长和老师自然是引以为傲的，很多学生都需要老师去“驯化”他们，使得孩子们放下天真和想象，从而给他们植入一种拘谨的、中庸的思想。而汉斯却主动放弃了无聊的嬉戏和闲逛。以至于后来，当汉斯重新看到那些大自然的青山绿水时，他觉得自己有负罪感。

在假期最后一周时，他终于去看望了许久未见的鞋匠，告诉鞋匠自己是因为要补课，所以才没有时间看望他。鞋匠看着瘦弱的汉斯说道：“你这个年纪应该充分地呼吸新鲜空气、多多运动，好好休息。不然为什么要给你们假期？你都皮包骨头了。是的，你会撑过去的。可是过分就是过分。”最后告别的时候，汉斯看到鞋匠以一种庄重的形式祈祷：“哪怕肉体腐烂十次，也不能玷污一丝灵魂。再见，汉斯，要保重！保佑你，阿门。”汉斯从来没有这样的感受。而他也将准备告别年少的假期，踏上新的征途。离开故乡，离开家，去到一个陌生的地方，让人心中不免沉重和异样。

Day 4《在轮下》

半讽刺意味的“天才”称号与“模范生”光环

大多数人还未分裂出自己的人格，有些东西来得快，去得也快

这是一座与世隔绝、掩藏在群山绿林之中的秀美壮丽的修道院，汉斯了解到这是政府腾新教神学院使用的。年轻人可以在这里摆脱让人分心的城市和家庭生活的纷扰。当地政府承担着学生的学费和生活费，为的是培养出有特殊思想的孩子——一种精心而稳妥的烙印，一种心甘情愿接受奴役、奉献自身的象征。无论他们出身于怎样形形色色的家庭，无论他们在多么不同的环境下长大！大部分神学院的学生并不知晓这一目的，他们在新学期的第一天表现得非常忙碌，并且激动、紧张。而我们的少年汉斯对这一切很漠然。

父亲帮他收拾好行李，并且问汉斯："你会给家族争光的，对吧？会听老师的话的，对吧？""当然。"汉斯回答。父亲不再继续说下去，而是深深地松了一口气。汉斯也有点怅然若失的感觉。他看到虽然四十个学生都是黑色礼服，但是面料和款式还是不同的，更加不同的是这些年轻人的行为举止和口音：骨瘦如柴、四肢僵硬的黑森林人，头发淡黄、嘴巴宽宽的粗犷山民，举止潇洒、活泼开朗的平原居民，还有精致讲究的斯图加特人。汉斯一个人也不认识，连同上次亲戚家的小男孩他也没有看到。接下去就是分寝室了。神学院无论是陈设还是规定，都丝毫没有施瓦本的味道，除了一些古典时期的标签，比如分给学生们的寝室就叫作："古罗马广场""希腊""雅典""斯巴达"。汉斯和另外的九个同学，被分到了"希腊"室。

那天晚上，汉斯第一次躺在宿舍那种狭窄的床板上，一股异样的滋味涌上心头。他本身没有思乡的情绪，只是想到家里自己那间安静的小卧室，心中不免有一丝怅然，还有那些未知的新事物和许多新同学，也叫他心生惶恐。他听着旁人有早就认识的男孩们的窃窃私语，有怪异的、可怕的声响——有人正蒙着被子哭，有重重的早已入睡的呼吸声……渐渐地，年轻的身体一个个终于被疲惫席卷，逐渐睡去。到底还是年轻。彼时大多数人还未分裂出自己的人格，有些东西来得快，去得也快。

他们都竭力让自己表现得像个成人，以配得上老师用“您”来尊称他们

第二天在开学典礼之后，汉斯和同学们互相认识。跟汉斯一同住在“希腊”室的九个同学当中，有四个是绝对的佼佼者。奥托·哈特纳，一位斯图加特教授的儿子，天赋异禀，安静、自信、能干、踏实。卡尔·哈默尔，来自一个高山牧场的小村庄，是村长的儿子。他是个矛盾体，谁也不了解他。因为他时而热情、放纵，时而迟钝、冷漠。另外一个不那么复杂，但是却十分引人注目——赫尔曼·海尔纳，一个家庭条件优渥的黑森林人。他是个文艺青年，自诩诗人，很健谈，说话很生动。他有着年轻人不成熟的多愁善感和轻率鲁莽。更重要的是，无论是生理还是心理，他的成长都超越了他的年龄，已经开始尝试走自己的路了。“希腊”室还有一个特别的住户是艾米尔·卢修斯，一个不动声色、头发浅黄的小男孩，同时也很坚韧、勤奋。后来，人们才发现他原来是个十分滑头的吝啬鬼和自私鬼。

时间久了，大家彼此了解了。有滑稽的、自私的、吵闹的，而汉斯选择安静地走自己的路，做一个安分守己的好同学。只有海尔纳例外，他仗着自己的天赋，放荡不羁，甚至也嘲讽汉斯，“你是个一心只想向上爬的人”。汉斯并未所

动。刚相处的时候，所有这些正处在迅速成长的年纪的男孩，都还算合群，尽管晚上宿舍里打架斗殴并不少见。他们都竭力让自己表现得像个成人，以配得上老师用“您”来尊称他们。渐渐地，随着人的成长，心理发生了变化，男孩们之间摆脱了稚气，在他们身上，个性的萌芽正在苏醒。汉斯并没有参与这些活动，他还是孤身一人。在那些要求严格、没有母爱的童年岁月里，他已经逐渐失去了与人亲近的能力。当然，汉斯心底里也曾渴望有一个志同道合的朋友，一个比他强大、比他勇敢的人，来找他、带领他。而充满诗意的赫尔曼·海尔纳就是那个人。

在这儿，我们读《奥德赛》像是一本菜谱似的

他们俩的认识来自偶然。有一天海尔纳正在常待的湖边思考着他的与“死亡”和“消逝”相关的诗句。汉斯散步走到了他的身边。他们简单地谈了起来。聊聊自己看的书，聊聊白云、蓝天、森林、村庄还有汉斯从未看过的船。海尔纳描述完从莱茵河顺流而下的河岸风景，最后说道：“你对这些事情还真是一窍不通。你就只会用功学习、求上进、死读书！”汉斯沉默了。他想象着海尔纳口中的船，倾听着，闭上眼睛，仿佛自己听见了船上的音乐，看到了穿白色连衣裙的姑娘。他知道海尔纳是个怪人，一个幻想家、一个诗人。

海尔纳很少在学习上花时间，可是知道得却仍然很多，给出的回答很是巧妙，同时却很藐视这些知识。“在这儿，我们读《奥德赛》像是一本菜谱似的，一堂课读两行，反复咀嚼，探究，直到人作呕。尽是些无聊的家伙，彻头彻尾的。整天耗尽心力，却不知道世上还有比这些字母更高级的东西。”整个下午，汉斯都忍不住去想海尔纳。他活得更热情、更自由、更任性，忍受着奇怪的痛苦，懂得欣赏古老的圆柱和城墙之美，似乎对周围的一切都充满鄙视。

有一天，海尔纳便让所有的同学都领教了一把他那乖张的、引人注目的性子。有一个大话精、小市民的同学和海尔纳发生了争执。开始的时候，海尔纳还很冷静，保持着他的幽默和清高，后来一怒而起打了对方。两个人立刻激愤地扭打成一团。最后，对方骂骂咧咧走开了。海尔纳安静地坐在宿舍，眼泪突然夺眶而出。此时的汉斯正不动声色地看着海尔纳，直到海尔纳走出门，他才有勇气去找他。找到海尔纳的时候，他讽刺了汉斯：“你来干什么？你可以走了。”汉斯觉得受到了伤害，正准备走，却又被海尔纳喊住了，“我不是那个意思。”

随着时间的推移，这群年轻人融入了集体生活。他们互相都已经认识，也组成了属于自己的队伍。而所有组合中最不相配的，就是汉斯和海尔纳。一个踏实努力，一个轻率不羁；一个是文艺的诗人，一个热衷于追逐名利。大家虽然把他俩都归作聪明能干、天资最高的一类，但海尔纳享有的是半讽刺意味的“天才”的称号，而另一位则顶着“模范生”的光环。汉斯和海尔纳之间的友谊是一种很特殊的关系。他们俩对一切事物的看法都截然不同。对于海尔纳而言，这是一种乐趣和奢侈品，是一种令人舒适的享受。而对汉斯而言，它时而是一件值得骄傲的珍宝，时而又是一种巨大的、难以承受的负担。这种负担很快就会暴露了。到时，汉斯将不得不去面对，这种负担对于他原来的生活造成的冲突。

Day 5《在轮下》

千万别松懈，
要不然就会滚到车轮下面去的

我拿个第二十名，也不代表就比你们这些追求名次的人笨

根据以往的经验，在四年的修道院学习生活期间，总会失去一个或多个学生。而这一次，少掉的学生正是汉斯班上的同学。那是个裁缝的儿子，名叫印丁格，有个外号叫“印度人”，是室友卢修斯的邻桌，只有他们俩关系还可以，除此之外，便没有别的朋友了。

一月里的一天，印丁格随同学去溜冰，他没有溜冰鞋，只好在边上看着。因为太冷，他就在湖面上跑着，冰突然裂了，他掉进了湖里。他挣扎着呼唤了一会儿，就沉入黑暗、冰冷的湖水中，没有人发觉。找到尸体的时候天色已经很

晚，这位溺水的同学被人抬着走在前面。学生们默默跟着，他们压抑的灵魂才感受到这可怕的死亡。一时间，汉斯深信一切的自私自利都是毫无意义的。对他来说，好像躺在前面运尸架上的那个小小躯体不是别人，而是他的朋友海尔纳。因为在这之前，汉斯曾放开了他的朋友。

海尔纳和卢修斯互相争执，态度恶劣，被校长逮住。由于海尔纳屡屡犯错，他被宣布处以重罚，关禁闭室。所有人都对海尔纳避之不及，汉斯知道这个时候他的好朋友需要支持，但是汉斯没有迈出那一步，汉斯的背叛成了事实，汉斯背负了海尔纳口中“懦夫”的骂名。他们再一次近距离接触，就是在寻找印丁格尸体的路上。在这之前他们的相处模式很不同，汉斯勤奋，总是会花费大量的时间在学习上，而海尔纳却总是占据汉斯的时间，分享激动人心的诗句，诉说生活烦恼。虽然海尔纳会无情地戳穿他的恐慌：“你根本不喜欢这些学业，而是纯粹出于恐惧，害怕老师或是你父亲。我拿个第二十名，也不代表就比你们这些追求名次的人笨。”

在这份友谊中，汉斯总是扮演倾听的角色，尽管他也极度恐慌，害怕不够勤奋而跟不上学业，但是却能感受到海尔纳需要他。汉斯勇敢地踏出了这一步，“我那时候太懦弱，不应该扔下你不管。那时候我一心想要在神学院保持前列，并尽可能成为第一名。你管这叫追求名利，也许你说得对。

但是那正是我曾经认为的最理想的方式，我不知道有什么比这更好的。我也不清楚对还是错。我不知道，你是否愿意再和我做一次朋友。我感到很抱歉”。于是，他们又和好如初，甚至比之前更好。

一个逐渐沉沦的灵魂，在即将溺亡之时充满恐惧与绝望地向四周张望

然而，在日后的相处中，汉斯越是热忱而幸福地眷恋他的朋友，学校对他来说越陌生。老师眼看着目前为止一直无可指摘的好学生汉斯变成了一个问题学生，守着不靠谱的海尔纳，心中满是惊恐。与此同时，校长也找到了汉斯。“我的好孩子，你可能自己也发觉，你的成绩近来有些退步，我感到很遗憾。为什么会出现这种情况？有时候，我也会问自己，你的劲头突然消减，到底是什么原因？你不会是生病了吧？”“没有。”“还是你头疼？毫无疑问，你的脸色看起来并不太好。”“是的，我有时候会头疼。”校长语气柔和，“你愿意向我保证会好好地努力吗？千万别松懈，要不然就会滚到车轮下面去的。”

他们之后的对话就更索然无味，校长告诫汉斯，他和海尔纳是完全不同的两种人，两人之间应该减少交往。因为大家都感觉到汉斯沉醉于海尔纳的坏影响中。但是，汉斯却没

有同意。他是自己的朋友，如果抛弃他，就成了懦夫。从那以后，汉斯又开始重新努力学习，但是明显不像从前那样毫不费力，而是很艰难地跟上去。他又做不到像海尔纳一样飞快地学习重要的知识点，于是只好逼迫自己早起用来学习。但是，他并不觉得这份友情是阻碍，恰恰相反，他认为这是一种财富，与他过去那种平淡无奇、理智本分的生活简直无法相提并论。从前的他太孤独了。现在的他学会了去感受大自然的一切，他也学会了感受诗句里的美好与壮观，他觉得自己触摸到了荷马……他觉得自己能够干一场伟大的英雄事业。然而，接下来却发生了两件事，对汉斯造成了致命的打击。

一件事情是好朋友海尔纳被学校开除了，他们以一种匆匆的方式做了告别。海尔纳选择了逃离修道院，像是一只从牢笼里逃脱出来的鸟一样。大家找不到他，学校也担心他会像印丁格一样结束生命。而此时的海尔纳正在小村庄，并借着自己的幽默赢得了乡长的欢心。他被带回来的时候，修道院引起了一阵巨大的骚动。然而，他昂首挺胸，完全不后悔这次小小的天才之游。面对由全体教师组成的内部法庭，他全然没有敬畏之心。于是海尔纳被开除了。他随着他的父亲，一去不复返了。而留下的汉斯，却被认为提前知道海尔纳逃走的实情被老师摒弃。老师们总是对他发脾气，用轻蔑的态度或是冷暴力来惩罚他。甚至当他回答不上问题的时候，会说一句："你怎么就不跟你的好朋友海尔纳一起走呢？"

另一件事是汉斯终于病倒了。他那疲惫的身躯在某一次课堂上重重地倒了下去。这匹被过度驱使的小马驹已经瘫倒在路边，不中用了。然而，没有一个老师看到，这些以指导青少年为己任的、尽职尽责的引路人。没有人看到，少年消瘦的脸上那无助的微笑背后隐藏着一个逐渐沉沦的灵魂，在即将溺亡之时充满恐惧与绝望地向四周张望。最后，学校给汉斯的父亲写了一封信，打发他回家去了。在汉斯离开之际，校长表现得极其和蔼。他清楚地知道，这个学生去了就不会再回来。因为汉斯现在在学习上已经很落后了，即使他康复了，想要赶上错过的这几个月，也是不可能的。当然，校长也曾闪过一丝质疑：这两个天才少年的离开，自己是不是也需要负一部分责任。然而，这个想法也立马被抛之脑后了。

Day 6《在轮下》

他本来是多么聪明的一个孩子……

人的灵魂若在开花期患了病或遭到摧残，往往也会如此回归，然而，这种生命只是一种假象

汉斯坐着火车离开了学校，火车慢慢往故乡前进，还是自己熟悉的风景，看见这一切，他的旅途突然有些愉悦。他知道一切都结束了，无论是神学院还是大学，或是现实其他一切抱负的希望，全部结束了。可是他此刻一点也不感到悲伤，让他心情沉重的只是害怕见到失望的父亲。他现在别无所求，只想休息一下、痛痛快快地哭一场，在饱受了各种折磨后能有一方清净。终于他在月台上见到了父亲。汉斯觉得有一丝开心，父亲并没有责备他。可接着，他就感受到父亲在努力克制着自己，还用一种奇怪的、带着审视的目光打量

着他，用客套和缓的语气和他讲话，这让他更加害怕，病情也在这种情况下加重了。这种病使得他头疼不断，即使在树林里，他也无法享受了。一旦他想起拉丁文学校和神学院的一切，他脑海里的恐怖就更加撕咬着他的灵魂，令他痛苦不堪。在这种困境和孤独中，死亡的念头伪装成安慰接近了这个患病的少年，使其逐渐对它产生信任和依赖。

汉斯想起小时候经常去的一个地方——“鹰巷”。鹰巷和他常去的地方不一样，这里充满着很多可怕而看不透、隐秘而刺激人心的东西。在这里可以听说和经历很多，热闹又充满冒险。这是一个又窄又寒酸的地方，却是童年仅有的美好回忆。八岁那年，他在鹰巷结识了几个朋友。芬肯拜恩兄弟，城里最诡计多端的顽童。还有一个他更要好的朋友——赫尔曼·莱西腾海尔。他是个孤儿，病残，早熟，不同寻常。他对各种工艺都娴熟，热爱钓鱼，这种热情也传染给了汉斯。汉斯和莱西腾海尔一起的时候，总是以极大的热情去感受钓鱼带来的愉悦。然而，没过多久，这个好朋友就因发烧而死去，人们很快忘记了他，但是汉斯却久久地怀念他。汉斯再一次去到了这里，他像个局外人，他无法从从前快乐的记忆中寻找治愈的解药。

正如黑塞所说：“当一棵树被砍掉树冠后，树根旁边就会发出新的嫩芽。人的灵魂若在开花期患了病或遭到摧残，往往也会如此回归，回到一开始如春天般的萌芽时期，回到充满遐想的童年时代，仿佛在那里它可以发现新的希望，断裂的生命线可以重新相连。然而，这种生命只是一种假象，永远都不会再有一棵新的树长出来。”汉斯在自己幻想的童年王国里走上了一段路，虽然结果令人失望，但还是让他在困惑、迷惘中缓和下来了。他感到内心有一种愿望，愿自己同眼前的一切一起消逝。

梦里也只有清冷秋夜里无边无际的孤独

每个健康的生命都必须有生活的内容和目标，而这两样对于年轻的汉斯来说都已不复存在。于是，汉斯的父亲给他找了一个活。在抄写员和机械师学徒之间，汉斯最终去做了机械师。在接受这份工作之前，还发生了另外一件事情，对于汉斯而言本来是一件甜蜜美好的事情。然而，最后却成了致命的打击。有一天，鞋匠弗莱格邀请汉斯到他家去榨果汁。到处都是果汁的香气，这是一年四季中最令人喜悦的时节。

汉斯被每个兴高采烈的人所感染，他像换了一个人，开心地同鞋匠打招呼，也讲了几个流行的关于榨果汁的笑话。而此时，汉斯正好碰见了鞋匠的侄女艾玛。这个姑娘十八九岁，活泼开朗，身材匀称，圆圆的脸上乌黑的眼睛闪着温暖、热情的光芒。她才来这里两个星期，几乎全城的人她都认识了。艾玛和汉斯简单地打招呼，在交谈中，两人无意中触碰到了对方的手。汉斯感受到了自己复杂又矛盾的喜悦，他的心剧烈地跳动着。他逃一样地离开，连再见都没有说。但是他的内心又如此希望能再次遇见艾玛。

终于这个内心的渴望变成了行动，他跑到鞋匠的家里，正好艾玛也看见了他。这个姑娘显然比汉斯更懂得撩拨人的心弦。汉斯又想逃走，但是艾玛却一步步向他走去，汉斯温柔而含羞地拉住艾玛伸出的手。最后艾玛吻了汉斯。然而汉斯不知道的是，艾玛已经尝试过不少次亲吻的滋味，对谈恋爱这事也是驾轻就熟，这个害羞又温柔的男孩很合她的意。然而，艾玛离开了，她并没有告诉汉斯。汉斯被刺痛了，就这样解开了一部分爱情的秘密，这个秘密甜蜜太少，苦涩太多。他明白，那个女孩根本没有将自己放在心上。

你和我都对这孩子有不少疏忽，不是吗?

工作的忙碌或许能令人暂时忘记生活的苦痛。约好去机械厂去上工的星期五就快到了。汉斯虽然不安，但是这一天真正来到时，他到底还是很高兴的。汉斯到工厂的时候，大家已经干得热火朝天，有学徒带着他一起干活。没一会儿，他感到疲惫，头晕目眩。但是当他听到工人们按照既定的节奏运行着，他有所触动，感觉到自己的渺小以及自己这个渺小的生命融入了一种伟大的节奏。周末的休息日，汉斯融入了这个大家庭，跟着他们一块去消遣娱乐。与大家分别的时候，汉斯有点醉意。这种感觉很舒服，但是他又觉得灾难来临，回家会挨骂，明天一早还得去工厂干活……他充满了痛苦和挫败感，似乎不得不安静地睡去，永远不再醒来。

下一刻的汉斯，躺在他熟悉的水域里，再也感受不到疼痛了。是的，汉斯死了。他的葬礼引来了一大批送葬和好奇的人。老师、校长、牧师又出现在他的命运中。汉斯的父亲叹息着，明明一切都朝着好的方向发展，他本来是多么聪明的一个孩子——怎么突然一个接一个的不幸就发生在他的身上。此时，鞋匠低声说："把孩子逼到这个份儿上，那些老师都有份。也许你和我都对这孩子有不少疏忽，不是吗？"

Day 7《在轮下》

成为什么人都没有错，
只要是你想成为的那个人

控诉德国旧的教育制度：他们不需要天才，只需要安分守己、循规蹈矩的人

这是一部具有浓厚自传色彩的小说。黑塞9岁时进入拉丁语学校就读。因为要继承父亲的圣职，成为优秀的牧师，就必须参加“州试”。黑塞14岁时，通过了州试，开始过寄宿生的生活。入学不久，他感受到了学校强烈的压迫，还有自己内心新思想的萌发，最终逃离了神学院。在这之后，他的青春开始辗转于各个学校，遭禁闭又退学，后来又去当学徒。总之，有足足四年时间，他的生活都不顺。

其实，黑塞本人的经历恰恰是汉斯和海尔纳两个人的结合。庆幸的是，在他辍学期间依旧没有放弃自我进修。而祖父家里大量的藏书给他的生活带来了巨大的喜悦。黑塞一面承受孤独与失意，一面努力读书和写诗。黑塞把这段经历写进了《在轮下》，他用文中校长、老师的目光揭露了思想麻木、灵魂腐朽的教育带给他的苦痛，和久久无法愈合的后遗症。

例如，校长只关心最表面的事情。当得知一直是无可指摘的好学生汉斯出现了成绩下滑的现象，他只说："你会答应我好好努力对吗？千万别松懈，要不然就会滚到车轮下面去的。"

然而，当大家发现汉斯的学业一落千丈到无可挽救的时候，便彻底、无情地放弃了他。在这个过程中，校长、老师没有人关心过汉斯的心理。社会的歧视与生活的失意，使汉斯觉得仿佛跌在无情而庞大的车轮下……由于入学考试的压力，一切童年应有的快乐都被剥夺，人们给予的是填鸭式的灌注知识和空洞无力的人生理念。

黑塞知道，"因为教师的任务并不是要培养出乎常轨的人，而是要培养精通拉丁文和数学的正直小市民"。他们的职责是束缚和铲除年幼男孩的本性粗野的力量和欲望，代之以树立一种宁静的、适度的和人们认可的理想。创作这本书时，黑塞摆出明显的斗争姿态，站在少年的立场，严厉批判当时德国的不人道的教育制度。

接受失败的勇气：痛苦的重压之下，依旧有希望

其实，黑塞的人生与汉斯比起来，情况更为严重。文章中，汉斯回到镇上养病，但是谁也不再看这个一败涂地的少年一眼，最终汉斯选择了死亡。黑塞用了这样一段优美的文字去描写这个残酷的举动：

命运叫他为他自己阴暗的企图感到高兴，它看着他每天从死神的杯中享用几滴欢乐和活力之酒。原因可能并不在于这个生命是伤残的、年轻的。然而这个生命应该先画完它的圆圈，不该在它浅尝一下生活中的苦乐之前，就让它从平面图上消失掉。

社会的歧视与生活的失意，使汉斯觉得仿佛跌在无情而庞大的车轮下。但黑塞熬过来了，虽然在他最失意的时候曾两次企图自杀。而他依然选择重新活着。他还没有放弃自己成为一个诗人的梦想，他还有所执念。所有人都在告诉你，如何才能成功。而黑塞却说，如何去面对失败。失败之后不会只有一种选择，痛苦的重压之下，依旧有希望。就如《在轮下》中，鞋匠告诉汉斯的那样："考试没有什么大不了的，成绩再好的人也有落榜的可能。万一真的名落孙山，就去想想，上帝对每个人都自有安排，自会指引他们走向自己

的道路。一切自有另外的安排。”

黑塞曾说：“一个人要完成自己的人格，一定会同周遭发生冲撞，当这场战争开始时，我也开始和学校产生了冲突。二十年后，我才终于明白了那场战争的意义。”

成为自己想成为的人：人生可以平凡却不平庸

关于黑塞，诺贝尔文学奖颁奖词是这样说的：“他那些灵思盎然的作品，它们一方面具有高度的创意和深刻的洞见，一方面象征古典的人道理想和高尚的风格。”一百年后，我们重读黑塞的作品，发现他的思想和当下的价值观有着惊人的重合度。人人都想成为自己。但是，大多数时候，没有人教我们怎么成为自己。《在轮下》中，汉斯一直是被灌输努力学习，取得好名次，但是他不知道自己这样做的意义是什么。他也不知道自己的人生目标是什么。

黑塞是想成为一个诗人。然而，这正是他痛苦的来源。这个痛苦的认识，就是没有培养诗人的地方。在教科书上，老师无尽地赞美诗人，但现实中，想成为诗人却受尽轻蔑。如果想成为世俗中不常见的职业，就必定会遭受质疑。黑塞因为坚定，才走上了自己的道路。而年轻的汉斯，目标涣散，这不能责备，更应该引起关注。黑塞也严厉地抨击了这一点，没有人去关心一个少年的落寞与倦怠，反而觉得不会学习就一无是处。这才是最可怕的地方，也是黑塞留给我们值得思考的地方。

庆幸的是，黑塞也在其他作品中告诉我们："一个人的职责是发现自己的命运，而不是别人的命运，是彻底而不屈地活出自己的命运。"

《无知》

艰难的回归之旅

[捷] 米兰 · 昆德拉

报纸上说：生活不是你活过的样子，而是你记住的样子。

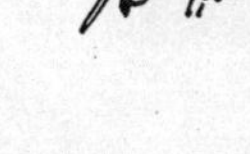

《无知》与《慢》《身份》

被法国读书界称为“遗忘三部曲”

流亡西方的捷克人回乡寻根

却在现实巨大的落差中经历迷惘

这是每个离家远行者的自传

无知，是悲悯的一声叹息

Day 1《无知》

回归是
与生命有限性的一种妥协

与尤利西斯产生了互文效果的回归之旅

米兰·昆德拉，出生于捷克斯洛伐克的布尔诺。他的父亲是一名钢琴家，曾亲自教他弹钢琴，带领他一步步走进音乐艺术的世界。不仅如此，父亲书房中还有很多藏书，昆德拉在小时候就阅读了大量的文学书籍，为他日后成为一名小说家打下了坚固的基础。昆德拉十三四岁就师从当时捷克最出色的作曲家之一保尔·哈斯学习，后来哈斯被关进集中营，再也没有出来。米兰·昆德拉始终把哈斯当作“我个人神殿中的一位”，他写下的第一首诗就是《纪念保尔·哈斯》，以此来缅怀这位恩师。1947年，18岁的昆德拉加入捷克共产党。他最早沉迷于造型艺术，一心想当雕塑家和画家，也一度成为家乡小有名气的画家，曾为剧院和出版社画过不少插图。之后，在狂热地爱上了音乐的同时，昆德拉还投入到写诗的热情之中。

从昆德拉第一本诗集《人：一座广阔的花园》中，人们就听到了不同的声音。当时的捷克文坛教条主义盛行，公式化的诗歌到处泛滥。而昆德拉的诗却带有明显的超现实主义色彩和批判精神。真正开始给他带来世界声誉的作品是小说《玩笑》，该书连出三版，印数达到几十万册，后来还被拍成电影。1968年8月，苏联军队占领捷克斯洛伐克。《玩笑》被列为禁书，立即从书店和图书馆消失。昆德拉被开除党籍，在电影学院的教职也被解除，他的作品一下子从书店和公共图书馆消失，同时还被禁止发表任何作品。而小说《无知》的创作背景正是在那个时候。昆德拉在书中述说了以女主角伊莱娜和男主角约瑟夫为代表的流亡西方的捷克人，他们回乡寻根，却在现实巨大的落差中经历迷惘、失望以及寻找自我的过程。这与罗马神话中英雄人物尤利西斯长达二十年的回归之旅产生了很好的互文效果。

在异乡的安乐生活与充满冒险的回归这两者之间，他选择的是回归

大回归，这几个字，一经重复就充满无比的力量，伊莱

娜看见自己的心底将之刻下。她不再抗拒，因为此时她已经被眼前的景象迷惑——突然间出现旧时读过的书、看过的电影，闪现出自己的记忆，也许也是祖先的记忆。这个时候，她的朋友茜尔微正激昂地谈着回归的事情，她一直认为像伊莱娜这样的流亡者，在回归自己的祖国时也一定会觉得这是一件十分伟大的事情。然而伊莱娜却陷入了沉思之中。一方面，她对回归充满了美好的向往，想象着再次见到以前熟悉的城市、人、事物，回到那种熟悉的文化氛围之中，重拾对祖国最珍贵且美好的记忆；但另一方面，她又害怕回到祖国，那得需要多大的勇气啊，她想。

关于神话中尤利西斯的回归，作者在此做了解读，他认为“回归”是一个永恒的话题，不仅伊莱娜面临着这样的问题，生活中很多人同样如此。尤利西斯在卡吕普索那儿过的是一种安逸的生活。卡吕普索和尤利西斯在一起生活了整整七年，她彻底爱上了眼前这个流亡者，然而尤利西斯还是选择了离开，他的意念如此坚定，无人能够动摇。正如作者所说：在异乡的安乐生活与充满冒险的回归这两者之间，他选择的是回归。他舍弃对未知（冒险）的激情探索而选择了对已知（回归）的赞颂。较之无限（因为冒险永远都不想结束），他宁要有限（因为回归是与生命之有限性的一种妥协）。

面对生命的有限与无限，我们又该如何去选择呢？也许真正能做到尤利西斯那样，在回归的路上不断认清自己，然后坚定地走下去的人很少；大多数人是迷茫的，很难说清楚自己要去哪里。回归，回到哪里去？伊莱娜喜欢法国，法国的浪漫让她毫无抵抗力。她婚后生活在法国，丈夫马丁去世后，她一个人养育孩子成人。在法国也交到了一些好朋友，眼前的茜尔微就是其中之一。正如好友所言，她作为一个流亡者，也该考虑回家的事情了。

还有什么比看不到未来的希望更让人感到迷茫

伊莱娜之所以从捷克流亡到法国这么多年，是有一个大的历史原因。20世纪整个欧洲发生了太多的事，第一、第二次世界大战，以及冷战等关涉整个欧洲的重大日子。对于捷克人来说，他们却经历了三个艰难的二十年：经历了数个世纪的岁月后，他们于1918年获得国家独立，但在1938年又丧失了。这是第一个二十年；1948年，由当时的执政者开启了第二个二十年的恐怖，后在1968年，以兴兵五十万入侵该国而告结束。占领政权于1969年秋牢固地建立，而谁也没有料到，又于1989年秋悄悄地、有礼有节地撤除了。这是第三个二十年。

“如若不首先对重大日子做一番分析，便不可能理解伊莱娜在法国的存在。”米兰·昆德拉说。1969年，伊莱娜和她的丈夫一起流亡到法国。也正是在这个时候，他们开始明白，与头号灾祸相比，落到他们祖国头上的灾难实在太没有血腥味，无法触动他们的新朋友。不管他们怎么去跟法国人解释自己的境遇，别人都无法真正懂得。在俄国人入侵后，捷克人丝毫没有想过这种意识形态会最终垮台，他们又想象自己生活在一个没有尽头的世界里。

还有什么比看不到未来的希望更让人感到迷茫和绝望呢？尽管伊莱娜心中早已陷入对故乡过去种种的怀念之中，但内心那个抗拒的声音也同时在滋生着。因为，在流亡多年后，谁也不知道正在等待着自己的会是什么，曾经熟悉的一切都将变得陌生；曾经因为失望、绝望而离开，现在回归之后会更好吗？答案是不确定的。

Day 2《无知》

站在时间之外的两个人

故乡的事物总是会在她的脑海中一闪而过，来宣告自己的存在

伊莱娜做过很多关于祖国和故乡的梦。在流亡到法国的最初时间里，她经常梦到祖国捷克，梦中充满了恐怖的经历。有时是一帮全副武装的捷克警察向她凶狠地走去；有时是一群捷克女人端着啤酒在布拉格的街道上，围着她嬉笑，笑声却阴险狡诈。

最初，她以为只有她自己才会做这样的梦，后来和丈夫马丁交谈后她明白了，原来流亡到外国的捷克人都会如此。可以说二十世纪下半叶，最奇怪的现象之一就是流亡者之梦了。

这些流亡者，背井离乡，既思念着祖国，又对过去遭遇的一切感到恐惧，这种恐惧同时又会折磨这些可怜的人，让他们失去迫不及待返乡的勇气。这种可怕的噩梦，在伊莱娜看来更是不可思议，因为她感到自己同时也在饱受着不可抑制的思乡之情的煎熬。

除了在梦中，伊莱娜还会在日常工作、生活的很多个时刻里突然看到故乡的风景。有时候是一条田野小路，有时候是拥挤的地铁车厢，这些故乡的事物总是会在她的脑海中一闪而过，来宣告自己的存在，仿佛在传达着她对波西米亚故土炙热的思念之情。然而到了晚上，这样美好的梦又会变得让人感到压抑、恐怖，想要永远逃离，不再回去。这是因为，捷克痛斥流亡行径，将之视作最可恨的背叛，凡留在国外的人，全都在国内被缺席判了罪，谁也不敢与他们有什么联系。有的家人亡故，自己却不知道消息，这样的煎熬无疑是残忍的。

后来，随着时间的推移，事情逐渐缓和了许多。伊莱娜的母亲在丧夫不久后，就获得了由国家的旅行社组织去意大利的签证，第二年，她决定来巴黎看望流亡多年的女儿。为此，伊莱娜非常激动，一想到就要见到分别多年的老母亲，心中不禁充满了怜悯，想着要好好照顾她，弥补自己多年不在母亲身边的愧疚。

然而，事情并没有如她所愿。

亲情在近二十年的流亡生涯中，好像也被冲散了许多

时隔多年见到母亲，伊莱娜无疑是激动的。然而，母亲见到她的第一句话竟然是“你看上去不那么糟嘛”。随后，她又补充说自己过得也不错，还得意扬扬地说到边境警察看到她的护照时竟然以为她的出生年月不对，这不就是变相夸她年轻吗？听到母亲这样说，伊莱娜内心对年迈母亲的怜悯之情早已消失。母女面面相对，就好像是站在时间之外的两个人，像是两个超越时间本质的人。亲情在近二十年的流亡生涯中，好像也被冲散了许多。伊莱娜心中涌起一股惆怅，但是为了尽力表现出亲切，伊莱娜带着母亲参观了埃菲尔铁塔，坐了船，还看了画展。然而当伊莱娜带着母亲去看罗丹时，母亲却自顾自话地说着自己在佛罗伦萨看米开朗琪罗的事情。她对于女儿的安排总是不满意，注意力总是跳跃到别的地方去，几乎看不到她对面前这个多年未见的女儿的关爱。

对此，伊莱娜也感到非常不解，为什么时隔二十年，母亲对自己感情的变化如此之大？她甚至都没有问过伊莱娜在法国过得怎么样。想到这些，伊莱娜感到十分委屈，显然，母亲给她的爱实在少得可怜。母亲只是不停地跟伊莱娜讲述

着在布拉格发生的事情，对此伊莱娜根本插不进去话。这勾起了伊莱娜对童年的回忆。从记事起，母亲对于儿子就非常宠爱，像是宠爱一个小姑娘一样，然而对于她这个女儿，则表现得很淡漠。在女儿面前，伊莱娜的母亲始终表现得很强势，仿佛自始至终都将伊莱娜掌控在手中。只要她一天看到女儿在自己面前还感到惶恐而软弱，她就要尽可能延长自己占有绝对优势的时间。就这样，带着一丝残忍，她故意把女儿的脆弱视为冷漠、懒惰和漫不经心，从而不断斥责她。长期以来，伊莱娜总是觉得自己不够漂亮，她的内心充满了自卑，只要母亲出现，她就始终处于一种软弱无能的状态下。

母亲临走前夕，伊莱娜将自己的瑞典男友居斯塔夫介绍给母亲认识，三人一起吃饭聊天。餐桌上，母亲因为不会讲法语，直接用自己发音糟糕的英语和居斯塔夫交流。在伊莱娜眼中，母亲这种行为实在过于笨拙，然而居斯塔夫却很高兴，兴致勃勃地配合着伊莱娜的母亲讲着英语。这次和母亲的见面也给居斯塔夫留下了深刻的印象。送走母亲之后，伊莱娜回到公寓，看着窗前的景色，享受着独处的自由。此刻，在她眼里，巴黎的景色早已取代了捷克花园的那片翠绿。她意识到生活在这座城市是多么幸福。她开始这样看待自己的流亡生涯，虽然迫于外界压力，出于无奈远走异国他乡，但或许这对她来说是最好的出路。

历史无情的力量虽说一度剥夺了她的自由，但还是把自由还给了她。几周后，男友居斯塔夫向她宣告的事情让伊莱娜感到隐约的不愉快。原来居斯塔夫向公司提议在布拉格设置一个办事处，这样他就可以去伊莱娜的城市看看了，他以为这对伊莱娜来说会是一个好消息。然而事实并非如此，当听到居斯塔夫说设置办事处以后唯一会去拜访的就是自己的母亲时，伊莱娜心中五味杂陈。其实她最不希望居斯塔夫去联系的就是自己的母亲，在母亲控制的那个魔圈中，她从未成功地掌控过自己的生活。只要离母亲很近，她就无法自信起来，就始终是一个弱小无能的存在。

Day 3《无知》

思乡之情越浓烈，记忆就越空洞

幸福的人用童年治愈一生，不幸的人用一生治愈童年

伊莱娜心底暗暗地感谢上帝，因为祖国的防线比较牢靠，让她没那么容易回国。她发现自己居然会这么想时，不由自主地吃了一惊。当身边的人都在同情她不幸的流亡遭遇时，她却在悄悄地庆幸自己身处现在这个城市，异国他乡对她而言，更意味着自由。可能这一切都源于童年时母亲给她留下的阴影，母爱对她来说是一直缺席的。所以当居斯塔夫在她的面前夸赞自己母亲那么有活力时，她并没有感到意外和喜悦，对于母亲和居斯塔夫这两个人之间如此投缘，伊莱娜也并没有特别在意。当初，她与马丁结婚时，还是那么年

轻，在那样一个如花的年纪里，结婚对她来说可能只意味着逃离母亲所在的家，进入另一个环境，呼吸自由的空气。面对比自己大太多的丈夫马丁，伊莱娜有多少情愫和爱意呢？恐怕她自己也无法判别。

现在的男友居斯塔夫也是和马丁差不多年纪。当时马丁和居斯塔夫因为商业原因认识，等后来居斯塔夫再见到伊莱娜时，马丁已经离开了人世。居斯塔夫和妻子离婚后虽然感到遗憾，但木已成舟，他为两个女儿安排好了一切，这样看来他的生活一切顺利，接下来就可以顺理成章地和伊莱娜在一起了。但居斯塔夫和伊莱娜的结合有一个非常大的问题，那就是伊莱娜是在淡漠、缺爱的家庭环境中长大的，而居斯塔夫却截然相反。比起伊莱娜，居斯塔夫的童年简直太幸福。他从小就是母亲的心肝宝贝，受到全家人的宠爱。没有女人的照料，他根本无法一个人生活下去。虽然他习惯了受到女人细微的照顾，但面对她们的苛求、吵闹、动不动就掉眼泪，甚至过分主动直露地献出自己的身体，他又万万不能忍受。于是，为了能够同时拥有她们又远离她们，他就拿善良当作炮弹，在这炮弹爆炸的烟云掩护下从容地撤退。

面对这样的居斯塔夫，伊莱娜也被他的善意和魅力迷住了。她渴望将自己奉献给他，更重要的是，她希望从居斯塔夫这里得到真正的爱。她和马丁婚后不久就流亡到巴黎，后来马丁死后，她一个人拉扯着两个孩子，过着非常艰苦的日子。那段岁月，漫长而又艰难，迫于生计，她不得不什么工作都接受。她似乎忘记了自己有着非常漂亮的身躯，还可以让别人为自己疯狂。与居斯塔夫的相遇无疑是美好的，这样一个有魅力的男人让她重新认识了自己。然而母亲出现在巴黎让她明白，不管自己去哪里、和谁在一起，她都无法摆脱母亲的影子。幸福的人用童年治愈一生，不幸的人用一生治愈童年。伊莱娜漂泊在异乡时所感受到的幸福，又何尝不是因为童年时期遭受的伤害太深，因此选择逃离而带来一种自由的感觉呢？

饱受思乡之苦，却几乎没有保留什么记忆

在欧洲流亡者开始大规模回归的时候，伊莱娜也加入其中，在一个寒冷的日子，她终于再次踏上祖国的热土。这是时隔多年她第一次返回布拉格。刚回去时天气特别冷，没想到过了几天布拉格的夏天就突然来临了。她准备去商场买条裙子穿，然而看到橱窗里还保留着从前样式的裙子，她又想起了她那遥远、衣着朴素的青年时代。但现在，这些衣服在她看来早已不合时宜。她穿着新买来的裙子，看着镜子里的自己，仿佛是在打量一个陌生的女人。要是当初她没有出国，而是选择留在国内，穿着这样的裙子，过着另一种生活，一种迥异于现在的生活，那将是怎样的一种场景。就仿

佛在当初，伊莱娜刚成年时，她面临着多种生活的可能，但最终的选择将她带到了法国。然而，其他那些被她放弃的生活仿佛还在一直等着她，在暗处充满忌妒之心地窥伺着她。记忆这个东西非常奇妙。就像尤利西斯离家二十年，家乡的人保留了很多关于他的记忆，但他们对他却没有一丝想念。而尤利西斯饱受思乡之苦，却几乎没有保留什么记忆。

如果往事不能在与朋友的交谈中被一而再，再而三地提及，就会消失。流亡者集中居住在一些移民地，同胞们不厌其烦地讲着同样的事情，因此不会淡忘。至于那些不常和同胞来往的人，便不可避免地会患上失忆症。他们的思乡之情越浓烈，他们的记忆就越空洞。这是因为思乡之情并不能促进人的记忆活动，并不会唤起有关从前的记忆，相反，它满足于本身，满足于自己的激情，让其完全淹没在自己的痛苦之中。

Day 4《无知》

尤利西斯的困惑

生命之精华、重心、财富，存在于他二十年的漂泊之中，而这些财富，在他回到故乡的那一刻就失去了

荷马史诗中，尤利西斯回到故乡后也遇到了一系列问题。首先，家乡的人们在他耳边反复诉说着他离开的这二十年伊塔克岛上发生的一些事情，他们坚信尤利西斯会对这些感兴趣，毕竟他漂洋过海，千辛万苦地回到故乡，用行动向人们展示了自己对于故乡的热爱。但对于尤利西斯流浪在外所遭遇的事情，他们却充耳不闻。二十年中，尤利西斯一心想着回到故乡。可一回到家，在惊诧中他突然明白，他的生命之精华、重心、财富，其实并不在伊塔克，而是存在于他二十年的漂泊之中。然而这些财富在他回到故乡的那一刻就

失去了，只有通过讲述才能再找回来。

作者通过引用荷马史诗中尤利西斯的遭遇，帮助我们理解伊莱娜现在的困境。伊莱娜对于这次回归所怀抱的希望和热忱还是大于恐惧的，她所在意的是自己回到故乡后，是否还能再次融入往昔的朋友当中，是否还能毫无间隙地融入祖国的生活环境中。伊莱娜回到故乡，翻看以前的通讯录，她久久地盯着上面几乎被遗忘的名字；随后她在餐馆订好了包间，桌子上摆好了十二瓶葡萄酒，那是伊莱娜所喜欢的东西。她特意选了这些陈酿，就是为了给来客准备一个大大的惊喜，好好招待她们，重续往日的友情。然而她的那些朋友看着桌上的葡萄酒，却表现出一副无动于衷的样子，直到有人提出还是更喜欢喝啤酒，后面的人随声附和，让侍者拿啤酒来。

伊莱娜意识到了自己的问题，就喝酒这件事已经表露了自己和她们之间存在的隔阂。长期远离故土，她那些客居异乡的习惯，还有她的富裕，种种这些都在她和她昔日的朋友之间建立起了一条看不见的鸿沟。她非常看重这次聚会，说到底她是想借此弄明白自己在这里能否生活，能否有家的感觉，能否有朋友。然而，她明显感到自己与她们的格格不入，她感到自己被孤立了，甚至被抛弃了。其实，伊莱娜很清楚，她的这些朋友事实上热情奔放，她们一直在叽叽喳喳地说个不停。她们还一致说起了居斯塔夫的好话。伊莱娜在心里想，如果今天是居斯塔夫邀请这些女人喝葡萄酒，她们还会拒绝吗？她想是不会的，如果她们拒绝了居斯塔夫，那也就代表着拒绝了她，拒绝了她的这次回归。她为此打赌自己会赢，赌大家还愿意接受她。对伊莱娜来说，成败在此一举，要么以现在的样子成功地融入她们中间，要么就不能留在这里生活。她观察着昔日的故交，如今岁月都在她们的脸上毫不留情地刻下了痕迹。

伊莱娜又想到了在巴黎做过的那个梦。梦中，她在布拉格街道上，一群端着啤酒的女人嬉笑着向她奔来，她们最终会接受她吗？她潜意识里担心着。而这次聚会，伊莲娜所遭遇的是与尤利西斯相类似的处境，故乡的人好像都不太关心流亡者在国外的漂泊生活。她们总是喋喋不休地讲述着布拉格的事情，讲着她们自己的生活。而对于她在法国的生活很少有人提及。她多么希望能有人问自己这些年是如何过来的，流亡到法国都发生了哪些事情，然而并没有人这样做。

一把无形的扫帚扫过了他青年时代的事物，抹去了他熟悉的一切

伊莱娜并不是唯一一个流亡在国外的捷克人。她在巴黎

机场候机时遇见了一个男人——竟然是她在布拉格的一个艳遇对象。她惊喜地询问对方是否还记得自己，那个男人也一脸热情地回答说记得，两个人很快寒暄起来。

然而事实是，他早就把伊莱娜忘了。他叫约瑟夫，也是一个流亡者，不过他是从捷克流亡到丹麦，并在那里娶妻生子。伊莱娜清楚地记得他们初次相遇时的场景。那时，她和朋友一起去酒吧，约瑟夫当时也在场，因为他是伊莱娜朋友的朋友。那一天，约瑟夫的眼睛就没离开过伊莱娜。然而他们的爱情还没开始就结束了，当时约瑟夫只能在布拉格待几天，还要去外省看望亲戚，后面能否见面都无法确定。这次重逢，让伊莱娜感到意外和惊喜，她给他留了自己的联系方式，然而约瑟夫甚至不知道眼前这个热情的女人是谁，他感到尴尬，却也对伊莱娜抱有好感。

在机场分别后，约瑟夫来到埋葬父母的墓地里缅怀双亲。他看到家族墓地里多了一些名字，可能是他的堂亲，这么多年过去了，很多亲人都陆陆续续离开人世，然而因为国家管控很严，他根本都不知道这些信息。在他从丹麦回到祖国之前，他想象过将如何面对熟悉的故地，面对旧日的生活，他心想：自己会是激动还是冷漠？会是欢喜还是沮丧？结果显然是他多虑了，因为他丝毫没有这些感觉。在他离开的这些年，一把无形的扫帚扫过了他青年时代的事物，抹去了他熟悉的一切。

作者在这里提出一个疑问——在古希腊神话里，尤利西斯长达二十年的流亡回归生涯被后人称道传颂，人们都感叹于这一伟大回归之旅。然而如今，人们对于回归的意义还会那么重视吗？

Day 5《无知》

遗弃的时光，
像孤儿院一样充满了忧伤

他知道自己毫无办法，顿时失去了解释的欲望

约瑟夫一个人在旅馆的餐厅里用餐，听着周围人的说话声，他发现多年以后，捷克人说话的语调变了，变得让他陌生，好像是在听一门外语，而非他从小就使用的母语。饭后，他回到旅馆房间，拨通了哥哥的电话。那是他唯一的至亲了。和哥哥二十多年未见，他还惦念着当初的亲情，想要冲破二十年缺席的时间把这一切重新寻找回来。他摁响了门铃，门打开了，哥哥握着他的手，两个人互相打量着。这是无比强烈的目光，他俩都知道这意味着什么。

他们的目光迅速而不动声色地刻下了兄弟俩的头发、皱纹，还有牙齿，两人都知道对方在自己脸上寻找着什么。他

们同时感到羞愧，因为他们正在寻找的是对方与死神可能相隔的距离。兄弟二人寒暄过后，约瑟夫问道：“现在这房子是你的了吧？”面前这幢四层楼的房子在父亲死后，就变成了哥哥的合法财产。哥哥一口气说了很多话，从约瑟夫走后国家对于私有财产的分配到房子的继承问题。显然，哥哥以为约瑟夫是回来处理房子继承问题的，所以他才看上去那么紧张。而这份紧张说明哥哥更在意的是弟弟的提问，问题里面牵扯到房子的所属事宜。这时，约瑟夫的嫂子进门坐下来和他们一起交谈。看到嫂子年迈的身影，他不禁心生怜悯之情，就对哥哥说：“把这房子的事情忘了吧。”约瑟夫表明了自己的态度，家乡的财产他都不会参与争夺、继承。听到他这么说，哥哥松了一口气，他们继续交谈着。

接着，兄嫂带着他在屋子里走动，让他看看他离开后家里都发生了哪些变化。他看到了之前自己收藏的一幅画还挂在原来的位置。那是他曾经最喜欢的一幅画，当时还是一个没有什么名气的画家亲笔签名后送给他的，而现在这幅画价值不菲。约瑟夫静静地打量着这幅画，却没有注意到嫂子的目光也同样落在画上。她也喜欢它，生怕弟弟将它带走。这幅画虽然还在原来的位置，但很多东西都不在了。哥嫂一边带着他参观房子，一边向他倾诉在他离开之后全家人是如何度过那段艰难困苦的日子的。看似平淡的讲述中，夹杂着一种淡淡的恨意。他们认为约瑟夫当年那样离开是对家庭不负责的行为，因为对于祖国来说，那个时候离开就等于背叛，国家对流亡者的家属并不友好。餐桌上，嫂子突然提起他年轻的时候全家人都很害怕他激烈而极端的思想，这个形象一直留在嫂子的记忆中。他心乱如麻，试着向他们解释他年轻时的心理状态，但话总是难以出口，因为嫂子僵硬的笑容正冲着他，对他所说的一切都表示否定。而他的哥哥，像个精明的外交官，转移了话题。

人生只有一次，他想到别处生活

在回去的路上，他决定离开祖国。不是因为在这儿生活不下去。他完全可以在这儿安静地治疗奶牛，因为他是一名兽医。但是他如今单身，没有孩子，是自由的。他对自己说，人生只有一次，他想到别处生活。

午餐后，他想到了自己的那幅画。但这时，嫂子和哥哥打断了他的思路，他们别有用心地转移他的注意力。这幅画如今价值不菲了，而约瑟夫刚开始没想到这个问题，只是单纯地喜欢它，是兄嫂的态度和反应把他拉回了现实，比起这幅画的内容和意义，他们更看重的是它的价值。

就在他想着一定要拿回这幅画时，哥哥手腕上的表吸引了他的注意力，原来这块表是当时他托哥哥保管的，只是哥哥早已将其据为己有了。他觉得自己好像重新回到世间，就像一个死人在二十年后起死回生。他不再有勇气说出那幅画是自己的，因此他很快就离开了。这次见面让约瑟夫感受到了亲情的疏离，他没想到最亲的人竟然会为了一幅画、一个房子而对他设立了一面看不见的墙，而他则永远无法突破这个警戒线了。

回到房间，他打开了哥哥给他的一个包裹，那里面都是与他相关的事物。其中最让他意外的是他中学时期的一个日记本。日记里写到了朦胧的爱情，年轻时候他对爱情的定义，以及他在那个时候就写下了孤独感。孤独这个词在他的日记里反复出现。少年时期的那段光阴已经逝去，已经迷失，这遗弃的时光，就像是孤儿院一样充满了忧伤；但是，和在法国外省那座城里的伊莱娜不同，约瑟夫对这段在无奈中显现的旧日时光感觉不到一丝珍爱，只有淡淡的克制和超脱。

他并不是喜欢怀旧的那一个。他心里很清楚，自己的记忆是在讨厌他，诋毁他，于是他努力不去相信它向自己讲述的一切，他感觉不到往回看的任何快乐，因此也就尽量不去看。

Day 6《无知》

回到家里，
却成了一个沉默的异乡人

我们不可能像重读一本书或重看一部电影一样，去重温爱情

伊莱娜在机场看到约瑟夫时，想起了他们过去那次艳遇的每一个细节，而约瑟夫却什么也想不起来了。从第一秒开始，他们的相遇就建立在令人愤怒的不平等之上。但最初，伊莱娜对此却毫不知情，她一直以为自己多年记忆在脑海里不舍得忘记的东西也是对方珍惜的。这就是可怕之处：人们回忆起的过去没有时间，并且每个人的记忆都不相同。我们不可能像重读一本书或重看一部电影一样，去重温爱情。

约瑟夫的妻子死了，没有了任何物质和时间的维度。他时常怀念故去的妻子，然而一切都无法再次重现。约瑟夫的

日记记录了他青涩的、懵懂的初恋。日记中，女孩甚至差点为了他做出很多过激的行为。他那时对那个女孩并没有多好。他现在在意的也不是日记中的女孩，而是曾经年少的那个自己，他痛恨自己当时做出的愚蠢行为。回忆起来，他甚至都记不起来初恋具体的长相了，只是在自己的日记中，年轻的自己带着曾经的初恋又活了一回。他的日记停留在他初次了解肉体之爱的时刻，他想自己当时是觉得失去童贞后，生命中短暂的一章就这样结束了。他那本记载着青春痕迹的日记，长时间被遗忘在阴暗的书架上，和其他被遗忘的东西放在一起。

这时，电话响了。他拿起电话，以为对方是机场刚和他搭讪的伊莱娜。然而并非如此，打电话的是他前妻的女儿，也就是他的继女，对方要求和他见一面，他对此感到厌烦。前妻女儿的声音让旧时的回忆如迷雾似的又围住了他：阴谋、父母的干涉、流产、哭叫、诽谤、敲诈、感情伤害等等。约瑟夫不想和前妻及继女有过多的纠缠和联系，他只想彻底摆脱她们，让自己恢复平静和自由。约瑟夫在远离波西米亚之后，已经忘记了去关注自己的过去。然而过去就在那儿，等着他，打量着他，窥探着他。这时，电话再次响起，来电的恰恰是在机场遇见的那个女人。他们在电话中约定了午饭时间，他把自己在布拉格的住址告诉了伊莱娜。尽管这个时候，他甚至都不知道这个女人的名字。

对语言的选择决定了他俩的角色

而另一边，伊莱娜的男友居斯塔夫则在布拉格买了一座漂亮的巴洛克式房屋，他在里面布置了办公室，同时在顶层为自己留了两间屋子。伊莱娜的母亲则单独住在郊外的一栋别墅里，她把别墅整个二层都留给了居斯塔夫。对居斯塔夫来说，曾经布拉格被人忽视而沉睡在一边，而今布拉格在他眼前苏醒了过来，游客如云，新商店新旅馆灯光闪烁，经过翻修和粉刷的巴洛克式建筑重新装饰着这座城市。他爱这座城市，但他并不像是一个爱国者在祖国的每一个角落里寻根，寻找记忆，寻找死者的踪迹。他是作为一个游客来感受惊奇，为它赞叹，像一个在游乐园里到处逛的孩子，着了迷，玩得再也不想离去。

此外，他的商业活动中都基本使用英语，于是在机场见到伊莱娜时他用英语跟她打招呼。然而这个动作却让伊莱娜觉得一切都变了。要知道，马丁死后，她再也找不到一个人跟她说捷克语了。她的女儿也不愿意把时间浪费在一门显然没什么用的语言上，所以，法语成了她天天要用的语言，成了她唯一的语言。这次居斯塔夫对英语这一语言的选择决定了他俩的角色。也让他们之间的关系变得微妙起来。以前，居斯塔夫法语讲得并不好，于是在日常的语言交流中，伊莱娜占据着很大的优势，她喜欢自己主导谈话的感觉。而现在，在居斯塔夫讲英语的时候，她反而处于下风，语言交流的支配者变成了居斯塔夫。她的英语不好，但又不想花心思去学，因此在日常生活中，她和居斯塔夫的交流变得更少了。

伊莱娜发现自己的这次大回归显得十分奇特。走在街上，四周都是捷克人，从前那种熟悉的气息抚慰着她，一时间令她感到幸福。可是一回到家里，她便又成了一个沉默的异乡人。

面对伊莱娜的沉默，居斯塔夫失去了自信。从此以后，他喜欢在她的母亲、他的同母异父兄弟与妻子等家人都在场的时候和她在一起；他和他们一起共进晚餐，不是在别墅，就是上饭馆，在大家的陪伴中寻找一个避风港。他们永远也不会说错话题，因为他们能谈的本来就很少，他们受词汇的限制，要想能说明白，就都得慢慢地说。现在，伊莱娜的眼睛茫然，没有任何欲望，但由于习惯使然，她的眼睛还是睁得大大的，望着居斯塔夫，弄得他很不自在。为了引起她的兴趣，他会讲一些轻松的笑话，对此伊莱娜的母亲也会配合居斯塔夫，总是准备好了接他的话茬儿，用她幼稚的英语，讲一些粗俗的笑话，伊莱娜看着他们说说笑笑，不以为意。

自从遇见约瑟夫，伊莱娜一心只想着他。她不断地回忆和他在布拉格那次短暂的奇遇，当时，她和几个朋友在酒吧聚会，他比其他人显得更成熟、更风趣；他讨人喜欢，富有魅力，只照顾着她一个人。分别时，他还把一个从酒吧偷偷带出来的烟灰缸送给了她，并留下了他的地址，然而当时她已和马丁订婚，只能放弃这次机会。然而，她很快就后悔了，这种感觉那么强烈，那么刻骨铭心，使她从此都难以忘怀。无法想象，如果她知道他朝思暮想、迫不及待想要见到的人甚至连她的名字都不记得时，她会做出怎样的反应？

Day 7《无知》

记忆本来就是不对等的

对于不同的人而言，记忆的重要点也是不同的

自从在电话中和约瑟夫约了见面，伊莱娜内心无疑是非常激动的。这个时候，面对居斯塔夫，她已然毫无兴趣了，看着居斯塔夫和母亲相处非常融洽，她反而有一种被孤立的感觉。然而她怎么也不会想到，在她出去赴约的时候，母亲和居斯塔夫放着唱机，跳着舞，然后两人情不自禁地背叛了她。当然，是母亲先发动攻势的，母亲这个角色对伊莱娜而言，一直是一个强势的存在，她对女儿的占有欲也非常强，现在又将女儿的男友据为己有，事后母亲和居斯塔夫都感到尴尬和不好意思，生活中最亲密的两个人同时背叛了自己。

另一边，伊莱娜赶到约瑟夫所在的旅馆，两人一起用完

午餐，愉快地交谈着。这时候，伊莱娜望着对面的男人，那个她曾经无奈错过的人，她感到一种久违的幸福感。这一次，她告诉自己一定要为自己做一次主，要抓住眼前的机会，不让人生再次留下遗憾。

在将自己的肉体解放之后，她突然意识到眼前的这个男人并不认识她，他甚至连自己的名字都不知道。伊莱娜感到崩溃继而大哭，约瑟夫则手足无措地看着她。

这次的约会，对于伊莱娜而言是至关重要的，她第一次勇敢地追逐属于自己的爱情，所以她给这次约会加上了爱情浪漫的滤镜。然而，对于约瑟夫来说，他对眼前的女人只是有些许好感而已。两个人的记忆产生了错位，约瑟夫此刻对伊莱娜的感情仅限于对同样是流亡者这一身份的认同和对她遭遇的同情罢了。后来，约瑟夫给伊莱娜留了张纸条就先离开了，留下伊莱娜一个人沉沉睡去。

伊莱娜和约瑟夫两个人都有着同样的身份——流亡者。流亡者都要面临一个问题，那就是身份认知和对自己的定位。当他们时隔二十年后再次踏上故土，等待他们的并不是昔日的家人、好友的欢迎和认同，而是一种无形的隔阂横跨在他们与故乡之间，让他们觉得别扭，格格不入。

有人曾说，白天不管多累，只要晚上回到家里有一盏灯始终为你亮着，那就是幸福。然而，当有一天你发现回到所谓的家里，已经没有人在原地等你了，那种说不出来的失望和虚空的感觉一下子将你包围。伊莱娜和约瑟夫两个人就是这样的境遇。但伊莱娜对于过往的事情，充满了美好的怀念，虽然现实并不是这样，但过往美妙的经历依旧让她感到幸福。然而约瑟夫就不一样了。对于过往，他更容易放下，即使面对哥哥嫂子对他的疏远，他也能坦然接受。

伊莱娜在年轻无知时结了婚，有了第一个孩子，选择了自己的职业。后来有一天她发现她明白了很多事情，但一切都太迟了，因为人的一生已经在一个我们一无所知的年代被决定了。而和居斯塔夫的感情当时也并不是她自己主动去选择的，所以对她来说一生中重要的时刻，无疑是能够自己独立、自由、勇敢地去追求属于自己的幸福，在此过程中她受挫了，而让她受挫的人则是约瑟夫。

在《无知》这本书里，作者探讨了女性独立等问题。作者通过女主人公伊莱娜的一生经历，从童年时期被母亲掌控，从第一次的被动婚姻到后来勇敢迈出追求爱情和幸福的脚步，展现了女性意识的觉醒。在丈夫马丁去世后，伊莱娜虽然过得很苦，但这段时间却让她感到很幸福，那是因为她通过自己的努力而能独立、自由地生活。也许，对于伊莱娜这样的女性来说，找到属于自己的人生节奏，自己掌控人生，才是实实在在的幸福。

人情冷暖，世态万千，这是我们每一个人一生都需要面对的问题

《无知》以大回归为背景，透过小说中人物生活的失败，揭示了“乡愁”“家庭”“友情”“爱情”的虚假；揭示了现代人的生存困境，即人与人之间的疏离与隔膜。人情冷暖，世态万千，这是我们每一个人一生都需要面对的问题。只是当和自己最亲密的人之间也充满了疏离和淡漠的时候，人难免会感到一种挫败。当伊莱娜离开故乡的时候，她走着，心想今天终于实现了她以前错过的告别式的漫步，她无怨无悔，做好了再次失去这座城市的准备。而对居斯塔夫那样的人来说，伊莱娜以其生命的整个重负委身于他，而他则渴望没有重负地活着。他在她身上寻找逃避，可她却如同挑战一般站立在他面前，伊莱娜所要寻找的东西，居斯塔夫无法给她。

同样地，她想从家乡那里获得的东西，故乡也无法给她，而这些她只能一个人去面对，去解决。书中以伊莱娜为代表的流亡者之所以在回归祖国的时候遇到很多困境，与流亡者这一身份的特殊性有着很大关联。因为流亡者和移民者跨越了两种或多种文化，他们不但要面对现实生活中存在的异质文化，同时又不能忽略自己的族裔文化。在此过程中，

他们自身既接受了异国的文化、社会环境、生活方式等因素的同化，又无法从现实生活和内心世界中与自身的族裔文化进行分离，这种矛盾现象使得他们在思想意识上产生困惑。两种不同的文化相互作用并相互影响，而当二者产生冲突和矛盾时，流亡者就必然要经受某种程度的孤独和痛苦。

《不存在的骑士》

如何才算是存在？

[意] 伊塔洛·卡尔维诺

智者可以从过去摸到未来的痕迹。

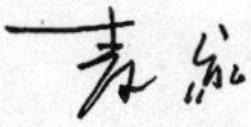

“我们的祖先”三部曲之一

以激越的抒情直面人生的迷失

以哲学的提问书写存在的真实

空空的盔甲，完美骑士的化身

存在与不存在，这是一个问题

Day 1《不存在的骑士》

天马行空的严肃文学

阅读卡尔维诺，需要以书中主人公的身份去探索种种谜底，然后一步步迈向自己的心底

1923年10月15日，卡尔维诺生于古巴，1985年9月29日，在滨海别墅猝然离世。那一年，他与当年的诺贝尔文学奖失之交臂。当时，全欧洲的人将卡尔维诺的离世视为文化界的大灾难。关于卡尔维诺的一生，你几乎查阅不到想要窥探的秘密。因为卡尔维诺早就洞悉，“我认为一个作者只有作品有价值。因此我不提供传记资料。我会告诉你你想知道的东西，但我从来不会告诉你真实”。卡尔维诺的父母都是植物学家，“我的家庭中只有科学受到尊重。我是败类，是唯一从事文学的人”。卡尔维诺的少年时光里有书本、漫画

和电影。他梦想成为戏剧家，高中毕业后却进入大学农艺系，之后从文学院毕业。

1947年，卡尔维诺出版第一部小说《通向蜘蛛巢的小径》，从此致力于开发小说叙述艺术的无限可能。这部小说体现了卡尔维诺“一只脚跨进幻想世界，另一只脚留在客观现实之中”的独特创作风格。五年后，他写出了《分成两半的子爵》，这部作品既具有“寓言式的现实主义色彩”，又是“带有现实主义色彩的寓言”。那年，卡尔维诺29岁。这在新现实主义文学处于衰退的当时，为意大利的文学创作开辟了一条新的出路。31岁，卡尔维诺的短篇小说集《进入战争》问世，作品反映了战争在步入而立之年的卡尔维诺身上所留下的难以医治的创伤，被誉为“意大利式的格林童话”。60岁时，卡尔维诺出版最后一部小说《帕洛马尔》，化身为帕洛马尔的卡尔维诺将他对世界的最后沉思，掩映在叙述中，穿透了人生的全部经验。

卡尔维诺一生写了20多部作品，其作品以独到的精美构思、深刻隽永的思维方式对现代小说艺术产生巨大的影响。王小波在谈起现代小说成就最高的作家时，将卡尔维诺排在了第一位。他说：“有位意大利朋友告诉我说，卡尔维诺的小说读起来极为悦耳，像一串清脆的珠子撒落于地。”卡尔维诺不仅在文学史上具有先锋意义，更重要的是他的作品对当下世界小说的创作产生了深远的影响。卡尔维诺虚构的极端、非真实的寓言故事有种经久不衰的魅力，这源于他本人真实的思考和敏感的个性。阅读卡尔维诺的过程是认识“它就是这样”的历程，然后它不露声色地渗透生活。卡尔维诺是个极富想象力的作家，没有人会想到严肃文学可以如此天马行空。莫言说：“卡尔维诺的《为什么读经典》，让人看到一个作家的文学视野可以这样开阔，而他的小说叙述既保持了说书人的腔调，又同时有哲学头脑，能够把游戏、数学、诗歌、哲学结合在一起，又不那么满、那么实，还能留出空间让阅读者参与进去，卡尔维诺的书证明了写作的各种可能性，他的书值得反复阅读。”阅读卡尔维诺，需要以书中主人公的身份去探索种种谜底，然后一步步迈向自己的心底。然后，卡尔维诺又好像给我们提供了一面镜子，让我们有机会去剖析自己，剖析他人，剖析整个人生。

阅读就是抛弃自己的一切意图与偏见，随时准备接受突如其来且不知来自何方的声音

《不存在的骑士》是卡尔维诺 “我们的祖先”三部曲之一。连同《分成两半的子爵》和《树上的男爵》，这三个故事是卡尔维诺最重要的作品，他们分别代表通向自由的三个阶段，关于人如何实现自我的经验：在《分成两半的子爵》中个体追求不受社会摧残的完整人生；在《树上的男

爵》中有一条通向完整的道路——这是通过对个人的自我抉择矢志不移的努力而达到的非个人主义的完整；在《不存在的骑士》中个体争取生存。

《不存在的骑士》讲述了一个名叫阿季卢尔福的骑士，他灌注于白色盔甲里，他的躯体不存在，他由精神力和骑士的高傲灵魂组成，凭借意志的力量效忠查理大帝。那身盔甲骁勇善战，是拥有着顽强意志的精神主体。他自称是一个“不存在的骑士”，却远较其他人更具骑士精神，是完美骑士的化身，唯有他能使铠甲具有意义。当他名扬天下的业绩被挑战、被质疑、将被抹杀的时候，他的存在还能成立吗？

卡尔维诺说：“显而易见的是，现在我们生活在一个没有奇迹的世界，人们最简单的个性被抹杀了，而且人们被压缩成为预定行为的抽象集合。今天为止已经不再是自我的部分丧失，是全部丧失，荡然无存。”这本书探讨生命的本质，用理性写作的方式表达感性哲学。萨特说：“人首先是一种把自己推向将来的存在物，并且意识到把自己想象成未来的存在。”如何才算是存在？在《不存在的骑士》中卡尔维诺赋予了三种形态：意志力、肉体存在、意志和肉体共存（最为脆弱的一种组合）。一部分人是因“意义”而存在，他们很明确自己的意义，意义消亡了，就没有了存在的必要；一部分人存在而不自知，他们不知道自己是谁、根本不知道自己在经历些什么，他们的生命是一个被动体验的旅程；另一部分人追寻自己存在的意义，他们时常为虚无所苦，困于爱恨情仇，有时也得偿所愿。

卡尔维诺是一个知道局限的人，所以他的小说深邃；卡尔维诺是一个知道微弱的人，所以他的小说精湛。正如卡尔维诺所说："阅读就是抛弃自己的一切意图与偏见，随时准备接受突如其来且不知来自何方的声音。"

Day 2《不存在的骑士》

正因为他不存在，才如此完美

大家一致认为阿季卢尔福是一个讨厌的家伙，即使他堪称一个模范军人

《不存在的骑士》始于修女苔奥朵拉的讲述。苔奥朵拉先是用消散在空气里的意志拼凑出了不存在的骑士，最后又让他消失在空气中。

故事是这样开始的：法兰克福王国的军队列阵于巴黎的红墙之下。查理大帝即将来此阅兵。官兵们已恭候三个多小时。那是一个初夏的午后，天气闷热，套在盔甲里的人犹如闷在锅里。然而骑兵队列纹丝不动，无人晕倒或呈昏昏然状，盔甲无一例外地保持着同一个姿势昂首挺立在马鞍上。查理大帝终于来了，士兵们看见他远远地骑马走来，威严而

英武。他走到士兵面前，问候将领们来自何方。有布列塔尼的所罗门、维也纳的乌利维耶里……士兵们高昂的声响回荡在红墙的上空。查理大帝注视着这些英勇的士兵，按道理来说，战争持续越久，士兵们越不讲究清洁卫生。于是，他的目光落在了一位全身盔甲雪白铮亮的骑士身上，询问这位士兵的名字。士兵答道："阿季卢尔福。""您为什么不揭开头盔，不露出您的脸来？"查理问。阿季卢尔福从头盔里传出干脆利落的声音："因为我不存在，陛下。""噢，原来是这样！"查理惊呼了起来，"而今我们还有一位不存在的骑士哪？快让我看一眼。"阿季卢尔福犹豫片刻，然后用一只手缓缓地揭开头盔。头盔里面空空荡荡。查理大帝看了一眼："既然您不存在，您如何履行职责呢？""凭借意志的力量，"阿季卢尔福说，"以及对我们神圣事业的忠诚。"查理大帝听完很高兴："说得好，正是应当这样来履行自己的义务。好！好一个机敏的不存在的人。"随后，查理大帝继续巡视，直到全部巡查工作结束。

阿季卢尔福骑士没有人的劣根性，他完美无缺，沙场上尽忠职守，休息时也没有任何不良嗜好。而那些士兵喜欢互相开玩笑、吹牛皮、谈女人……他和真正有肉身的士兵终究是格格不入的。不存在的骑士阿季卢尔福总是有理的，但武士们毫不掩饰自己的不满情绪。大家一致认为阿季卢尔福是一个讨厌的家伙，即便他堪称一个模范军人。阿季卢尔福是不存在的，正因为他不存在，才如此完美。

人们的血肉之躯在他心中引出一种类似嫉妒的烦恼，也产生出由自豪感和优越感造成的一种激动

然而，他偶尔也会独自忧伤。阿季卢尔福为光荣的圣战执行了各种各样的任务，在查理大帝的军队中指挥了数十支部队。他拥有全军中最干净漂亮的铠甲，与它不离不弃。他比许多只会吹牛皮讲大话的军官强得多，甚至是全体军官中的佼佼者。但是，在醒来之后，找回与之前相同的自我，重新接起自己的生命之绳，这一切阿季卢尔福都无法感知。因为阿季卢尔福的思维活动绵延不息，永远明确而清晰地思考着。所以，阿季卢尔福对人的睡觉本领心怀嫉妒，这是对某种不能理解的事物模模糊糊的妒意。

令他更受刺激的是那些士兵们从帐篷里伸出的脚丫子。人们的血肉之躯在他心中引出一种类似嫉妒的烦恼，也产生出由自豪感和优越感造成的激动。成何体统？铠甲，本是他们的等级和姓氏的凭证，记载着他们的功勋、才能、价值，竟然蜕变成了一张皮，变为一堆废铁；而人在一旁挤靠着脸打呼噜。而阿季卢尔福永远不会，他也不可能被拆散成片，不可能被肢解，任何时候他都是戈尔本特拉茨、叙拉的奎尔底韦尔尼和阿尔特里家族的阿季卢尔福·埃莫·贝尔特朗迪诺，上塞林皮牙和非斯的骑士。

当阿季卢尔福沉浸在自己的思索中时，突然被一个声音打断了。一个年轻人从山头上的一个掩体里探出头来，向他张望。“骑士，我不想打断您。您在为迎战练武吧？因为拂晓将有战事，对吗？允许我同您一起练习可以吗？”阿季卢尔福一只手将剑握在胸前，一只手持盾牌，整个人遮挡在盾牌之后，说道：“每次战斗的部署由司令部决定，在开战前一小时通知全体军官和参战部队。”青年显得有些激动，克服着颤巍巍的口吃说：“是这样的，我要为父亲报仇。我恳请您这样的年长者指教我怎样才能在战场上同那条异教徒狗——哈里发伊索阿雷直接交锋，对，就是他，我要在他的肋骨上撞折长矛，就像他对我英勇的父亲所做的那样，愿上帝永远保佑先父，已故的盖拉尔多·迪·罗西利奥内侯爵！”

阿季卢尔福听完后说：“你应当向督察提出申请，申述你的理由，由他们考虑是否满足你的要求。”青年解释道：“骑士，我所担心的不是缺少别人的督促，请您理解我，因为自信本人所具备的勇敢和顽强足以杀死不是一个而是上百个异教徒。我受过良好的训练。我要说的是在混战中，在我开始出击之前，我不知道……能否找到那条狗，他会不会从我眼前漏过去，我想知道您在这种情况下如何做……”阿季卢尔福干巴巴地回复了一声：“我严格听从调遣。你也这样做吧，这样你就不会出错了。”说完，就离开了。青年只好独自去寻找督察，在这个过程中他遇到了一些武士，青年希望自己某天也能像他们一样。青年上前询问，告诉他们自己是从一个身穿白色铠甲的骑士那里得知的消息。武士有些气愤：“哼，又是他。我们知道这家伙总是向四处伸他那并没有的鼻子。”青年有些吃惊。武士继续说：“他没有落脚的地方，那是一位不存在的骑士……”青年想要解释，但是对方告诉他：“他是一个空虚的存在，嫩小子，你明白吗？”

再次见到阿季卢尔福骑士，朗巴尔多直愣愣地从面罩的缝隙向里面打量。那时候，阿季卢尔福骑士正在摆弄松球。朗巴尔多看出来这只不过是一种习惯。朗巴尔多感觉到一种说不出的恐惧——他为父报仇的愿望、渴望成为查理大帝的卫士参战的愿望，其实不过是像阿季卢尔福摆弄松球一样，只是一种不甘寂寞、难耐空虚的平庸表现吗？被这突如其来的恐惧淹没，年轻的朗巴尔多扑倒在地上，放声大哭。阿季卢尔福听着朗巴尔多的哭声，却体会到一种安全感，因为别人身上出现的惊慌、恐惧或是失望会让他感到心平气和。

Day 3《不存在的骑士》

对人生意义的追求，要从生活里寻找

有些人虽然活着却如同死去

阿季卢尔福跟着查理大帝的军队一路前行，不厌其烦地查看队伍是否整齐。其他的武士每逢遇到酒店，他们便说出一堆借口休息，停下来畅饮一阵。查理大帝是个好奇心很重的人，他对所遇见的一切事物都极有兴趣。在路上，他看见了一个古怪的人，那个人以为自己是鸭子，又以为自己是青蛙，跟随着这些动物的动作，时而跳入水中“嘎嘎”地叫喊，时而趴在地上“呱呱”大叫。查理大帝的随从把这个古怪的人捉来问话，但是他却一会儿就消失得无影无踪。

边上看果园的老者回复查理大帝：“请陛下宽恕他吧。他有时候不明白自己不应当与青草或无灵魂的果木为伍，而应当生活在陛下您的忠实的臣民之中。人们叫他古尔杜鲁、古迪·优素福、贝尔丁祖尔……或者叫他山里的丑鬼，也可能在一个偏僻的牧场里人们会给他取一个与其他地方都不相同的名字。”查理大帝面色和善地问：“我觉得他也不清楚自己脑子里有些什么。”老者以见多不怪的明智回答道：“也许不能说他是疯子，他只是一个活着但不知道自己存在的人。”查理大帝听完老者的回答，回复说：“真巧呀！这儿这位平民活着而不知道自己存在，而那边我的那位卫士自以为活着而他并不存在。我说呀，他们正好是一对。”为了便于称呼，我们暂且将这个古怪的人统一称呼为古尔杜鲁吧。古尔杜鲁拥有人类的肉身，却不曾拥有灵魂，终日随波逐流。阿季卢尔福没有肉身，却靠坚韧的意志力早就远离了“躯壳”。

两种不同的人承担着不同的思想。正如有些人虽然活着却如同死去。阿季卢尔福从一开始就注视着这个肉乎乎的身体的一举一动。刚刚古尔杜鲁得到了一盒粥的赏赐，他点头哈腰，说些莫名其妙的话，退到一棵树下去吃饭。下一秒，他就将自己的脑袋伸进放在地上的盒饭里。好心的老人过去摇摇他的肩膀：“什么时候你才明白，是你吃粥而不是粥吃掉你。”阿季卢尔福看见他像是在食物里打滚一般，犹如一头喜欢别人替它挠背的马驹子那么惬意，不禁感到一阵头晕恶心。

这时查理大帝突然对着阿季卢尔福说道："知道我要对你做什么吗？我派这个人给您当侍从好吗？这是不是一个好主意？"在场的卫士们会心地笑了，笑中含着讽刺意味。阿季卢尔福却是事事认真，更何况这是皇帝的命令！于是他转向新侍从，想向他发出最初的指令，可是古尔杜鲁在享用粥饭之后已经倒在边上的树下睡着了。过了一会儿，古尔杜鲁被疼痛唤醒，他看见自己的脚被刺猬扎了，但是他并没有马上摆脱，而是又说了一些莫名其妙的话："一只蠢脚！你不觉得痛吗？你只要这么移开就可以了，只要移开一点点，这么笨可怎么办？蠢货！现在我来教你，看着我怎么做……"说完，古尔杜鲁把大腿抬起，把脚收了回来，"这多么简单，我一教就学会了，笨脚，你为什么让刺猬扎了你这么久。"之后，古尔杜鲁又跑得无影无踪。阿季卢尔福为寻找他而急得团团转。

互相鼓励，互相安慰，成了他内心的支撑

故事的另外一边，青年朗巴尔多正准备上战场。他一心所想的不是别的，而是接受战争的洗礼。现在他骑着马站在队伍里，等待着进攻的号令，而他心里什么特殊的滋味也还没有体会到。朗巴尔多那誓以哈里发伊索阿雷的鲜血来报杀父之仇的热望几乎冷却下来了。人们早已对他讲清楚了，他

们按照事先写好的几张纸片念给他听："伊索阿雷作战时总是处于敌军队形中的该位置之上。如果你不跑错，肯定与他遭遇，除非敌军全部溃散，此类事情在刚交锋时不会发生。当然，总会出现小的偏差，但如果不是你刺中他，就一定会有你身边的战友们上前将他击毙。"在朗巴尔多看来，如果事情仅是如此，那他也就不把它看得那么重了。战争开始了，与一开始的预判大相径庭。在战场上，手脚麻利的人总是能捞到不少外快，一些物品开始交易、转卖。朗巴尔多当然一心想着敌人，于是当他终于找到仇人的时候，他告诉对方："我是罗西利奥内侯爵之子，前来替父报仇。"

"他是谁？""我父亲是谁？这是你对他的又一次新的侮辱！"朗巴尔多手挥长剑，向对方刺过去。这个时候通译告诉他，对面的人并不是他要找的伊索阿雷。再次找到真正的伊索阿雷时，朗巴尔多疑心此人也不是伊索阿雷，劲头不免有些下降。就在此时，通译突然告知，伊索阿雷的眼镜破了，战争条约里有约定，伊索阿雷应当保持良好的健康状况，如果他看不见就要吃败仗！"不行。"朗巴尔多说着，一挥手砍过去，将玻璃片打得粉碎。就在同一瞬间，似乎镜片破裂的响声是他毙命的信号，伊索阿雷被一支长矛当胸刺中。送眼镜的军官说："现在他去看天堂的美景，不再需要眼镜了。"

伊索阿雷的尸体从马鞍上倒下来，由于脚被马镫子绊住而倒悬着，马拖着尸体行走，一直拖到朗巴尔多的脚边。看到死去的伊索阿雷倒在地上，朗巴尔多百感交集。然后，朗巴尔多觉得战斗中一直压在心头的复仇重担已经卸掉，心情格外轻松，他自由奔跑了起来。

在此之前，朗巴尔多一心想着杀伊索阿雷，现在他觉得周围的一切是那么陌生，就在这时他才感到了恐惧。遍地尸体狼藉。朗巴尔多策马快行，他不愿遇见活着的人，不论朋友还是敌人。当他离开的时候，却遇见了两个敌人，他寡不敌众，渐渐败下阵来。也许朗巴尔多即将死去，但就在此时，有个身着紫衣的骑士出现救了他。朗巴尔多和骑士并肩作战，一同击退敌人，当朗巴尔多要表达感谢的时候，对方并不回答，反而迅速离开了。朗巴尔多很失落，他发誓一定要找到紫衣骑士。

正当他无望的时候，突然发现了一个女人。她，正是救自己的紫衣骑士。

Day 4《不存在的骑士》

给她留下希望的，
是一个根本不存在的男人

我们除了这些进坟墓之前的日子外没有别的时间

青年朗巴尔多找到了阿季卢尔福骑士，告诉他自己所遭遇的一切。那时候的阿季卢尔福正在厨房训斥着厨师。“骑士，在昨天的战斗中我报仇了……是在混乱中……后来我一个人对付两名敌人的伏击……总之，我现在知道打仗的滋味了，我真想在打仗时把我派到一个更危险的位置上去……或者被派去干一件能建立丰功伟绩的大事情……为我们神圣的信仰……拯救妇孺老弱……您可以告诉我吗？……”阿季卢尔福回复道：“你想干一番惊天动地的个人事业是吗？你提到的这些确实都是优秀军人身负的特殊使命，但是不仅是这些。”

朗巴尔多打断他："骑士，我只要以您为榜样，像您那样做就行了。"阿季卢尔福说："你看，今天我是后勤监管，检查厨房，此外，我要负责掩埋阵亡者的尸首。如果你随我来，你将能慢慢地熟悉这些棘手的公务。"朗巴尔多大失所望，有点不痛快，但是也不死心，装出对阿季卢尔福与厨子、洗碗工打交道和谈话感兴趣的样子，心里还想着这只是投身于某种轰轰烈烈的壮举之前的一项例行预备活动。

后来，阿季卢尔福带着朗巴尔多，以及随从古尔杜鲁走向战场。他们登上一块高地，昨日发生的激战展现在眼前，遍野尸体，秃鹫在尸体的上空盘旋。悲惨又壮烈，这是战争带来的巨大灾难。阿季卢尔福拖着一具尸体，想道："死人啊，你有我从来不曾有过并且永远不会有的东西：这个躯壳。或者说，你没有躯壳，你就是这个躯壳。就是因为它，有时候，当情绪低落时，我会突然嫉妒存在的人。漂亮的玩意！我可以说是得天独厚，我没有它照样也能干活，而且无所不能。我能把许多事情做得比存在着的人更好，没有他们身上常见的俗气。存在着的人总要摆出什么样儿来，显示出一个特殊的模样。"没有意识的随从古尔杜鲁嘀咕着："死人啊，你放出的屁比我的还臭。我不明白大家为什么都为你哀悼。你失去了什么呀？从前你跑跑跳跳，现在你的运动转移到你滋生的爬虫身上了，你将变成草，你看，你不是活得比我强多了吗？"朗巴尔多则生出了更多的思考："死人呀，我跑呀跑，就是为了跑到这里来像你一样被人抓住脚后跟拖走。在你看来，这将我驱使至此的疯狂劲头究竟是什么呢？这战争狂热和爱情狂热又是什么呢？我要好好想想。死人啊，你使我思考这些问题。可是能有什么改变呀？什么也不会改变。我们除了这些进坟墓之前的日子外没有别的时间，对我们活人是如此，对你们死人也是如此。我不能浪费时日，不能浪费我现有的生命和我将可能有的生命。应该用这生命去为法兰克军队建立卓越功勋，去拥抱高傲的布拉达曼泰。死人呀，我眷恋我的追求。我不喜欢你的安宁。”

当他们各自思考的时候，古尔杜鲁却将自己埋进了土里。原因是他认为自己这么辛苦挖土，给死人做安息的洞穴休息，是多么美妙。那应该自己躺进去享受。阿季卢尔福和朗巴尔多救出古尔杜鲁的时候，才发现他几乎因窒息而丧命。而阿季卢尔福也看到了，他们干的活很差，只有他构筑了一个完整的小墓地。这个不存的人做事情永远比有躯体的人类更完美。

人间尘世里最疯狂的情感，便是男女爱恋之情

朗巴尔多说他要拥抱高傲的布拉达曼泰。是的，她正是救下朗巴尔多的紫衣骑士。那些武士曾经告诉过朗巴尔多：“你想和布拉达曼泰好，小跳蚤！你以为她准会要你吗？布

拉达曼泰要么找将军，要么同小马倌厮混！你再拍马屁也休想沾她的边！”但是朗巴尔多没有放弃，他知道新的考验和艰难困苦在等待着自己，在心神不宁的时候，朗巴尔多总是会想起阿季卢尔福，他不知道为什么觉得阿季卢尔福是唯一可以理解自己的人。只是朗巴尔多不知道，正是这个骑士让他的爱情受到了险阻。当布拉达曼泰历尽女骑士的戎马生涯之后，一种深深的不满足感潜入她的心扉。她当初走骑士之道是出于对那么一种严格、严谨、严肃、循规蹈矩的道德生活的向往，对极其标准规范的武功和马术的爱好。然而，她周围有些什么呢？尽是一些汗臭熏天的男人。他们功夫不到家，打起仗来却满不在乎，一旦从公务里脱身出来，马上开始酗酒，等待她从他们之中挑出一位带回帐篷过夜。

众所周知，当骑士是一件了不起的事情，可是这些骑士却是这般愚昧。布拉达曼泰是个迷人的女人，她有着做战场上最辉煌的人物的雄心，她不断向男性武士挑战，表现出一种优越感，一股傲气。但是，当她遇上真正的勇士，那时具有强烈爱欲的女性本性就在她身上苏醒了。然而，她没有遇上能打动她心的男人，她领教过他们每一位的软弱和无聊。现在布拉达曼泰一心追求的是另一种生存方式。他们一起进行一场射箭比赛。没有人百发百中，但是只有一个做到完美。布拉达曼泰用柔软的语气对阿季卢尔福说道：“骑士，你来让他们看看什么才叫射箭！”随后，阿季卢尔福接过弓箭，摆好动作，箭离弦，绝对无误。布拉达曼泰说道：“没有人，没有别的人能射得这样干脆利落吗？有人能够做得到每个动作都像他那样准确无误吗?”

此时，写这个故事的修女告诉我们，人间尘世里最疯狂的情感，便是男女爱恋之情。朗巴尔多迷恋的女骑士布拉达曼泰则爱上了里里外外都很干净的铠甲！是的，就是阿季卢尔福。“当一个女人对所有实实在在的男人失去兴趣之后，唯一给她留下希望的就只能是一个根本不存在的男人……”

怀疑与失望时时刻刻折磨着朗巴尔多，他想，找到了阿季卢尔福也不知道如何面对他，是一如既往征求意见，还是将对方看作一个情敌。

Day 5《不存在的骑士》

名誉是他
存在的意义

当一桩业绩已经名扬天下，被所有人接受，他却要将它简化成一件普通的公事

这个故事是修女苔奥朵拉讲述的。在修道院里，每个人都被指派了一项赎罪的苦行，作为求得灵魂永生的途径，摊到这个修女头上的就是这份编写故事的差事。让修女痛苦的是，她并没有通过这一页页的故事变成完人。但她要继续写下去，尽可能地履行好一个文职修女的职责。于是，她写到了卫士们的宴席，查理大帝违反明文规定，早早入席品尝美食。此时的阿季卢尔福坐在餐桌的一端，仍然穿着他那件一尘不染的铠甲。他没有食欲，没有一个盛食物的胃袋，没有一张供叉子送东西进去的嘴巴，他坐着只是为了履行职责。

因为他有资格占据这个位置，同陛下共同用餐。阿季卢尔福总是把什么事情都记得很清楚，对每一件事情都有理有据，当一桩业绩已经名扬天下，被所有人接受，他却要将它简化成一件普通的公事，揭露所谓的真相。卫士们很厌烦。

“我不明白你为什么把事情的细枝末节看得很重，阿季卢尔福，我们的事业在老百姓的流传中总是被夸大一些，这是真心实意的称颂，我们荣获的爵位和军衔都是以此为依据的。”一位将领问道。

“我的不一样，我的军阶和爵位都是凭战功获得的，我立下的功勋均经过严格核实，并有无懈可击的文字材料证明。”

“有折扣！”人群中有一个声音提出了质疑。那位青年勇士名叫托里斯蒙多·迪·康沃尔。

名誉是阿季卢尔福最看重的，因为名誉才有了它存在的意义。“托里斯蒙多，我倒要看看你在我的履历中挑到什么可以否定的东西。比如，也许你想否定我获得骑士称号的原因，确切地说，那是因为十五年前，我救了苏格兰国王的女儿，处女索弗罗妮亚，使她免遭两名土匪的奸污，对吗？”

“不对，我否定这件事。十五年前，索弗罗妮亚并非处女。”当时实行骑士制度的法典规定，救一名贵族少女脱险并使其贞操得以保全者，立即授予骑士称号；而救出一名已非处女的贵妇人使其免遭强奸者，只给予一次提名表扬和三个月双饷。

“你怎么能这样认为？这不仅是对我骑士尊严的一次侮辱，而且是对我剑下保护的一位贵妇人的侮辱。”

“我坚持己见。因为索弗罗妮亚是我的母亲。”说完，托里斯蒙多便掏出了苏格兰皇室的徽章，“不错，我是二十年前由索弗罗妮亚生的，当时她十三岁。”

此话一出，在场的卫士们的嘴里蹦出了大呼小叫的惊叹。查理大帝说话了：“年轻的骑士，您知道您的话的严重性吗？”托里斯蒙多回答：“完全知道，对我本人比其他人更为重要。”

四周悄然无声，但是对阿季卢尔福来说却是一个炸弹。在救了索弗罗妮亚、保护了她的贞洁之前，他是一名身穿盔甲的武义人，四处漂泊。倘若证明他所救的人不是处女，他的骑士身份也将烟消云散。

世事沉浮，人员失散流亡，寻找一个人又岂是那么容易

阿季卢尔福决定去寻找索弗罗妮亚。“无论如何，破贞操必有施暴者。我要找到他。”在得知索弗罗妮亚成了修女之后，他便暂时有了寻找的方向。但是，世事沉浮，人员失散流亡，寻找一个人又岂是那么容易？查理大帝非常高兴地

准许了阿季卢尔福立即出发寻找，“如果这位青年说的是真话，那我就不能留您在军队中”。随后，又询问托里斯蒙多：“既然您说是非婚生子，那您就不能再领受原来由于出身而授予的爵位了。您考虑过吗？您至少知道谁是您的父亲吧？”然而，托里斯蒙多并不知道，因为那是一群人，是神圣的圣杯骑士。在托里斯蒙多的印象中，有人告诉他，他的母亲索弗罗妮亚是个大胆的女孩，曾经在森林中遇见了圣杯骑士，随后他们开始交往，不久，母亲就怀孕了。查理大帝却告诉托里斯蒙多，保卫圣杯的骑士人人都许过禁欲的誓言，他们之中谁也不能认你为子。最后，查理大帝允许托里斯蒙多前往寻找圣杯骑士，如果他们集团承认托里斯蒙多是圣团的儿子，那么托里斯蒙多将在军队中享有一切权利。于是，当天晚上成了离别之夜。其中，唯有布拉达曼泰心烦意乱，因为她知道，只有阿季卢尔福才能使她的生活有战斗意义。她快马加鞭追了出去。迷恋她的朗巴尔多却伤心欲绝，对着布拉达曼泰呼唤：“我为你而来到这里，你却离我而去。”

阿季卢尔福带着随从古尔杜鲁一同去寻找索弗罗妮亚。翻山越岭后，阿季卢尔福终于来到了那座索弗罗妮亚隐修了十五年的修道院。但是他来晚了一步。阿季卢尔福从老者口中得知，海盗们掳走了全体修女，把她们带到摩洛哥的市场上当女奴卖了。听罢，阿季卢尔福立刻前往摩洛哥。等到他们到达摩洛哥的海岸边时，看到了一群士兵正在寻找珍珠。那是给苏丹找的，因为他每天晚上换一位妻子，并向她赠送一颗新的珍珠。有人告诉阿季卢尔福：“今天轮到的新娘，是苏格兰的索弗罗妮亚，有王室血统。她被当作奴隶带到摩洛哥，立即被送进了我君主的后宫。”

阿季卢尔福潜入了宫殿。当他出现在索弗罗妮亚眼前的时候，对方还是被吓到了。“我是阿季卢尔福，高贵的索弗罗妮亚，您不要害怕，我曾经保护过您。”索弗罗妮亚缓过神来，恢复常态：“我想起来了，许多年前，是您及时赶到，制止了土匪对我的暴行……”“现在我及时赶到救您逃出这耻辱的异教婚配。”

于是，阿季卢尔福再一次救出索弗罗妮亚，并把她暂时安放在一个山洞里休息。然而，当索弗罗妮亚躺在岩洞里休息的时候，一位心事重重的年轻人正好经过这里。他也走进了岩洞，并且看到了索弗罗妮亚。他对索弗罗妮亚一见钟情，他就是前来寻找圣杯骑士认父亲的托里斯蒙多。此时此刻，他并不知道爱上了自己的“母亲”。

Day 6《不存在的骑士》

我们过去也不懂得应怎样生活，也是边生活边学

现在理想破灭了，他将替自己不安的灵魂找一个什么样的追求目标呢？

托里斯蒙多在遇见索弗罗妮亚之前，他历经千辛万苦，寻找圣杯骑士们的秘密宿营地。由于他们每年都会换一次驻地，从不在世俗人前露面，托里斯蒙多在旅途中寻找了很久也没有发现踪迹。终于，有一天托里斯蒙多来到了一个名叫卢瓦尔迪亚的村庄。托里斯蒙多问村民，圣杯骑士们虔诚吗？“他们假装虔诚。他们有欲望，然后让我们来满足他们的种种要求。”如今已经发生了饥荒，但是圣杯骑士却还要剥削村民。只是此时的托里斯蒙多一心想着加入他们，并没有想太多。当托里斯蒙多找到圣杯骑士的时候，他鼓足

勇气说道："我是你们的儿子！"老骑士听后依旧面无表情："这里不认父子。加入圣团的人弃绝尘世间的一切亲属。"托里斯蒙多觉得自己被遗弃了，极其失望。"我只想被这个圣团承认为儿子，并无其他奢望。我对它怀着无限的崇敬。"

老者思考之后，认为如果托里斯蒙多合格的话是可以加入的。但是他必须逐渐去除一切情欲，让圣杯的力量来控制人的情绪。只是，托里斯蒙多不喜欢被占有。托里斯蒙多发现骑士中的人不能与外人交流，一切同世俗打交道的事由老者代表。骑士中有些人在神游，有些人感知天地万物，但是只有少数人能修炼成功。然而，让托里斯蒙多失望的是，圣杯骑士抢劫了村庄，他看见老人们的呼喊，但骑士们无动于衷。托里斯蒙多带着村里的民兵反抗了圣杯骑士，直到他们退出。他听到一面称呼他为叛徒，一面是村民的包围称赞，人们喊着："你是骑士，却见义勇为！终于有了这样一位骑士。你想要什么，我们都可以给你！"

可托里斯蒙多失去了目标，他不知道要什么，自从把圣杯骑士团作为唯一的理想来怀念后，他曾对一切荣誉、一切享乐不屑一顾。现在理想破灭了，他将替自己不安的灵魂找一个什么样的追求目标呢？托里斯蒙多重新开始在各国流浪。某一天，他走进山洞，发现了一个睡熟的女子，他看呆了。得知对方是个修女，并被迫要嫁给皇帝，幸而被人所救，暂时安置在此处休息，托里斯蒙多说：“我好像早就爱着您了。”

阿季卢尔福带着查理大帝一同前来，命令人带走索弗罗妮亚的时候，还带来了托里斯蒙多。托里斯蒙多第一个跳出来喊道：“你是索弗罗妮亚？啊！我的母亲！”

查理大帝问道：“索弗罗妮亚，您认识这个年轻人吗？”“既然他是托里斯蒙多，是我把他抚养大的。”

此时，托里斯蒙多羞愧地跑了：“我犯下了可耻的乱伦罪。你们永远不会再见到我了。”阿季卢尔福也跑了：“你们也不会再看见我。我没有了名字！永别了！”但是不一会儿，托里斯蒙多又从树林里折返回来：“这是怎么回事？不久前她还是处女啊？我怎么没有马上想到这一点。她是处女，她不可能是我的母亲。”

索弗罗妮亚向查理大帝说道：“其实，托里斯蒙多不是我的儿子，而是我的兄弟。”原来，苏格兰王后，也就是索弗罗妮亚的母亲，有一次外遇生下了托里斯蒙多。一年后皇上出战回朝，王后怕事情败露就编造了一个弥天大谎，说十三岁的索弗罗妮亚未婚而孕已经出逃。由于错误理解了何为“孝心”，索弗罗妮亚一直不曾揭穿母亲的秘密。之后，便带着托里斯蒙多生活在荒山野地，后来索弗罗妮亚被送进修道院，两人便分开了。但是，托里斯蒙多听完索弗罗妮亚的话之后却容光焕发：“尊重的陛下！亲爱的索弗罗妮亚。在我寻根的过程中，我发现了一个秘密——你并不是国王与王后所生，而是国王与一个乡间女子所生。国王让王后将你收为养女，一直伺机想除掉你！我们没有任何的血缘关系。”

您仅凭意志力的力量坚持了那么长时间，您总是做好每一件事情，就像您确实存在一样，为什么突然屈服了

一切都真相大白了。查理大帝派人赶紧找寻阿季卢尔福。寻找他的正是青年朗巴尔多，他在树林里大声地呼唤着，但是都没有得到回应。终于，在一棵树下，朗巴尔多发现了盔甲、手套等物品，还有一把剑，上面有一张纸条：“谨将此铠甲留赠朗巴尔多骑士。”朗巴尔多不肯相信，他大声说道：“骑士，您的军衔和封号都无可非议！您仅凭意志力的力量坚持了那么长时间，您总是做好每一件事情，就像您确实存在一样，为什么突然屈服了？”没有人答复朗巴尔多，他穿上了阿季卢尔福的盔甲，查理大帝见到他的时候说道：“阿季卢尔福，您回来了，一切都很好，是吗？”

可是头盔里是另一个声音：“我不是阿季卢尔福，陛下，他只留下这副盔甲指定给我。此时此刻，我唯愿杀向战场。”等到朗巴尔多从战场回来的时候，雪白的铠甲结了一

层泥巴，沾满了敌人的血污，伤痕累累。这副曾经完美的、不存在的躯壳有了人类的味道。朗巴尔多如愿上了战场，也如愿得到了布拉达曼泰的芳心。朗巴尔多是在修道院找到布拉达曼泰的，是的，写书的修女和布拉达曼泰便是同一个人。

而另一边，索弗罗妮亚和托里斯蒙多回到了那个村庄，查理大帝将托里斯蒙多任命为伯爵，并给他们举行了隆重的婚礼。索弗罗妮亚告诉托里斯蒙多："我受尽磨难，不愿再生波折。虽然你被赋予伯爵，但是我希望村庄里的人都是平等而居。这座美丽的城市，无论谁都将得到他们应有的一切。"而随波逐流空有一副躯体的古尔杜鲁却还在寻找他的主人阿季卢尔福。托里斯蒙多告诉他主人已经消失了，让他成为马夫。

Day 7《不存在的骑士》

卡尔维诺：人到底应该怎样活？

生命的本质是什么？存在还是不存在？

在《不存在的骑士》的后记中卡尔维诺写道："现代人是分裂的、残缺的、不完整的、自我敌对的，马克思称之为'异化'，弗洛伊德称之为'压抑'，古老的和谐状态丧失了，人们渴望新的完整。"那么，生命的本质是什么？存在还是不存在？这是沉重的发问。"存在主义"的概念，是法国哲学家萨特在1946年提出的，并发表了一篇文章《存在主义是一种人文主义》。那时候，人们刚刚经历了第二次世界人战，宗教信仰沦为战争的工具，人类生存本身遭受压迫，精神家园面临困境。

卡尔维诺在书中告诉我们生命的四种形态：意志力、肉体存在、意志和肉体共存、强大的意志力和消沉的肉体。

第一种：象征脱离肉体的意志力存在——阿季卢尔福。卡尔维诺将书名定为《不存在的骑士》，但是“不存在的骑士阿季卢尔福”并不是真正的主人公，他可以说是一个反面参照物。虽然阿季卢尔福是大家公认的模范军人，事事做到极致完美，但是他没有肉身，没有生理个性，他偶尔为此感到忧愁，却很快可以自我调节。阿季卢尔福是由一团类似气体的理性和意志凝结而成的。他信奉的是规则，以及遵守规则的荣誉感。他是普遍化、身份化、符号化的不存在，而不是个别、具体的人的存在。最后，阿季卢尔福由于意志力的消散而彻底消失在人世间。这样的结局也预示着，阿季卢尔福能理解生命，却体会不到生命，他是一个悖论。卡尔维诺写他显然颇为得心应手，因为：“阿季卢尔福，不存在的骑士，有着广泛散布于当今社会各行各业中那一类型人的精神面貌。”

第二种：象征空有肉身却不具备意志力的存在——古尔杜鲁。他的存在正好是阿季卢尔福的对立面，空有肉身却脱离了意志力，没有意识个性，无法感受疼痛，也不懂苦恼。他是鱼、鸭子、梨树……他有着鲜活并且极具模仿天赋的生命，却并不能意识到自己的生命。他毫无自我存在的意识，是物的存在，而不是人的存在。

第三种：象征意志力与肉体共同存在——朗巴尔多。朗巴尔多是一个有理想抱负的青年，不甘愿浪费自己的时间。为父亲报仇征战沙场，也会为追求心爱的美人而绞尽脑汁。爱而不得时伤心烦恼，无法建功立业时焦虑挫败。朗巴尔多象征着意志和肉体共存，却因此有了缺点：他意志薄弱，生命力脆弱，会为人世间的七情六欲而烦恼。这样一个普普通通毫无新意的生命是我们大多数平凡人的写照。

第四种：象征强大的意志力和消沉的肉体——托里斯蒙多。托里斯蒙多厌恶周围的一切，他很早认清了战争的本质，只崇拜圣杯骑士团，并对一切荣誉和享乐不屑一顾。他是阿季卢尔福的质疑者，认定阿季卢尔福是空架子，其思想同一切现存事物相抵触。最后，他揭露了圣杯骑士团的假象，有着推翻既定事实的高阶精神品质，同时也寓言了人民的觉醒。托里斯蒙多是书中的一个重要人物，故事里所有人物的命运因他而发生重大转折。他的存在象征着尊重个体的个性和自由的存在，他的本质是自由探寻生命，并重建存在的意义。

在确认自我的过程中去寻求意义，无意义才去寻求意义

卡尔维诺说：“对于年轻男性，女人是肯定存在的。”布拉达曼泰有着匀称体形和高贵仪态。她是朗巴尔多的心上

人。布拉达曼泰自知领略过男人们的无趣与无知，她混迹其中，却是一位有追求有行动的人。她生存的焦虑在于爱情的虚无。卡尔维诺在后记中写道：“布拉达曼泰，爱情如战争，她寻求异己者，即不存在的人，因为她爱上了阿季卢尔福。”

索弗罗妮亚，贵为公主，却在13岁时遭后母陷害并被抛弃，最后在修道院中孤寂度日。索弗罗妮亚历经多重磨难，渴望真情实爱。她生存的焦虑在于情感的虚无。最后真相大白，并且收获了属于自己的爱情与家庭。她是善良与仁义的化身，卡尔维诺赋予她的是一种超乎人类的坚韧。在最后，卡尔维诺借索弗罗妮亚道出了整本书要讲的主题和生命最本质的价值：“古尔杜鲁也能学会的，我们过去也不懂得应当怎样生活在世上，也是边生活边学会……”

叔本华说：“人的自身才是幸福的可靠来源。自身所拥有的精神思考能力，价值趣味就如同冰天雪地之中温暖的圣诞小屋，免于人因为受到意欲驱使寻找感官刺激需求，在得到满足之时也即刻幻灭的痛苦、无聊与不幸。”人是历史性的存在，人的本质是在历史中实现。他们呈现出一个共同特点——个性化，永远持有自己独特的想法和做法。也许，这样的人才是真正的存在的意义。有着常人的喜怒哀乐，有思想抱负，也有日常的烦恼。有所得，也会感知生命的消失。卡尔维诺正是看到了现代人的分裂，在《不存在的骑士》

中，他也对人类精神家园的走向进行了深刻的反思，表达了在分裂中确认自我的主题，也就是在确认自我的过程中去寻求意义，无意义才去寻求意义。

《智利之夜》

他用一部 9 万字的小说，写下了自己的一生

[智] 罗贝托 · 波拉尼奥

其实我觉得没有绝对的悲和喜，我写作时一直提醒自己，不要绝对地去看人、看世界，越辩证越真实，也越接近真理，我希望我的读者也是如此。

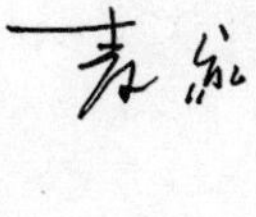

一部注定在世界文学中长久占有

一席之地的当代小说

轰动拉美文坛、引发欧美舆论

苏珊·桑塔格、科尔姆·托宾

斯蒂芬·金等众多作家对其赞赏有加

Day 1《智利之夜》

他 40 岁开始写小说，
用 10 年构建了一座文学迷宫

文学就像含磷的物质，在它就要死去的时候，就会发出最明亮的光芒

小说以主人公拉克鲁瓦的视角向我们展现了六个故事：

第一个故事，“我”在智利一位文学批评家费尔韦尔的庄园里，见到了著名诗人聂鲁达，受文学召唤，“我”也决定成为一名批评家和诗人，可这条路注定难走。

第二个故事始于作家萨尔瓦多向我讲述的一件事：他去拜访了一位绝望的危地马拉画家，画家绝食多日，整天坐在窗前打量巴黎，在沉默中等待死亡。他究竟在巴黎的黄昏中看到了什么？“我”又从中产生了哪些感悟？

第三个故事，是我从画家身上感到了令人振奋的力量，

却被批评家费尔韦尔“泼冷水”，他向我讲述了一个鞋匠的悲剧：鞋匠功成名就，求见皇帝，提出要出钱为英雄们立碑。皇帝很感动，答应了，鞋匠付出了全部时间、金钱，然而他很快就被所有人忘记了，鞋匠的结局是什么呢？

第四个故事源于鞋匠的故事对“我”所产生的启发。而在空虚与厌倦的生活状态中，“我”写了一系列质量不高的诗作。动荡时期，“我”离开智利前往欧洲考察。

第五个故事则围绕“我”回到智利之后的遭遇而展开。面对智利的独裁政府，“我”决定放逐自己，表现出“上帝爱怎样就怎样吧”的精神状态。后来，聂鲁达死了，军政府上台了，我接受了一项秘密任务。这项秘密任务是什么呢？小说的最后，写的是“我”在宵禁期间出入女作家玛利亚在别墅举办的文学沙龙。在某种偶然的情形下，有人闯入了这座别墅的地下室，发现了一个被长久囚禁的男人。男人是谁呢？文学沙龙上又会发生什么样的故事呢？

六个故事相互联系，作者向我们呈现了一次意识的流动。罗兰·巴特曾说：“文学就像含磷的物质，在它就要死去的时候，就会发出最明亮的光芒。”在作者波拉尼奥的笔下，“我”陷入滚烫、朦胧、混乱的梦境中，在将要死去的时候，回顾着自己一生最明亮的光芒。

他吟诵他、敬仰他，却又背叛他、憎恶他

罗贝托·波拉尼奥出生于智利的圣地亚哥，父亲是一位卡车司机和业余拳击手，母亲则在学校教授数学和统计学。波拉尼奥自小便有文学天赋，3岁开始自我阅读，7岁就写出了第一篇小说，讲了几只母鸡爱上鸭子的故事，思维很是开阔。小时候，他经常听母亲念聂鲁达的诗集，所以在他的作品中，聂鲁达占据了很重要的一部分。聂鲁达是他诗歌的领路人，他的精神之父，但他对聂鲁达的感情十分矛盾：他吟诵他、敬仰他，却又背叛他、憎恶他，他躲在诗歌的王国里，却又想把这个王国摧毁。上学期间，波拉尼奥经常逃课去读自己喜欢的书，写东西，很叛逆，却也很有想法。他会偷书，会跟踪自己钦佩的作家，会在书店蹭书看，就这样他渐渐走上了文学之路。15岁时，波拉尼奥举家搬迁到了墨西哥。20岁时，他决定回到圣地亚哥，却刚好赶上了皮诺切特政变，遭到逮捕，险些被杀害。皮诺切特政变发生于1973年，皮诺切特勒令当时的总统辞职，将国家政权交给军警当局，政府就此垮台。后来，皮诺切特成了国家元首，推行集权统治。在全国范围内实行戒严、宵禁，终止宪法，解散国会，禁止政党活动。

这场政变成了波拉尼奥一生中的核心事件，终其一生，

他都没能走出来……逃回墨西哥后，波拉尼奥和好友一起推动了“现实以下主义”运动，反对官方文化，试图激发拉丁美洲年轻人对生活与文学的热爱。1977年，波拉尼奥24岁，他前往欧洲，在巴塞罗那附近的海岸打零工：当过船工，做过露营地的守夜人，当过采摘葡萄的短工，做过酒吧服务员……但波拉尼奥从未放弃写诗，白天干苦力，夜里就写诗，过得清贫却高傲。37岁时，波拉尼奥有了孩子，生活却依然清贫。他决定赚钱养家了，便结束了流浪诗人的生活，专心写小说，就这样写下了《荒野侦探》《2666》《地球上最后的夜晚》《智利之夜》……他极有天分，《荒野侦探》一举拿下了西班牙“罗慕洛·加列戈斯国际小说奖”，《2666》获得美国“国家图书批评家奖”，多部作品也屡屡收获好评。但随之而来的却是他肝病日益恶化的消息，可他依旧全身心投入在小说创作中，陪伴他的只有香烟和茶。他曾连续写作40多个小时，甚至忘记去医院接受检查。2003年7月15日，50岁的波拉尼奥，因肝功能衰竭，永远离开了人世。

如今我快要死了，但还有很多话不吐不快

但波拉尼奥给文坛留下了一个传奇：40岁开始写小说，50岁去世，短短10年间，却留下了数量惊人的作品——10部

中长篇小说、4部短篇小说集、3部诗集。《荒野侦探》在拉美文坛引起了不小的轰动，盛况丝毫不输给30年前出版的《百年孤独》；波拉尼奥身故后出版的《2666》，掀起了一股赞美的狂潮，众多作家成了他的粉丝，不少读者甚至将他跟塞万提斯、普鲁斯特划归为同一高度。而那些作家粉丝中，约翰·班维尔、苏珊·桑塔格、斯蒂芬·金等著名作家赫然在列。

但无论波拉尼奥的小说达到了怎样的成就，最令他难以割舍的仍然是他的诗歌。换句话说，小说是他迫于生计而为的结果，诗歌却是他灵魂深处的热爱。

“如今我快要死了，但还有很多话不吐不快。”小说《智利之夜》的开场白，何尝不是作者波拉尼奥的心声？一本薄薄的只有9万字的小说，一部只分两段且第二段只有一句话的小说，令人想起马尔克斯笔下《族长的秋天》，没有标点，没有段落，只有如水般恣意倾泻的情绪与思想，令人无比惊叹！

Day 2《智利之夜》

好的生活状态：物质极简，精神丰盈

这个世界上没有什么能比阅读、随后用优美的散文语句大声抒发阅读心得更加令人感到满足了

如今“我”快要死了，但还有很多话不吐不快。原本“我”内心很平静，但那些往事却骤然浮现出来。“我”叫拉克鲁瓦，是智利人。如今，“我”已来到生命最后几个小时。“我”是一个理性的人。十三岁时，“我”感受到上帝的召唤，想要进神学院，却遭到父亲的反对。但一年以后，十四岁的“我”坚持进入神学院，并在后来成为一名神父。也是在那时，“我”认识了费尔韦尔先生，一位著名的文学评论家。第一次见到他时，“我”的灵魂深处有鸟儿在欢唱，新芽在绽放。“我”很激动，因为我尊敬的费尔韦尔就

在那里，他身材高挑，有一米八，但在“我”印象中，他几乎有两米高。费尔韦尔带我去了他的藏书室，“我们”谈论书籍、作者，他的语言像一只手套，总是紧紧围绕着他的思想。而“我”，则像一只天真的雏鸟，“我”告诉他：“我想要成为一名文学评论家。”

“我”想在他所开辟的道路上，继续走下去。在“我”看来，这个世界上没有什么能比阅读、随后用优美的散文语句大声抒发阅读心得，更加令人感到满足了。

这条路并不轻松，它并非开满了玫瑰花

当费尔韦尔听到“我”想要成为像他一样的文学评论家时，他笑了。他把手放到“我”的肩膀上，看着“我”的眼睛对“我”说：这条路并不轻松，它并非开满了玫瑰花。在这个野蛮人的国度里，在这个庄园主掌控的国家里，文学是异数，人们对懂得阅读之士缺乏赞美。是啊，在过分追求物质享受的世界里，追求精神世界的富足显得格格不入。这句话其实反映了作者波拉尼奥本人的思想态度。波拉尼奥推动了“现实以下主义”运动，反对官方文化，试图激发拉美年轻人对生活与文学的热爱。所以这条路并不轻松，并非开满了鲜花，在这个集权统治的国家里，文学成了异数。费尔韦尔有一个小葡萄庄园，产的酒还不错，他邀请“我”去他的

庄园参观。

于是“我”抬起头，坚定地回答了好几次：“我会去的。”约定的日子到了，“我”至今记得一路上所望见的智利的原野，还有那些长着黑斑点的智利奶牛。费尔韦尔派了一辆马车来接“我”，当“我”到达之后，“我”看到费尔韦尔和一位年轻人在对话，可能在讨论诗歌。“我”翻阅着几本古籍，在一堵墙的架子上堆放着智利诗坛和小说界最优秀、最杰出的作品，每一本都是由作者本人亲笔题词后献给费尔韦尔的，他们把他视为知己。在“我”看来，费尔韦尔先生好像是一处河口三角洲，智利国内所有的文学船只都短期或是长期地汇聚在那里栖息。而他的家，就是那个港湾。

他毫无恐惧，从不害怕，无所畏惧！

“我”听到有人在露台上拖着脚步走路，出于好奇，“我”跟了出去。在一尊雕像旁，“我”看到了他。他背对着我，面向月亮，念念有词。他是诗人聂鲁达！聂鲁达在那里，正对着月亮、大地、星辰在吟诵。“我”也在那里，睁着含泪的双眼注视着他。尽管“我”无法听清他所说的内容，但还是为我国最崇高的诗人的言语魅力所深深折服。接下来是晚宴了。聂鲁达和他的夫人，费尔韦尔和那位年轻诗人都在场，这时“我”才知道，原来那位年轻诗人是聂鲁达的弟子。菜肴十分精美，饭后的休闲时光一直持续到深夜。可能酒喝得太猛了，“我”有些难受，出去透透气。身后传来脚步声，“我”回过头，来人是费尔韦尔。费尔韦尔问：“你是否感到身体不适？”“我”回答他：“没有，仅仅感到一阵转瞬即逝的焦虑罢了，我担心乡间清纯的空气终会逐渐蒸发掉。”这句话其实也有隐喻，清纯的空气象征着对文学的热爱，拉克鲁瓦担心当下所感受的种种会被复杂的现实蒸发。费尔韦尔笑了，问我：“对聂鲁达印象如何？”“我”回答道：“他是最伟大的。”随后，我们谈论起诗歌，费尔韦尔问我是否读过索尔德罗。

“哪个索尔德罗？”我问。“那个行吟诗人。”费尔韦尔说，“哪个索尔德罗？他和博尼法西奥、罗马诺一起喝酒；哪个索尔德罗？他和贝伦格尔以及安茹王朝的卡洛一世一起骑过马；索尔德罗，他毫无恐惧，从不害怕，无所畏惧！”他接着说，“那个被但丁歌颂的索尔德罗，那个被庞德歌颂的索尔德罗，那个写了《教学的荣誉》的索尔德罗……”“我”有些恍惚，直至听到聂鲁达声音的那一刻才回过神来。聂鲁达问费尔韦尔：“你们在讨论哪个索尔德罗？”费尔韦尔笑起来，朝我看，眼神仿佛在说：如果想做诗人你就去做吧，但也得写写文学评论，多看点书，广泛涉猎。费尔韦尔列举了《神曲》中关于索尔德罗的几行诗，聂鲁达则朗诵了《神曲》中其他几行诗句，然后二人拥抱起来，齐声朗诵诗句。与此同时，“我”和聂鲁达的弟子一致断言：聂鲁达是我国最优秀的诗人，费尔韦尔则是我国最优秀的文学评论家！“我”结束了对庄园的第一次造访，可无论“我”去什么地方，这句话始终伴随着我。或许，索尔德罗是谁已经不再重要，重要的是他象征着文人的勇敢与无所畏惧，也使人在泥泞破碎的现实里看到精神乌托邦重建的希望。那个时代最耀眼的文人、才华横溢的作家、青年黄金一代，几乎都深受聂鲁达的影响。在“我”童年和青少年时代的回忆中，“我”看到了父亲对我的阻止。有个声音告诉“我”：“所有谈话，都是被禁止的。”声音的主人是谁？“我”发现那是“我”的声音，是“超我”的声音，他就像一位有着钢铁般意志的飞行员，为“我”的幻想引航。“我”决定为自己的文学评论作品起一个笔名，然后用真实姓名发表“我”的诗歌。于是“我”用了“H.伊瓦卡切”这个笔名。渐渐地，H.伊瓦卡切比拉克鲁瓦更出名了，这一点令我感到惊奇。但拉克鲁瓦（诗歌）是在为未来酝酿一部满怀野心和抱负的诗歌创作，这一著作只有在岁月的沉淀中才能逐渐实现。而H.伊瓦卡切（文学评论）所做的则是阅读并大声解释、评论一些读物，诠释我国文学，用理性的方式给人们带来启蒙。

Day 3《智利之夜》

生活的状态，
由你自己决定

那一刻，他明白画家说的是实话

某个下午，在作家兼外交官萨尔瓦多先生的家里，他向“我”讲述了一位画家的故事。当时他家里还有五六位其他客人，费尔韦尔也是其中一员。“二战”期间，萨尔瓦多被派驻智利使馆。有一位美丽的女士问他，是否希望被引见给著名的德国作家、国防军军官荣格尔先生。萨尔瓦多表示：“是的，我非常乐意。乔万娜，请把我介绍给他吧。”乔万娜带萨尔瓦多见到了荣格尔上尉，他是第一次世界大战的英雄，也是《钢铁的暴风雨》《非洲游戏》《在大理石危岩上》和《赫里奥波里斯》的作者。

相互介绍之后，萨尔瓦多和荣格尔用法语交流起来。荣格尔问萨尔瓦多："是否能找到您著作的法语版本？"萨尔瓦多给出了肯定的答复："没错，有一本书已经被译成法语了，如果您想要读，我十分荣幸能将其馈赠给您。"荣格尔露出了满意的微笑，他们互换名片，并约了一个时间共进下午茶。

几天后，萨尔瓦多和荣格尔在危地马拉画家藏身的阁楼里相遇了。巴黎被占后，画家无法离开阁楼，萨尔瓦多经常带着食物看望他。但画家从未向萨尔瓦多表示过感谢。有一次，萨尔瓦多带去了一本小说，他原本想把小说送给别人，但看到画家如此穷困潦倒，便给他留了下来。可当一个月后他再去时，发现小说还原封不动地在桌子上。萨尔瓦多问画家："您是不是不喜欢这本小说？"画家一副无精打采的样子，说道："我根本没读过那本书。"萨尔瓦多感到很沮丧，说："那说明您不喜欢这本书。"画家表示："谈不上喜欢，也不讨厌，单纯就是没有看而已。"萨尔瓦多拿起他的书，发现封面上积了一层灰。那一刻，他明白画家说的是实话，从那以后，他也就不怎么把这个画家放在心上了。

就这样谈论着人类与神灵、战争与和平、意大利及北欧绘画艺术……

又过了两个月，萨尔瓦多再次来到小阁楼，发现画家看上去更消瘦了。他一边坐在窗前凝视着巴黎的街景，一边放任自己慢慢死去。他深受抑郁症的折磨，在那个屈服于日耳曼民族统治之下的城市里，画家藏身在阴暗的阁楼里，患上了抑郁症。他的消瘦令萨尔瓦多大吃一惊，他邀请画家去吃晚饭或点心，但被拒绝了。萨尔瓦多问画家："您多久没吃过东西了？"画家回答："没隔多久。"萨尔瓦多："没隔多久是多长时间？"画家："我也不记得了。"萨尔瓦多把带来的食物放到橱柜里，画家则一直坐在椅子上，坐在唯一一扇窗户旁边，凝望着巴黎街头。也是在这个小阁楼里，萨尔瓦多与荣格尔不期而遇。荣格尔是怀着好奇心来看望这位危地马拉画家的。当时，荣格尔正专注地研究着一幅两米乘两米大小的油画，油画有个奇怪的名字：《日出前一小时的墨城风光》。

荣格尔见到萨尔瓦多时，同样感觉很惊讶，然后是一丝轻微的喜悦。他们热情地打招呼，寒暄了一阵，然后荣格尔开始谈论绘画。谈着谈着，萨尔瓦多突然发现自己来到这里之后，还没跟阁楼的主人，也就是危地马拉画家说过话，于是他开始找画家。他感觉到一阵轻微的恐慌，他担心画家已经被法国警察，或者被盖世太保逮捕了。幸好画家还在那里，依然坐在窗边，入神地凝望着巴黎街头。萨尔瓦多意识到自己带来的食物还在手上：一点点茶叶，一点点糖，一条两磅多重的大面包，还有半公斤羊奶奶酪。他对画家说：

“我给你带了点食物来。”画家则跟往常一样没有道谢，也没有回头，只留给旁观者一个顽固的背影。场面一度很尴尬。荣格尔拉过来两把椅子，跟萨尔瓦多聊起了他们感兴趣的东西，德国作家和智利作家就这样谈论着人类与神灵、战争与和平、意大利及北欧绘画艺术……

在“我”的幻想中，风趣被大量挥洒，像英雄们的梦想一样被擦亮

荣格尔问画家：“你是否在墨西哥城待过很长时间？”画家表示：“我在墨西哥城只待了一个星期，对那个城市的回忆不甚明确，你感兴趣的那幅油画，其实是多年之后我在巴黎创作的。”当时，画家身处巴黎，战争已经开始。他养成了在那扇唯一的窗前观看巴黎全貌的习惯，默默迎接死亡的来临。通过对巴黎彻夜不眠的观看，他的脑海中浮现出了《日出前一小时的墨城风光》，并把脑海中的景象画了下来。这幅画成了一个以人为祭品的祭台，并延伸出一种不可超越的厌食行为。它表达着对溃败的接受，这不是指巴黎的战败，不是指欧洲文化准备自焚的溃败，也不是指他曾拥护的政治理念的失败。而是指他本人——一个无名无财，却准备在文艺之都的艺术圈里谋求声名的危地马拉人的溃败。这令萨尔瓦多顿时起了一身鸡皮疙瘩。

荣格尔继续侃侃而谈，危地马拉画家一如往常躺在窗边，将自身消耗在对巴黎反复又徒劳的观察中。而后，萨尔瓦多和荣格尔一起离开了阁楼。他们不约而同地认为：危地马拉画家大概活不到下一个冬天了。

二人来到萨尔瓦多的住所共进晚餐，他们谈论着文学。临走时，萨尔瓦多送给荣格尔一本自己的已被译成法语的作品。那天晚上，当“我”和喝醉了的费尔韦尔一起从萨尔瓦多家中离开后，“我”从画家身上感到了一种令人振奋的力量，进而产生了一阵幻想：“我”看到自己正在撰写一首诗歌。风趣被大量挥洒，像英雄们的梦想一样被擦亮。“我”立刻把这一念头告诉了费尔韦尔，却被费尔韦尔泼了一盆冷水。

Day 4《智利之夜》

失明者跌跌撞撞，
却从未放弃追逐光明

这个念头，就是“英雄岭”

费尔韦尔给“我”讲了一个关于鞋匠和“英雄岭”的故事。鞋匠是奥匈帝国统治下的臣民，他最早在异地卖鞋子，后来发展到在维也纳生产鞋子，然后把鞋子卖给维也纳、布达佩斯、布拉格等地的贵人们，以此积累了很多财富。这个维也纳鞋匠制造的鞋子质量好，又舒服，得到了全体顾客的褒奖。在他的顾客群中，就有奥匈帝国的皇帝本人。

为了一个念头，鞋匠动用了他在皇室、军官以及政客圈子里的全部交情和人脉，终于得到了皇帝的接见。鞋匠十分激动，他深吸了一口气，挥舞着双手，向他的君主阐述了自己的念头。这个念头，就是“英雄岭”。英雄岭是位于欧洲中部某处的一座山丘，山坡上有栎树和落叶松，山巅则布满了茂密的灌木丛。这座山峰令人赏心悦目，它躺在那里，仿佛在通告人类，它是另一个世界的一部分，是心灵的居所、灵魂的栖息地、感官的愉悦之源。不巧的是，这座山丘是有主人的，它属于H伯爵。H伯爵是那一带的大庄园主，但鞋匠已经和他交谈过了，鞋匠斥巨资买下了这座山丘，两人达成了共识。鞋匠打算把英雄岭作为“帝国英雄纪念碑”捐献出来，不仅为过去和当今的英雄们立碑，也包括那些未来的英雄们。为每一位英雄竖立雕像，并把祖国的英雄们埋葬于此，让他们永远安息在这座山丘上。

英雄岭在那里等待着他，宁静、暗沉而又庄严

鞋匠告诉皇帝，首先，他希望得到皇帝的许可和批准，允许他做这件事；其次，他希望得到国库的现金支持，因为尽管他从自己的口袋里支付了绝大部分的费用，但单靠他一个人终究是无法承担全部支出的；最后，鞋匠阐述了英雄岭所能带来的道德效益，他提到了旧日的高尚品德，提到人类活动的退步，以及最新的思想潮流……

当他停止演讲的时候，皇帝已经热泪盈眶，他紧紧握住了鞋匠的双手，反复点了好几次头表示肯定，还大声喊着：“太好了，太棒了，妙极了！”鞋匠说完了自己的想法，得

到了肯定，离开了宫殿，他一边走，一边激动地摩拳擦掌。没过几天，英雄岭就换了主人。鞋匠性子急，还没有等到任何信号，就开始发号施令，指挥工人奔赴英雄岭了。他本人亲自监工，开始了最初的工程建设。他搬到了英雄岭附近镇子上的一家客栈里居住，尽管生活不便，他也毫不在乎，全身心投入到大工程中去，热情地在烂泥地里干着活儿。他全身心地投入到自己执着的梦想中，越过噩梦前进。英雄岭在那里等待着他，宁静、暗沉而又庄严。

日子一天天过去了，天气时好时坏，鞋匠大把大把地消耗着自己的财产，而皇帝呢？除了在当天哭了一场，喝了几声彩以外，再也没有说过些什么。没有投资，工程将无法继续，但鞋匠早就动工了，根本无法半途停下来。他徒劳无功地奔走，把时间都消耗在了英雄岭。而在维也纳皇宫和贵族们的客厅里，鞋匠的名字和他的雄心壮志却成了一个笑话。

开始，人们嘲笑他心比天高，没过多久，他就被遗忘了，人们不再谈论他，甚至连他的长相也忘记了。后来，混乱的年代来临了，作家们呼唤着他们的缪斯，皇帝死了，一场战争到来后，帝国灭亡了。没有人会再记起这个鞋匠。祸不单行，随着世界性经济危机的到来，鞋店的生意也支撑不下去了，先是换了主人，没多久便倒闭。接下来的几年，谋杀和迫害开始，另一场战争爆发，直到有一天，山谷里出现了苏联坦克。指挥着坦克军团的上校，用望远镜看到了英雄岭。他开过去，从坦克上跳下来，脱口而出问了一句：“这是什么怪物啊！”其他坦克车里的俄国人也跳了出来，他们问当地的农夫那是什么。农夫回答：“那是一片墓地，一片原本计划把全世界的英雄都埋葬于此的墓地。”上校和他的士兵们撬开了三把锈迹斑斑的挂锁，走进了英雄岭。但他们没有看到英雄的雕像，也没有看到坟墓，除了满目疮痍，什么都没有。最后，他们在山丘最高处发现了一个像保险箱一样的地下室，门被封上了。他们把门打开，在地下室内部，他们发现了鞋匠的尸体。死之前，他好像还在大笑着。

说到这里，费尔韦尔问“我”：“你懂了吗？你懂了吗？”那一刻，“我”仿佛又一次看到了“我”的父亲，看到了他对我所做的决定表达出坚决的否定。

以“明知不可为而为之”的勇气去追逐暗夜尽头的那一点希望和光明

费尔韦尔告诉“我”，他对维也纳鞋匠的故事感到悲伤。是啊，本该由国家去做的事情，结果却由一位鞋匠来做，他用尽全力守护这个世界岌岌可危的文明和道德，结果却死在了无法竣工的梦想里。

费尔韦尔说，或许有一天，美洲将会改变，智利将会改变，但他看不到这一切了。“我”回答：“费尔韦尔，你还有好多年可以活呢。”费尔韦尔却说：“生命有什么用处，书籍又有什么用处？仅仅是些影子罢了。”“我”告诉他：“想想那些盲人，失明者跌跌撞撞，他们徒劳无功地努力尝试，但他们从未放弃追逐光明。”

同时，“我”也想到了“我”的命运，想到了“我”想写的文学评论和诗歌，想到了“我”的索尔德罗，一份光明职业的开始。然而，并不是所有的事情都是那么容易的，最终连祈祷都会使人感到厌倦。但还是有一代一代的人，前仆后继地往前冲，以“明知不可为而为之”的勇气去追逐暗夜尽头的那一点希望和光明。

Day 5《智利之夜》

让你丢失生命体验的，是你的无力感

这种茫然与震惊同时又和厌倦与沮丧共存，就像一个伤口，被包在另一个伤口里

一天，“我”走在街上，看到街道被抹上了灰浆，褪去了张扬的黄色，变成了灰色，整齐有序。但“我”知道将灰色扒开一点点，就会看到黄色。这个认知使“我”的内心产生了厌倦感。虽然“我”还在继续写东西，但“我”写出来的诗歌充满了辱骂、亵渎神明的言辞，还有其他更恶劣的东西。“我”一次次在黎明前毁掉它们，不给任何人看。

诗歌的内容令“我”陷入茫然与震惊，这种茫然与震惊同时又和厌倦与沮丧共存，就像一个伤口，被包在另一个伤口里。那段日子，“我”认识了欧德姆先生和欧依多先生，他们经营着一家进出口公司，推荐“我”去完成一项位于欧洲的棘手任务——准备一份关于教堂保护工作的文字。在智利，没有人懂这方面的知识，但在欧洲，这类调查研究已经很先进了。“我”的工作就是去欧洲参观那些在抗磨损方法上最先进的教堂，比较不同的方案，写一份报告，然后回国。历时一年到一年半，每月有全薪和额外补贴。这份工作很适合“我”，通过长途旅行散心，令“我”的心重新快活起来。

一个冬天的早上，“我们”抵达了热那亚。在那里，“我”度过了很多幸福时光，阅读希腊古典作家、拉丁古典作家和现代智利作家的作品，恢复了作为读者的快乐。“我”参观的第一座教堂叫“圣母玛利亚永恒的痛苦”，位于皮斯托亚，接待“我”的是一位还不到三十岁的彼得罗神父。他告诉“我”，在很多欧洲城市，古罗马式或哥特式风格的巨型古迹遭到最严重的破坏，其因素不是环境污染，而是鸽子粪便。因此，很多地方的神父都会驯鹰，来消灭教堂周围的鸽子群。

抵达布尔戈斯后，安东尼奥神父在等着“我”。他很年迈，有一只名叫罗德里格的猎鹰。罗德里格跟其他神父所养的英勇的鹰不同，安东尼奥神父不允许它狩猎。猎鹰罗德里格只能被圈禁在笼子里，缺乏运动，十分可怜，和它的主人一样。

一个夜晚，安东尼奥神父发烧到40摄氏度，“我”让他的仆人去找医生。等待医生的时间里，“我”放飞了罗德里格。“我”看着它逐渐升高，越来越充满力量，“我”看到它很快就把好几只鸽子的尸体扔到“我”的脚边。后来，它飞走了。当晚，安东尼奥神父也过世了。

上帝爱怎样就怎样吧

接下来，“我”去了巴黎，在那里创作诗歌，起草了那份以古迹保护为主题的报告，其中特别强调了猎鹰的使用。“我”做了个梦，梦见安东尼奥神父在死前对我说：“那件事做得很不好，朋友。”“我”看到了一群猎鹰，成千上万只，在大西洋上方的高空中，朝着美洲的方向飞翔。有时候，太阳在“我”的梦中变成了黑色。

这里其实充满了隐喻：欧德姆先生和欧依多先生实际是两位伪装的特工，鸽群是圣灵在人间的象征，猎鹰则是独裁政权鹰犬的象征。人们饲养猎鹰，训练其捕捉鸽子，便是政治的倾轧。而拉克鲁瓦放飞那只被圈禁的鹰，意味着他已成为同谋，猎鹰出笼后，送给他的第一份礼物，便是“好几只鸽子血迹斑斑的躯干”。成千上万只猎鹰飞向美洲，也意味着集权的“鹰犬”飞向美洲，所以太阳才会变成黑色。

回到小说本身，有一天，“我”决定是时候回智利了。

当时祖国的形势不太好。“我”告诉自己不能再做梦了，应该做爱国者，“我”对自己的祖国感到真切的爱意。后来大选开始了，阿连德胜出。阿连德是智利共和国的前总统。他当选后，作者波拉尼奥也曾满怀对社会主义的热情回到了智利。那个晚上，“我”来到费尔韦尔家门口。他现在80岁了，是那么衰老！费尔韦尔打了很多电话，打给聂鲁达，打给尼卡诺尔，打给很多人，却没有一个打通。几小时后，他在一把椅子上睡着了。“我”回到了自己的住所，开始阅读古希腊作家的作品。“上帝爱怎样就怎样吧。”“我”对自己说。

智利发生了天翻地覆的变化：支持阿连德的一位将军被杀害了，智利恢复了和古巴的外交关系，聂鲁达获得了诺贝尔文学奖；智利发生了物资紧缺和通货膨胀，出现了黑市；农业改革征用了费尔韦尔的农场，阿连德访问了墨西哥并参加了联合国大会，这一过程前后，发生了袭击事件，发生了罢工……有差不多五十万人列队参加了一场拥护阿连德的游行，然后发生了国家政变、起义、军事政变，拉莫内达宫被轰炸，轰炸结束后，总统自杀，一切都结束了。这就是“皮诺切特政变”！他取代阿连德，成了新一任国家元首。

某天晚上，聂鲁达去世了，他死于癌症。“我”给费尔韦尔打电话，决定明天一起去参加葬礼，挂了电话，“我”感觉这一切很不真实，像一场梦。

我们唯一坚定地做着的事情是哭泣

某天早晨，欧德姆和欧依多先生来找我，带来了一项绝密的任务——为一些绅士讲授马克思主义。“我”问：“我的学生都有哪些人？”他们说：“皮诺切特将军、雷将军，海军上将梅里诺、门多萨将军……”“我”深吸了一口气，为国家最高领导人讲课，对“我”来说不是一件可以掉以轻心的事。“我”讲了十节课，讲了马克思和恩格斯，讲了《共产党宣言》。

某天，只有皮诺切特将军自己来上课，他问“我”是否知道他的对手阿连德阅读哪些书。“我”说不知道，他告诉“我”，他只看小杂志，甚至连《圣经》都没读过。他又问“我”：“那您觉得我写过多少本书了呢？”“我”整个人都僵了，毫无头绪。将军回答：“三本，都是我本人独立创作的，其中一本相当厚，是彻夜不休写出来的。”他还告诉“我”，他发表了数不清的文章，有些甚至发表在美国杂志上……对于这些领导者来说，他们关心的是如何了解自己的敌人，如何保持自己的心理优势，以便能更好地“为祖国服务”。尽管他们要求我保密，不可到处吹嘘，但“我”心理负担实在太重，彻夜难眠。终于，“我”承受不住了，将一切告诉了费尔韦尔。费尔韦尔眯起眼睛看“我”，像是突然间不认识“我”了，又仿佛因为“我”在权力领域的处境感到嫉妒。

当“我”讲完的时候，看到费尔韦尔的眼睛，“我”感觉：仿佛这位20世纪智利文学的伟大评论家已经死去。“我”让费尔韦尔不得透露一个字，他答应了，但第二个星期，这段经历便迅速在整个圣地亚哥城里流传开来，但没有任何人给“我”打电话。

一开始，“我”把这种沉默归咎于一种针对“我”的排斥态度，后来才惊愕地发现，大家对此毫不在意。不管谁掌权，“我们”过着完全一样的生活。“我”走到街上，呼吸着圣地亚哥城的空气，相信自己正处于一个“可能的”“真实的”世界之中。那段真正的历史，只有“我”才知道。它简单、残酷又真实，应该会让我们笑得死去活来。但是我们只会哭泣，我们唯一坚定地做着的事情是哭泣。

Day 6《智利之夜》

在智利
就是这样创作文学的

小说写得不坏，但它离出类拔萃还相距甚远

皮诺切特推行集权统治期间，在全国范围内实行戒严、宵禁。餐厅和酒吧很早就关门了，因此没有多少地方能让作家和艺术家们聚在一起喝东西、聊天，畅谈艺术的梦想。

有一位名叫玛利亚的作家，长得漂亮，人也年轻，在文学方面有一定的天分，但她后来却结束了文学生涯。这段故事里，“我”是亲历者。当时，“我们”这些作家没有很多地方可以去，而玛利亚恰好在郊外有一栋宅子，于是“我们”每周一次或两次在那里相聚。在这个被上帝之手遗弃了的国家里，只有极少数人是真正有文化的。玛利亚为人亲切、慷慨，人们能在她准备的夜间聚会中感到惬意。她和一

位名叫汤普森的美国人结了婚，并用昵称“吉米”来称呼他，他们还有两个年幼的孩子。晚会开始了，人们围成一个个小圈子，一边喝酒，听唱片，一边打着呵欠。到了早上六七点钟，宵禁结束，所有的人排成一路摇摇晃晃的纵队，坐上小轿车离开，女主人则在走廊里向我们挥手告别。

我每个月都会去一次玛利亚家，有一次“我”读了她写的一篇短篇小说，那个故事在竞赛中获得了一等奖。小说写得不坏，但它离出类拔萃还相距甚远。它是一种任性的平庸，正如它的作者本人。当我把短篇小说拿给费尔韦尔看的时候——那时候他还活着，他读了短短几行便评价说：那是一篇可怕的文稿，根本配不上奖项。他为智利文学感到痛心，惋惜如今智利文学界已经没有像拉斐尔、胡安那样高大的人物了。

我们所有人都是作家，我们的道路是漫长崎岖的

在聚会中，玛利亚经常充当发言者的角色，谈到政治的时候，她是那样坚定，她十分欣赏一位女权主义作家，对她赞赏有加：“还有谁能像她那样写作呢！”“我”坦率地回答她：“那位女权主义小说家作品中有很多页，是对50年代几位法国女小说家的拙劣翻译。”玛利亚面无表情地看着“我”，而后艰难地挤出了一个微笑，她说：“就是说，您

并不喜欢她写的东西。”“我”说：“我当然喜欢她的作品，我只是带着批评色彩指明它的缺点。只有天才能够展示出毫无污点的作品，所有人都有缺点，我们应该去关注优点。”“我”继续解释：“我们所有人都是作家，我们的道路是漫长崎岖的。”玛利亚审视着“我”。

那以后，“我”再也没有参加过她的夜间聚会了。直到几个月后，一位朋友告诉了“我”一个秘密：在某场聚会中，有一位客人迷路了，他是一个剧作家，当时他喝得很醉，出去找厕所，偶然间走到了地下室里。他看见了一张金属床，床上有一个赤裸的男人，手腕和脚踝都被绑了起来，眼睛上蒙着一条布带。那人被打得遍体鳞伤，但还活着。剧作家关上门，他的醉意瞬间消失，回到客厅后，他什么都没有说。

后来，他把这件事告诉了一个朋友，一传十，十传百，秘密就这么传开了。几个月后，到了民主时期，人们才知道玛利亚的丈夫吉米其实是一位秘密警察，他把自己家当成审讯中心。那些破坏分子被带到他家的地下室里进行审讯，有人会死在那里。吉米还去过华盛顿，杀害了阿连德手下的一位前部长，顺手杀了一个美国人。这件事，玛利亚显然很早就知道了，然而她想成为作家，吉米爱他的妻子，玛利亚也爱她的丈夫，他们有几个漂亮的孩子。

“我”思考着：为什么玛利亚明明知道丈夫在地下室里

做什么，还邀请客人去他们家呢？“我”又问自己：为什么明明发现了这一切，却没有人敢说什么呢？答案很简单：因为他害怕，大家都害怕。

后来，吉米被关押在美国，他开口了，指控了好几位智利将军。美国人把他从监狱里弄了出来，作为特殊证人保护了起来。玛利亚被孤立。

有一天，我去看望她，她却没有认出“我”。她问“我”：“您是记者吗？”“我”说：“我是神父拉克鲁瓦。”过了好几秒，她才打开了大门。她告诉“我”，丈夫现在在美国，已经不要她和孩子了，所有人都不理睬她。“我”问她：“您的小说呢，您把它写完了吗？”“还没有呢，神父。”而后，她谈起那些来采访的记者，还问“我”是如何看待那间地下室的。“我”闭上了眼睛，不想参与这个话题。

“我”建议她带着孩子们在别的地方重新开始。她却带着一种谴责的表情问我：“那么我的文学生涯呢？”“我”回答她：“您可以用一个笔名或者化名。”她却嘲笑着转移了话题：“您想要看看地下室吗？”“我”当场就想打她的耳光，但“我”没有那么做，“我”摇头拒绝。玛利亚无法克制地大笑，她抓住“我”的手，对我说：“在智利就是这样创作文学的。”

“我”点了下头，离开了。

现在水流只是比较湍急，因此我还怀抱着希望

回去的路上，“我”一直回想着她的话，在智利就是这样创作文学的。然而不仅仅是在智利，在阿根廷、墨西哥、西班牙……文学就是如此被创作的——至少是因为“我们”为了避免所创作或看到的相关文字跌入垃圾堆里，才称其为文学。像玛利亚那样的很多作家，胸无点墨，却想跻身上流社会。“我”想起了费尔韦尔过世的那一天。他有一场体面又有节制的葬礼，正如他希望的那样。

而如今，生病的人是“我”，“我”的床在一条湍急的河中打转。如果水流浑浊，“我”就能知道死亡就在附近。但现在水流只是比较湍急，因此我还怀抱着希望。“我”看到一位业已衰老的年轻人，“我”告诉他，在智利就是这样创作文学的。他动了动嘴唇，发出一声无法听清楚的“不”。那一刻，“我”发现，“我”就是那个业已衰老的年轻人，“我”就是那个大声叫喊着却没有被任何人听见的年轻人。那一刻，许多人的脸庞以一种令人昏眩的速度从“我”眼前晃过。

Day 7《智利之夜》

记忆中 刺骨的真实

文学之路并不轻松，并非开满了鲜花，还需要一代又一代的人不断探索

“如今我快要死了，但还有很多话不吐不快。”以此为开篇，波拉尼奥借主人公拉克鲁瓦的自述，写下了这本富有深意的文学经典。这场头脑风暴，在原文中被粗俗地称呼为“屎风暴”。六个故事，一部意识流动的作品，如洪水般倾泻而出。读完全书，已经能够回答最初的那些问题了：

第一个故事中，我在智利一位文学批评家费尔韦尔的庄园里，见到了著名诗人聂鲁达，受文学召唤，我也决定成为一名批评家和诗人。可惜“这条路并不轻松，它并非开满了玫瑰花。在这个野蛮人的国度里，文学是异数”。结合当时

的社会背景，在皮诺切特政变后的智利推行集权统治，一定程度上限制了文学自由。因此，波拉尼奥推动了“现实以下主义”运动，反对官方文化，试图激发拉美年轻人对生活与文学的热爱。在这个被集权统治掌控的国家里，文学成了异数，文学之路并不轻松，并非开满了鲜花，还需要一代又一代的人不断探索。

那些探索者，拉克鲁瓦算一个，费尔韦尔算一个，聂鲁达也算一个。拉克鲁瓦期待着，在费尔韦尔的庄园里，文学真真切切是一条开满了玫瑰花的小路，志趣凌驾于实际的需求和责任之上。拉克鲁瓦为自己的文学评论作品起了一个笔名，叫H.伊瓦卡切，并用真实姓名发表诗歌，尽管笔名比真名有名气得多。但他知道，写诗需要岁月的沉淀，文学评论则是用理性的方式给人们带来启蒙。至于那个索尔德罗是谁，已经不再重要，重要的是他象征着文人的勇敢与无所畏惧，也使人人在泥泞破碎的现实里看到精神乌托邦重建的希望。

真相简单又残酷，它使我们笑得死去活来

第一个故事，作家萨尔瓦多拜访了一位绝望的危地马拉画家，画家绝食多日，整天坐在窗前打量巴黎，在沉默中等待死亡。一个默默无闻却希望在文艺之都的艺术圈崭露头角

的危地马拉画家，最终却以失败告终。他清醒地接受着自己的溃败，以近乎自虐的方式惩罚着自己，无惧死亡。别人断言他活不过下一个冬天，但他那飞蛾扑火般的坚持，却令拉克鲁瓦感受到了一种振奋的力量。

他把想法告诉了费尔韦尔，却被费尔韦尔泼了一盆冷水，费尔韦尔讲述了一位鞋匠和英雄岭的故事。可终究那只是一场蚍蜉撼树的奢望，鞋匠的悲剧令拉克鲁瓦明白，死亡和时间会带走一切。他在空虚和厌倦中，写着那些恶劣的诗。动荡时期，他离开了智利，前往欧洲考察，他发现那里的人普遍养鹰，用以驱逐鸽群。在这里，鸽群是圣灵在人间的象征，猎鹰是皮诺切特政权鹰犬的象征，而人们饲养猎鹰，训练其捕捉鸽子，将其残忍撕碎，则意味着是政治的倾轧。拉克鲁瓦放飞了那只被圈禁起来的鹰，意味着他已默认成为同谋，而猎鹰出笼后，送给他的第一份礼物，便是“好几只鸽子血迹斑斑的躯干”。

尘埃落定后，拉克鲁瓦回到智利，面对独裁政权他万分失望，并决定放逐自我，表示“上帝爱怎样就怎样吧”。后来聂鲁达死了，军政府上台了，拉克鲁瓦接受了一项秘密任务，那就是为最高级领导人们讲授马克思主义。但领导人们对马克思主义并不感兴趣，他们只关注自己的对手读过哪些书，在想些什么，从而在对比中彰显自己的丰功伟绩。秘密任务很快便人尽皆知了，但没有任何人关心这件事。所以拉克鲁瓦才会说：真相简单又残酷，它使我们笑得死去活来，但我们只会哭泣，我们唯一坚定做着的事情就是哭泣。

我们是为了避免相关的文字跌入垃圾堆里，才称其为文学

在小说的最后一个故事里，女作家玛利亚写的短篇小说十分平庸，但因为冠上了吹嘘政治的色彩，得到了第一名；她喜欢的女权主义作家，文字里却借鉴了多位小说家的作品，败絮其中；她明知自己的丈夫是秘密警察，在家里的地下室严刑逼供无辜者，却不揭露丈夫的罪行，还将偌大的别墅包装成艺术家们的天堂，只为了自己写作成名的欲望；大势已去后，她早已不关心文学创作，试图靠向记者出卖地下室的故事来赚取利益；甚至到了最后，她也丝毫不觉得自己有什么错，振振有词：在智利就是这样创作文学的……因此拉克鲁瓦才会说，我们是为了避免相关的文字跌入垃圾堆里，才称其为文学。故事结尾处，拉克鲁瓦在病痛中思考，进行了一场头脑风暴，渐渐找回了理智。至此，首尾呼应，故事完结。

整本书几乎都围绕“智利政变”的时代大背景展开，字里行间穿插着作者波拉尼奥的深邃思想，他是时代的亲身经历者，也是文学虔诚的守护者，但在时代的洪流中，他能做

的十分有限。他们背叛文学、美化历史、攀附金钱、屈服权力……这是文学的消亡史，也是文学家的一场精神危机。但波拉尼奥本人对文学是虔诚的，他是在浑浊的时代里，拼命保持清醒的那个人。

《癌症楼》

让无数人在绝望中看到希望

[俄]索尔仁尼琴

怎么样走出自己的困境，是我们每个人要面对的人生重要的课题，这是人生的密码。破译了它，人生就是通途。

诺贝尔文学奖经典

一部呼唤人性的人道主义作品

剖析社会“毒瘤”

思考社会悲剧之根源

反思时代和历史

Day 1《癌症楼》

起伏的一生不仅让我们反思，也让时代反思

索尔仁尼琴的重点在于道德的“癌变”，社会的弊端和正邪的较量

索尔仁尼琴，诺贝尔文学奖获得者、俄罗斯人文领域最高成就奖“俄罗斯国家奖”获得者，俄罗斯文学史上堪与列夫·托尔斯泰、陀思妥耶夫斯基并列的伟大作家。他被誉为“俄罗斯的良心”，在凭借《伊凡·杰尼索维奇的一天》这部作品声名鹊起后，1970年，因“不可或缺的道义力量”，以《癌症楼》这部作品获得了诺贝尔文学奖。

《癌症楼》是一部呼唤人性的人道主义小说，小说的主人公们是一群罹患癌症的病人。不同于其他的苦难小说，《癌症楼》的重心不在医患关系，也不在疾病与财富问题。

索尔仁尼琴的重点在于道德的“癌变”，社会的弊端和正邪的较量。他用庄重而深沉的笔触，以“癌症楼”作为现实社会的缩影，描绘了20世纪30年代至40年代，特殊社会环境背景下，人们对制度的反抗和对独立自由的渴望。

诺贝尔文学奖的颁奖辞这样写道：“俄罗斯的苦难，使他的作品充满咄咄逼人的力量，闪烁着永不熄灭的爱火。故土的生活给他提供了题材，也是他作品的精神实质。在这些雄壮的叙事诗中，中心人物便是不可征服的俄罗斯母亲。”索尔仁尼琴的作品，不仅和苏联有关，也和他的命运纠缠在了一起。

用文字传递价值，用文字唤醒爱和真正的道德感

“凡是不能杀死你的，最终都会让你变得更强”。索尔仁尼琴出生前六个月，父亲就因意外感染疾病而去世。生活的重担一下子就压到了母亲身上。为了把索尔仁尼琴抚养成人，她靠打零工艰难度日。索尔仁尼琴的母亲出身富农家庭，上过学，读过书，精通多国语言。在她的教育和影响下，索尔仁尼琴成绩优秀，且酷爱文学。大学毕业后，索尔仁尼琴原本打算去莫斯科参加文史哲学院的夏季考试，没想到“苏德战争”爆发的消息改变了他的计划。索尔仁尼琴有着“保家卫国”的血性，他应征入伍后，仅用了一年的时间

就获得了“中尉”军衔，并成了“炮兵声源侦察连连长”。后来，他又凭借自己在“苏德战争”中的骁勇表现荣获了“二级勋章”和“红星勋章”。

26岁之前，索尔仁尼琴的人生充满了阳光。然而，过于顺遂的人生背后往往隐藏着巨大的隐患。索尔仁尼琴不曾料到，一封寄给朋友的信件不仅毁掉了他全部的荣誉，还将他推入了地狱。1945年2月，已获“大尉”军衔的他从前线被押回莫斯科。由于他在信件中对斯大林不敬，被判了八年的劳动改造。彼时，距离“苏德战争”的结束还有三个月。这位在战场上屡获战功的战士，竟然只能在监狱中听到莫斯科红场燃放的礼炮声。八年的“劳改营”服刑让索尔仁尼琴进一步看清了不人道的制度对人尊严的践踏、自由的剥夺。在这段日子里，他做过“搬运工”“水泥工”等。与生活条件的恶劣相比，精神层面的抑郁也一直折磨着他。在“劳改营”，索尔仁尼琴没有自由，一举一动都受到监视。他想要摆脱这些“罪名”回到故乡，但现实却令他沮丧。日子一久，索尔仁尼琴积郁成疾，患上了癌症。1952年，他被诊断出患上了“腹股沟恶性肿瘤”。在劳改营，医生为他切除了一个肿瘤。那时的索尔仁尼琴并不知道自己得了癌症，也没有想到一年后，肿瘤会扩散。由于切除肿瘤后劳改营的医生没有做特殊处理，1953年身在流放之地的索尔仁尼琴再次被诊断出肿瘤。这一次，他的肿瘤转移到了胃，十分凶险。

濒临死亡的索尔仁尼琴，于1954年被获准转移到了塔什干的医院接受治疗。在那里，医生告诉他，他的人生余额还有三个星期。在那段日子里，索尔仁尼琴独自思考了很多，亦有了向死而生的勇气。那个时候，他就暗自在心里发誓，如果还有机会一定笔耕不辍。用文字传递价值，用文字唤醒爱和真正的道德感。命运果然待他不薄，两个月的治疗竟让索尔仁尼琴奇迹般地活了下来。对他来说，1956年代表着“重生”。在那一年，他摆脱了之前的所有罪名，恢复了自由和名誉。更重要的是，他的癌症痊愈了。

没有死掉是上帝创造的奇迹

索尔仁尼琴在自传中写道：“没有死掉是上帝创造的奇迹。归还给我的生命，从这时起在完全意义上说，已经不是我的生命了，它被注入了新的宗旨。”出院后，索尔仁尼琴一边在中学担任数学老师，一边构思并完成了多部优秀的作品。1962年，索尔仁尼琴的作品受到了赫鲁晓夫的青睐，他的《伊凡·杰尼索维奇的一天》刊出后，又接连发表了《马特辽娜的家》等4部短篇小说。国内外强烈的反响令索尔仁尼琴声名大噪。正当他动笔书写《癌症楼》，试图将自己从劳改营、流放地的所见所闻，以及在塔什干医院的治病经历写成书稿，探索活着的意义、呼唤人道主义时，命运再一次打乱了他的计划。

1964年，赫鲁晓夫下台，索尔仁尼琴出版的作品全被下架，在写书稿全被充公。不久后，苏联当局又以“叛徒”的名义将他踢出了苏联作协。索尔仁尼琴非常沮丧，但很快地，他就重新打起了精神。1968年，以他个人经历为原型的《癌症楼》在瑞士苏黎世发表。在这部小说中，他将自己的经历，以及其与体制的矛盾，投射到了主人公奥列格的身上。奥列格非常厌恶癌症楼，因为癌症楼更像是一个剥夺人们自由的“集权机构”，那里的医生从不与病人共享信息。奥列格想要逃离，更想要拥有身体和精神上的自由。

Day 2《癌症楼》

战胜自己，
比赢别人更可贵

真正的英雄主义，是认清了生活的本质后，依旧热爱生活

奥列格刚被送到这里时，衰弱得如同一具“死尸”。高烧不退，进食困难，剧烈的疼痛扯得他面部狰狞。那一刻，所有人都觉得他命不久矣。只是死马当活马医地为他准备了“X光照射疗法”。“人可以在自己的肉体还没有死亡的时候跨过死亡线”。昏迷的日子里，奥列格感受到了死亡的到来。然而，他却因此而找回了生存下去的勇气。自从奥列格因“言语不敬”被抓入狱后，就一直活在别人的监视下。后来，癌症又折磨得他多次接近死亡的边缘，甚至让他失去了活下去的勇气。然而，生命的最后，奥列格看到的却是在乌

什-捷列克度过的美好日子。在那里，没有监视，没有强迫劳动。在那里，他可以做一个普通人，盖几间自己的房子，娶一个心爱的女人，过一段平凡的小日子。

濒临过死亡的人，能更坦然地面对自己的内心。奥列格被救活后，“回到流放地乌什-捷列克”便成了他内心的渴望。经过12次X光照射治疗后，奥列格不光身体有了起色，整个人也进入了“亢奋”状态。或许是因为奥列格的注意力不在癌症上，又或者是因为他强大的意志力击退了肿瘤，才让他奇迹般地“复活”。当初，加拉格尔被诊断出癌症晚期时，也是终日被病痛折磨。但他为了不让癌症控制自己的意志力，便尽可能不去想癌症，转而专注于生活中好的方面。没想到“电影、散步和傍晚六点三十的一杯马提尼”，竟产生了积极的效果。加拉格尔的病情不仅得到了控制，甚至还出现了好转的迹象。

挫折和磨难恰好是锻炼人意志力的最好机会

“转移意志力”对癌症的恢复帮助很大，可惜鲁萨诺夫自始至终都不懂。他自从脖子上长了肿瘤后，注意力就全在肿瘤上了。为了不面对现实，他甚至骗自己没有得癌。鲁萨诺夫是“国家宝贵的干部”，亦是集权政治的代表。来到癌症楼后，鲁萨诺夫一心想要通过关系，从院长那里获得特权。但事与愿违，因为在癌症楼，所有的病人都是平等的。

两个星期前，肿瘤如雪崩一般压在鲁萨诺夫的身上时，他还是个颇有福气的人。如果不是脖子上的肿瘤扯得他难受，如果不是整个共和国只有这一家医院可以治他的病，他无论如何也不会住到癌症楼。然而，即便身在癌症楼，鲁萨诺夫也不愿面对现实。

“可我这儿并不是癌，对吗，大夫？我这儿不是癌吧？”鲁萨诺夫摸着脖子右侧的肿瘤，怯怯地等着医生的回复。医生安慰道：“不是的，当然不是。”听到医生否定的回复，鲁萨诺夫这才如释重负。“癌症”象征着死亡，对死亡的恐惧让鲁萨诺夫从意识上拒绝接受罹患癌症的事实。因为他们害怕面对痛苦，更不敢面对真实的自己。鲁萨诺夫就是一个缺乏顽强意志力的人。此时的他，即便骗自己没有得癌，注意力也全放在了癌症上。在癌症的压力下，鲁萨诺夫根本不可能去关注更美好的事物。挫折和磨难恰好是锻炼人意志力的最好机会。与其害怕面对那些不好的事情，不如以一种乐观的心态去看待。

他们是一样的人，一样对癌症无能为力，一样想要健康地离开这里

“如果不是癌，怎么会安排到这里来？”叶夫列姆的冷

言冷语瞬间将鲁萨诺夫拉回到了现实。那一刻，他如同赤裸游行的“皇帝”，根本无处遁形。叶夫列姆是癌症楼里最喜欢说实话，也最乐于将人拉回现实的人。然而，这样的“直言不讳”对喜欢逃避现实的鲁萨诺夫却是一种煎熬。原本，叶夫列姆和鲁萨诺夫一样，也是个宁愿疼得打滚，也不愿相信自己得癌的人。只不过残酷的现实令他不得不面对，才有了今天的“直言不讳”。

叶夫列姆作为专业的建筑工人，既没有受过伤，更没有住过野战医院。没想到，身壮如牛的他竟在将近半百的时候，患上了“舌癌”。叶夫列姆年轻时，曾用舌头对许多女人撒过谎，也用舌头赚过钱，还用舌头顶撞过上头，臭骂过工人。那时，就有人诅咒过他会“烂舌头”，没想到一语成谶。刚发现自己的舌头开始膨胀，变得不那么灵活时，叶夫列姆和鲁萨诺夫一样，也曾自欺欺人地告诉过自己，“得的不是癌，会好的”。不光如此，他还忍着剧痛，像正常人一样上了好久的班。然而，当医院的诊断浇灭了他的幻想，熬人的病痛扯得他坐立难安时，叶夫列姆才意识到不能再自欺欺人了。

从那以后，叶夫列姆不光自己承认了得癌的事实，还要强迫别人直面“癌症”。因为这样，他才会感到平等，才能从别人的不幸中让自己的心情轻松些。见到自欺欺人、坚信自己没得癌症的鲁萨诺夫时，叶夫列姆想到了曾经的自己。

那一刻，叶夫列姆也觉得很心酸。因为他们是一样的人，一样对癌症无能为力，一样想要健康地离开这里。所以，叶夫列姆不管鲁萨诺夫能不能接受，就直接将真相摊在了他的面前。鲁萨诺夫被迫接受现实，那一刻，他突然觉得自己很可怜，但此时却没有人能安慰他，甚至连为他看病的医生都没有，心力交瘁之下，鲁萨诺夫用毛巾蒙上脸，躲进了被子里。

Day 3《癌症楼》

生活的状态，由你自己决定

既然抱怨无门，他便努力转移自己的注意力，想去寻找情感上的慰藉

奥列格后悔没有坚持出院，才会如此被动地等待医院的安排。虽然他也知道，即便坚持也改变不了任何事。奥列格在给朋友的信中写道：“最苦恼的事情是，我得无限期地蹲下去，直到有了特释证明。什么时候让我出院，他们根本不说，一点口风也不透露。他们必须从病人身上榨取可以榨取的一切，直到血完全不中用了的时候，才肯放我出院。”奥列格是一个流放者，对他来说，医院开具的特释证明至关重要。如果没有这个证明，他就没有正当理由留下来。甚至可能会被流放到三百公里之外的沙漠去。然而，制度严格且强制的癌症楼却从不跟他分享治疗方案。12次的“X光照射治疗”使奥列格的身体陡然好转后，医生却并没有打算放他出院。

诚然，医生确实逐渐治好了奥列格的肿瘤。可是，根据医学科学院60多次的试验指标，奥列格还要再接受50多次的X光照射。“X光照射治疗”是治疗恶性肿瘤最有效的方式，但它同时也存在着副作用。医生在不考虑病人身体承受能力，以及副作用危害的情况下，坚持实行“X光照射治疗”，其实是一种不人道的行为。从道德的角度上讲，医生有责任向患者解释“X光照射治疗”的功能和副作用。但是，“癌症楼”作为一个集权机构，它强制病人接受治疗，并剥夺了病人自由选择的权利。在集权的压制下，医生崇高的职业道德“癌变”了。无力反抗的奥列格，经过了五个星期的治疗后身心俱疲，已了无生气。

“为了保全生命，要把赋予生命本身的色彩、香味、激动统统付出，这样的代价又如何呢？”诚然，“做任何事情，结果总是包含两个方面——既有益处，又有害处。只不过有的益处多些，有的害处少些”。

事到如今，即便奥列格无法出院，需要接受治疗，他也不像鲁萨诺夫那般消极逃避。奥列格算是个乐观的人，既然抱怨无门，他便努力转移自己的注意力，想要去寻求情感上的慰藉。然而，医生却又一次以“救他”的名义，剥夺了他寻求情感慰藉的权利。

越想得到什么，就越怕失去什么；越想要活着，就越怕面对死亡

奥列格因为被迫过度治疗，所以对医院的制度非常不满。鲁萨诺夫则与他不同，因为鲁萨诺夫觉得这家医院实在是太可怕了。不仅到处都是潮湿、浑浊和混杂着药品的气味。病房大门关上的那一刻，更是强迫他与过去的生活划清了界限。医生以“紧急治疗”为由，帮鲁萨诺夫办理住院后，整整18个小时都没有再出现过。习惯了靠关系搞特权的鲁萨诺夫，既愤怒又恐惧。他认定这里的医生会延误病情，于是想尽一切办法与外界取得联系。鲁萨诺夫打电话告诉妻子：“通过一切渠道设法转到莫斯科去，不能在这里干冒风险，害了自己。”可是，第二天医生出现的时候，鲁萨诺夫却不敢要求出院。因为除了这里，他找不到第二个能救命的医院了。

虽然鲁萨诺夫想要专人病房、私人医生、24小时随叫随到的贴心服务，但是为了能活下去，他只能选择妥协。正如医生所说：“谁也没有强迫您到我们这里来住院，您哪怕现在就出院也是可以的。不过，您可要记住，人们并不是仅仅死于癌症。”鲁萨诺夫听到“死”，心一下子就凉了。他一

直不愿承认自己得了癌症，就是因为过于恐惧。人往往是这样，越想得到什么，就越怕失去什么；越想要活着，就越怕面对死亡。在医生没有出现的18个小时里，鲁萨诺夫突然觉得有些失控，他不知道医生的治疗方案是什么，更担心医生会给他动手术。和所有病人一样，鲁萨诺夫宁愿接受保守治疗，也不愿躺在手术台上。庆幸的是，医生告诉鲁萨诺夫“开刀是毫无意义的”，他这才安下心来。

有些事，人终归是躲不掉的

叶夫列姆曾天真地以为，只要不动手术，自己就不是癌，就还有希望活下去。但现实却给了他一记大大的耳光。起初，能说会道的叶夫列姆只是觉得舌头不如往昔那般灵活自如。直到舌头变得肿胀，叶夫列姆才去医院看病。得知诊断结果是“肿瘤”时，叶夫列姆先是心里为之一颤，而后又故意在人前表现得满不在乎。叶夫列姆拒绝手术，坚持工作。除了得到别人的几句夸奖，他什么也没有得到。“世上的事他什么都不怕！”“叶夫列姆的毅力真够强的。”

人们无关痛痒地夸奖着叶夫列姆，却并不知道，也并不在乎他内心的恐惧。当舌头越来越胀，直接影响了说话功能时，叶夫列姆接受了“针疗”。“针疗”后，叶夫列姆的舌头反而胀得更大了。为了能活下去，叶夫列姆只能接受手术。有些事，人终归是躲不掉的。庆幸的是，手术非常成功，很快就能像之前那般说话了。那时的他，沉浸在重生的喜悦中，却并不知道肿瘤已经发生了转移。后来，叶夫列姆又在医生的安排下接受了两次手术。不幸的是，他的肿瘤却越来越硬，越长越大了。此时的叶夫列姆心态也发生了变化。他开始接受癌症，接受开刀。他不再像之前那般吵着出院，因为叶夫列姆知道，“出院就只有等死了”。

Day 4《癌症楼》

跨越苦难的力量，在你的内心

家人的关爱，不光是一种陪伴，更是一种心灵上的慰藉

鲁萨诺夫接受静脉注射后，和很多人一样头晕、恶心、浑身乏力。不幸的是，他与叶夫列姆“针疗”后的结果一样，“肿瘤一点也没有消退，也一点也没有退化”。面对这样的结果，鲁萨诺夫尽管也很焦虑，却也不像刚住院时那般抵触了。妻子偶尔的探望与陪伴也给了他巨大的鼓励，让他知道自己不是一个人。对病人来说，家人的关爱，不光是一种陪伴，更是一种心灵上的慰藉。比起无亲无故的叶夫列姆和奥列格，鲁萨诺夫在病重时身边还有家人，已经是非常幸

福的事了。如果日子就这么平静地度过，或许鲁萨诺夫也能像奥列格一样，恢复神速。然而，妻子却偏偏带来了令他不安的消息。

在一个风和日丽的下午，妻子坐在鲁萨诺夫的床边，不慌不忙地与他聊着单位的同事、孩子的现状。鲁萨诺夫垂着眼皮，有一搭无一搭地听着。大约过了一个多小时，妻子起身准备离开。离开前，她告诉鲁萨诺夫："罗季切夫好像是被恢复了名誉，并且在城里露面了。"鲁萨诺夫听到这个名字后，眼底瞬间就没了光，比起癌症带给他的痛苦，不光彩的过去更令他恐惧与不安。当年，鲁萨诺夫告密、诬陷的工友就是罗季切夫。罗季切夫和他原本是朋友，在同一个单位上班，并共同分得了一套房子。后来，罗季切夫去上了大学，而鲁萨诺夫则靠着和领导攀关系而高升。他们本是朋友，工作上又没有利益冲突，然而住在同一个屋檐下，磕磕绊绊、言语不合却令他们矛盾加剧。为了赶走罗季切夫夫妇，鲁萨诺夫向组织提交了举报信，检举罗季切夫思想有问题。就这样，罗季切夫被抓起来了，他的妻子也被赶出了房子。如今，罗季切夫沉冤得雪，恢复了名誉。鲁萨诺夫担心的不是罗季切夫起诉他，而是罗季切夫会趁他病重打他一顿。在恐惧与不安的牵扯下，鲁萨诺夫明显感到了脖子的疼痛。为了进一步控制肿瘤，医生给鲁萨诺夫加大了剂量。接受完全剂量的注射后，鲁萨诺夫并不好受。"肿瘤还不等于死亡，它可以留在身上，把人变成残废、畸形，使人卧床不起。”那一晚，他又梦到了罗季切夫，梦到他被罗季切夫一顿暴揍。

世界上没有绝望的处境，只有对处境绝望的人

癌症病人，睁开眼睛是疼痛，闭上眼睛是噩梦。在等待死亡的过程中，任何一点风吹草动，都会吓得他们汗毛竖立。鲁萨诺夫如此，叶夫列姆亦是如此。两次手术后，叶夫列姆的肿瘤没有变软，反而沿着脖子到了耳根。他的生活质量受到了极大的影响。所以，与女人调情也好，喝酒抽烟也罢，都变得索然无味了。医生巡房时，叶夫列姆嘴上说着“不想开刀、想要出院”，心里却害怕医生真的应了他。因为比起死亡，无药可救更令他绝望。对叶夫列姆而言，医生只要同意了让他出院，就意味着将他推入了绝境。但事实上，推他入绝境的却是他自己。世界上没有绝望的处境，只有对处境绝望的人。

索尔仁尼琴多次患癌，先后被苏联开除国籍、被美国驱逐。但是几经辗转，他既没放弃过自己的生命，也没放弃过文学写作。终于，索尔仁尼琴熬过了黑夜，拥有了“姓名”。经过了一个星期的检查后，叶夫列姆平静了很多。他做好了手术的准备，却被告知可以出院了。医生煞有介事地

给他开了“抗坏血酸”，并帮他出具了“残疾证明”。叶夫列姆以为自己的肿瘤可以靠药物控制了，所以才不用手术就可以出院了。叶夫列姆喜出望外，可他却并不知道，自己的生命已经进入了倒计时。或许，不知道真相，对他来说更好。因为没有期待地等待死亡，远比死亡本身更可怕。

罹患癌症的过程，不光是身体走向死亡的过程，亦是精神走向死亡的过程

尽管叶夫列姆被蒙在鼓里，奥列格却看得很通透。他一直不赞同叶夫列姆式的逃避现实，他更想要努力去发现生活中的美好。“X光照射治疗”后，奥列格不仅身体恢复了，“性意识”也苏醒了。这一点，他自己也觉得不可思议。无论是与护士卓娅调情，还是与医生薇加暧昧，奥列格都显得精力旺盛。索尔仁尼琴对奥列格的“性意识”描写其实有深刻的寓意。因为“性意识”代表了奥列格的生命力。以前的奥列格，沉冤蒙难十几年，对生活早已失去了热情。奥列格原本以为癌症会夺去他的性命，没想到自己竟被救活了。绝处逢生的奥列格，不仅对生活有了期待，还对繁育后代产生了兴趣。然而这一切的美好，都被薇加的自作主张粉碎了。为了救奥列格的性命，薇加开始给他注射激素。这种激素就是“合成雌酚”，具有抑制性功能的作用：“能力不仅会大

大减弱，再往后连欲望也不会有了。”

得知真相的奥列格，突然觉得自己很可怜。“先是剥夺了我的个人生活，现在还要剥夺我传种的权利，既然如此，何必去拯救这样的一条命呢？”他好不容易在病痛时找到了情感慰藉，好不容易重新有了活着的欲望。没想到一下子就破灭了。那一刻，奥列格甚至不知道活着的意义是什么。不管遇到什么样的磨难，都要守住“心”，因为只有这样，才能跨越一切苦难。若“心”死了，精神气儿就没了，人就真的绝望了。罹患癌症的过程，不光是身体走向死亡的过程，亦是精神走向死亡的过程。无论是奥列格，还是癌症楼里的任何病人，他们每天都在绝望中寻找希望的支点。比起身体上的癌症，精神上的“癌症”更令他们崩溃，也更容易将他们推向死亡。

Day 5《癌症楼》

独立思考的能力，究竟有多重要

因为在死亡面前，再去思考人靠什么活着，就显得有点为时已晚了

叶夫列姆在医院里等待第三次开刀期间，曾百无聊赖地看过这样一本书。书名是《人靠什么活着？》。叶夫列姆觉得活了一辈子，从未碰到过一本值得读的书，要不是因为他必须躺在床上，根本就不会读它。这本书给了叶夫列姆很大的启迪，甚至让他觉得过去的自己一无是处。

故事的主人公是贫穷的鞋匠一家。鞋匠很穷，连住的地方都没有。他带着妻子、孩子寄宿在一个农民家里，靠着微薄的工钱艰难度日。他们买不起棉衣，夫妻俩只有一件皮袄取暖；他们买不起面包，所以夫妻俩常常饥肠辘辘。他们天

天争吵，日日抱怨。鞋匠觉得很委屈，终日借酒消愁，不知道活着的意义到底是什么。天寒地冻、漫天飞雪的某个夜晚，鞋匠在路边发现了快要冻僵的米哈伊尔。他哆哆嗦嗦地蜷缩在街角，像一只被人抛弃的小猫。出于怜悯，鞋匠把米哈伊尔带回家，还把仅有的一块面包分给了他。起初，妻子觉得米哈伊尔是“吃白饭的”，天天吵着让丈夫将他送走。没想到，米哈伊尔却很机灵，而且还非常能干，手艺比鞋匠还要高明。凭借机敏，米哈伊尔竟准确预测出了客户的需求，帮鞋匠省了一大笔赔偿金。所以，“人靠什么活着？”叶夫列姆合上书，一本正经地说：“这个问题，谁能回答？”

有些病友说：“靠空气。靠水。靠食物。”“靠烈酒。”有些病友则觉得是：“靠熟练的技术。”“靠工资。”轮到鲁萨诺夫发言的时候，他推翻了其他病友的答案不假思索地说：“人们活着，靠的是思想信仰和社会利益。”鲁萨诺夫作为国家的高级官员，热爱国家、热爱人民。相信“集体”是“社会整体利益”的推崇者。为此，当他听到奥列格怀疑“集体”的反动言论时，才会深恶痛绝。尽管如此，他所说的却也不是权威。因为无论是水、空气、食物，还是技术、工资、思想信仰，这些虽然都是人活下去的元素，但当癌症扼住了病人的喉咙时，任何回答就都没有意义了。因为在死亡面前，再去思考人靠什么活着，就显得有点为时已晚了。

人们不是靠关心自己，而是靠对别人的爱活着

叶夫列姆回顾自己的一生，突然有些迷惑，好像这一辈子也没弄清楚到底靠什么活着？年轻时，叶夫列姆过着及时行乐的生活。努力挣钱，然后在周六或是度假时一分不剩地花掉它。叶夫列姆很善于钻营，不缺钱，也不缺女人，前半生过得顺风顺水。以前他觉得“吃喝玩乐”“颠鸾倒凤”的日子特别有意义。可如今，他却提不起任何兴趣。因为他发现，过去所有的一切都无法帮他延续生命。所以，人到底靠什么活着呢？

闭上眼，叶夫列姆想起了家乡的老人。他们家乡卡马河一带的老人总是显得无欲无求。他们从不追求什么，也从不炫耀什么。面对死亡时，他们总是表现得很平静，即便是得了癌症，也不会被吓倒。那一刻，叶夫列姆才发现，以前追求的身外之物，不过是虚幻的泡影。至于鲁萨诺夫追求的思想信仰、社会利益在生死面前，也是微不足道的。因为社会利益虽然给了他体面的生活，却无法抹去他内心的恐惧。

鲁萨诺夫不敢回忆过去，更不敢想过去的人与事。因为他心中有愧，害怕罗季切夫会报复他。以前的鲁萨诺夫从未想过自己竟会害怕街头喝醉的路人。如果不是死亡近在咫

尺，鲁萨诺夫也好，叶夫列姆也罢，恐怕一辈子也不会思考人究竟该靠什么活着？即便如此，他们仍然想不明白《人靠什么活着？》上的那句话：“人们不是靠关心自己，而是靠对别人的爱活着。”回头再看之前那个故事，叶夫列姆终于明白：人心中要有爱，而爱别人远比爱自己更有意义。

六年后，一个女人带着非亲生的两个女儿来做鞋。米哈伊尔一下子就认出了这两个女孩，然后望天微笑。这两个女孩生来无父无母，被送到女人身边时，女人因怜爱而流下了眼泪。为了抚养这两个女儿长大，女人甚至失去了自己的孩子。把仅剩的面包分给陌生的米哈伊尔，是爱；全心全意抚养别人的孩子，亦是爱。怀着对别人的爱，他们也得到了善待。

一个人活着，不仅仅是靠道德，也不仅是靠知识，而首先应成为一个独立的人，能思考的人

“人靠什么活着？”奥列格早在接受完12次X光照射治疗后，就思考过这个问题。他从来不觉得，像鲁萨诺夫那般为了生存放弃生命本身的色彩，是一件多么值得骄傲的事；也从来不认为，像叶夫列姆那般及时行乐、自欺欺人地活着，是一件多么值得炫耀的事。

在奥列格的眼里，生命本身的色彩是“自由”。在不被监视的前提下，随心所欲地思考；在不被限制的情况下，读想读的书，说想说的话。这同时也是索尔仁尼琴想告诉读者的：“一个人活着，不仅仅是靠道德，也不仅是靠知识，而首先应成为一个独立的人，能思考的人。”成为独立思考的人并不容易。

最初，作者写这个故事的初衷，就是为了唤醒大家被奴役的灵魂。人生需要思考，一旦失去了思考，犹如一只提线木偶，可以被任何人随意操控。所以，奥列格才会与代表“集权”的鲁萨诺夫产生冲突，才会不止一次地警告鲁萨诺夫，任何人都无权干涉别人的想法。奥列格住进癌症楼里，一直都在被限制。医生不让他读医书，不让他问药效，不让他逛院外的花园。为了能将命运掌握在自己手里，奥列格一直在尝试寻找可以自救的方法。机缘巧合之下，奥列格得到了一个偏方。这个偏方既便宜，疗效又奇特，能治好癌症。

Day 6《癌症楼》

普通人逃避问题，
聪明人解决问题

人在不想面对的事情面前，往往会选择逃避

人在不想面对的事情面前，往往会选择逃避。鲁萨诺夫、叶夫列姆之前都逃避过。起初，他们以为只要不承认，就不会得癌症。后来，他们才发现，人生就是有很多无可奈何、不得不面对的事。对比叶夫列姆、鲁萨诺夫的逃避，奥列格对待自己的生命要积极主动得多。喜欢看书读报的他，努力寻找着自救的方法。机缘巧合之下，他竟然发现了一个治疗癌症的“偏方”。奥列格的偏方，来自莫斯科近郊亚历山德罗夫县的一个当地老医生。这个老医生行医几十年，接触了成千上万的案例，却唯独没有接触过一个罹患癌症的农民。

这一发现，引起了老医生的注意。于是老医生开始研究，期待能从当地人的生活习惯中找到一些共性，从而帮助那些罹患癌症的人早日脱离苦海。功夫不负有心人，老医生调查后发现：当地所有农民，为了节省茶叶钱，都不煮茶喝，而是煮“恰加”，也就是桦树蘑。“桦树蘑”是老桦树上的“增生物”，外表呈黑色，里面呈褐色。“桦树蘑”并不是什么珍贵的药材，但此刻住在癌症楼的病人们想要它却并不容易。当奥列格将这个消息分享给病友们时，原本心情沮丧的他们，仿佛久旱逢甘霖般兴奋地坐了起来，因为他们觉得自己终于有救了。

人之所以会相信奇迹，是因为它能给人一种力量，给人带来希望

奥列格也很兴奋，十几年来，一直处于监控状态下的他，被禁止与他人进行平等交谈。慢慢地，奥列格也习惯了在众人面前不说话。即便说了，也没人会愿意听。每个人都有表达自我的欲望，而“表达”作为社交的基本手段之一，不仅有助于让更多的人认识并理解自己，还可以提升表达者的自信心。所以，一旦个体被剥夺了表达的权利，整个人也会变得非常自卑。奥列格做梦也没想到，原本不被允许与他人交谈的自己，今天竟然成了“演讲家”，不仅拥有了与大

家平等交谈的权利，说的话还被病友们认真地记录了下来。令奥列格意外的是，连素日里看不上他的鲁萨诺夫都放下报纸，听他讲着“桦树蘑”，以及服用方法，生怕遗漏了重要内容。

人对生命的关注，超乎想象。只要还有机会，没有人会放弃自己的生命。即便“桦树蘑”可以治疗癌症的消息没有经过科学验证，也没有得到医疗机构的批准，病人们也还是愿意选择相信。因为他们坚信，自己会遇到“奇迹”。

人之所以会相信奇迹，是因为它能给人一种力量，给人带来希望。来到癌症楼后，病人们每天接受着各种令他们痛苦万分的治疗，却不见肿瘤变小。所以有些人就选择了自欺欺人。然而，这种自欺欺人的办法，其实是无法消除焦虑的。即便他们嘴上不承认癌症本身，焦虑也还是会在心里。想要从根本上消除焦虑，就要首先治愈癌症。然而，对于部分肿瘤患者，医生也束手无策，所以他们才会寄希望于“奇迹”。目前来看，“桦树蘑”就是这个奇迹。

想要购买“桦树蘑”却并不容易，奥列格告诉大家，在俄罗斯禁行期间，要通过“采购员”收集、晒干后，再统一寄给大家。只不过有了中间商，桦树蘑的成本会变高。而且，即便桦树蘑真的有助于治癌，却也不是对谁都起作用。

生命仍然是可贵的，因为生命本身就足够绚烂

奥列格当然知道，这个偏方没有任何治愈实例。所以，他说了半天，也没把采购员的联系地址告诉大家。或许根本就没有，或许是他的恻隐之心，不愿让这些可怜的病友花冤枉钱。总之，大家在因“奇迹”而短暂地狂欢后，很快就又重新回到了“愁眉苦脸”的日子。比起无药可救的叶夫列姆，奥列格一直都是幸运的，但他也是不幸的。因为过度的“X光照射治疗”和激素治疗，他无法重回乌什-捷列克去过平静的生活。“我们再给您打一针，大概就可以让您出院了。”医生说，还嘱咐道，“每个月得来做一次检查，您自己要是发现什么地方有问题，那就提前来。”奥列格怀着复杂的心情，听着医生与鲁萨诺夫的对话。此时他的身体状况已经重新回到了住院前。要不是为了医院开具的“特释证明”，奥列格早就和医院闹翻了。想到自己还要继续接受X射线的照射和人造雌酚的注射，奥列格就很沮丧。鲁萨诺夫出院那天，奥列格再一次向医生提出了出院的请求。

所幸这次，医生同意了。因为奥列格的皮肤已经不再适合“X光照射治疗”，人造雌酚的注射量也大大超过了需要。终于，奥列格如愿坐上了去往乌什-捷列克的火车。而他没有找卓娅，也未能在离开前去见薇加最后一面。或许，自由也象征着孤独；或许，所有的反抗与救赎，终究是一场

徒劳。奥列格好不容易重新找回了生命力，最终却被人造雌酚消磨殆尽；鲁萨诺夫兴高采烈地出院，却并不知道回到家后还是要面对癌症的折磨；叶夫列姆信心满满地以为自己得救了，却慢慢走向了死亡。

徒劳的人生，令人沮丧。在残酷的生存境遇下，所有的反抗都显得苍白且荒诞。尽管如此，生命仍然是可贵的，因为生命本身就足够绚烂。我们歌颂生命的美好，亦相信积极主动的争取远比被动承受的人生更有意义。

Day 7《癌症楼》

超越苦难，
不要丧失对生命的激情

什么是“正义”？

索尔仁尼琴曾这样写道：“对俄国历史的了解，可能早就打消了我寻找某种正义的愿望，打消了我在俄国灾难链条中，寻求某种最高世界意义的愿望。尽管如此，在自己的生活中，从在监狱中服刑时，我就已经习惯于感受这具有指挥作用的正义之手，和这个非常明确的不以我为转移的世界的意义。”

“正义”素来是社会普遍关注的问题，亦是索尔仁尼琴在《癌症楼》这部小说中关注的焦点。什么是“正义”？柏拉图在《理想国》中写道：“正义能给予那些属于国家法制的其他美德——节制、勇敢、智慧，以及那些被统摄在这一普遍的观点之下的德性以存在和继续存在的力量。”“癌症楼”的寓意，不光是指里面的癌症病人，也是指“道德”癌症，以及强制下带给人们的精神奴役。在癌症楼里，医生从来不和病人商量治疗方案，也从不告知病人药物的副作用。这种强制治病，就是强迫国民服从的体现。为了让病人们服从安排，医生只会一味地强调“癌症”的危害，使所有病人产生恐惧，从而无力反抗。

索尔仁尼琴作为当时的亲历者，见证了苏联20世纪30至40年代社会的变化。他发现苏联经济的发展并没有给人民带来稳定的生活。当局的压迫，不光让百姓失去了自由，更让他们失去了追求幸福的权利。这不是真正意义上的“正义”，反倒是一种精神奴役下的“邪恶”。在这样的社会背景下，踏实肯干的人不会被重用，诬陷、告密、捏造事实的人反倒成了“宠儿”。

道德“癌变”了，正与邪应该如何抉择不光是《癌症楼》里的主人公们应该思考的问题，亦是索尔仁尼琴希望读者思考的问题。

要相信你所看到的，而不要相信你所听到的

《癌症楼》设定在极端的环境下，个人的权利也遭到了极大的限制。比起生存权利，更大的困境是死亡。在癌症楼

里，病人们每天都处在死亡的威胁下。置身在这样特殊的环境中，生命无法得到保障。人会丧失主体性，从听命于自己的心，到听命于医生、听命于命运。所以，索尔仁尼琴关注的是当人的生命无法得到保证，时刻都被死亡威胁时，该如何做才能让自己活下去。

显然，“听天由命”的被动式活着并不符合索尔仁尼琴的期待。他更偏爱奥列格这个敢于说真话、善于思考、勇敢反抗、追求自由的人。如果说“癌症楼”象征一个复杂机构，那奥列格就是不愿屈服于压迫的“理想主义者”。“要相信你所看到的，而不要相信你所听到的”。奥列格始终抱着怀疑一切的态度，无论是对癌症，还是对命运，他都要牢牢握在自己手里。

事实上，在奥列格的身上，也有索尔仁尼琴自己的影子。索尔仁尼琴在劳改营服刑期间深受绝症的困扰，但他没有自暴自弃地听天由命，而是醉心于文学，用打腹稿的形式写诗作文。文学作品被禁，且自己被剥夺了苏联国籍，索尔仁尼琴仍没有就此放弃，而是坚持“地下文学”创作，坚守“不靠谎言生活”这一底线。索尔仁尼琴在自传中写道：“没有死掉这是上帝创造的奇迹。归还给我的生命，从这时起在完全意义上说已经不是我的生命了，它被注入了新的宗旨。”这既是索尔仁尼琴在命运受到压迫时的反抗，亦是对自由的争取和对自己的救赎。

生活从不会一帆风顺，想要超越苦难，就不要失去对生命的激情，亦不要丧失对活着的热情

《癌症楼》里，最意难平的情节就是奥列格和医生薇加、护士卓娅那两段无疾而终的爱情。经历了十多年服刑、流放的日子后，奥列格已失去了对女人本能的欲望，因为“他多年来压根儿就没看到过女人。当然也没接近过。他听不到她们的说话声，也不记得什么是女人的声音”。然而，来到癌症楼后，他竟重新对女人产生了欲望。他和护士卓娅调情、同医生薇加约定共度余生。性意识的觉醒，是奥列格生命力重燃的体现。

面对死亡，素日里喜欢在不同女人间缠绵的叶夫列姆都丧失了兴趣。而奥列格却突然有了“生活的花朵”全开在女人身上的想法。精神的死亡远比肉体的死亡更痛苦，在劳改营、流放地的奥列格多年沉冤蒙难，早已对未来没有了期待。经历了12次的“X光照射治疗”后，奥列格竟重燃对生命的激情，不光对繁育后代有了兴趣，还对未来生活有了期待。常言道：“日子有奔头，心里有盼头。”人活着总要有个盼头，特别是被苦难压得喘不过气的时候。生活从不会一帆风顺，想要超越苦难，就不要失去对生命的激情，亦不要丧失对活着的热情。

《喧哗与骚动》

人性的堕落与反抗

[美] 威廉·福克纳

人生真苦短，没那么多时间去应酬，应该把有限的时间交给自己真正需要的事情上去。

麦家

透视生活的本质和人生的意义

深刻影响莫言的“诺奖”作品

美国现代主义文学名作

一部完整的创作艺术教科书

Day 1《喧哗与骚动》

只有熬过痛苦，才能拥有战胜一切的勇气

家族的衰败，给康普森夫妇带来了巨大的打击

福克纳将这个大家族没落的故事背景，设定在了19世纪末20世纪初的美国南部。康普森先生接手康普森家族时，祖上只剩下了一幢破败的宅子和一些零星的土地。原本的康普森家族祖上出过一位州长和一位将军。在南北战争之前，康普森家族曾是广有田地、黑奴成群的名门望族。

南北战争之后，美国南方经济逐步衰落。康普森家族的境况也随之衰败。“由俭入奢易，由奢入俭难。”家族的衰败，给康普森夫妇带来了巨大的打击。康普森先生终日酗酒愤世，提不起精神做正经事；康普森太太则无病呻吟，念念不忘自己从前的生活。父母的悲观、消极，全部传递给了他

们的四个孩子。昆丁作为家中的长子，一直被一种没落感追随，他敏感又软弱，没有爱的能力；二儿子杰森自私冷酷，是个报复心很强的实利主义者；小儿子班吉明智力低下，是个白痴。康普森家族的儿子们长期受父权制文化的影响，他们认为女性的贞操高于一切。所以，他们都对康普森夫妇的女儿凯蒂有很强的掌控欲。为了守护住凯蒂的贞操，三兄弟使出了各种手段。然而，凯蒂作为父权制文化的受害者，却并不像康普森太太那样，故意装作浑然不知的样子，将自己的痛苦加注到下一代人身上。她为了摆脱家庭的束缚，向一个名叫道尔顿的男人交出了自己的贞操。而令人戏谑的是，凯蒂的女儿也在17年后不顾阻拦地和一个剧团的男人逃离了康普森家。

人类通过与自身命运的极力搏斗，可以获得终极幸福

文学评论家布鲁姆曾评价说：“评论界和普通读者一致公认，福克纳是本世纪最伟大的美国小说家，显然超过了海明威和菲茨杰拉德，可与霍桑、梅尔维尔、马克·吐温和亨利·詹姆斯同列。”美国作家威廉·福克纳之所以伟大，是因为他打破了小说的传统。在《喧哗与骚动》中，福克纳采用多视角的写法，将一个家族没落的故事写了四遍。为了写

清人物的内心活动，福克纳又采用了意识流的写法，让读者直接进入人物的内心，站在人物的角度看待整个故事。

威廉·福克纳是二十世纪美国最有影响力的现代派小说家之一，他的作品是美国阅读选本中的常客。包括马尔克斯、昆德拉、余华、莫言在内的很多作家，都受到过福克纳作品的影响。《喧哗与骚动》并不是一部浅显易懂的消遣小说，它情节跳跃，毫无规律，不仔细看，完全不知道它讲了什么。难得的是，这部小说还是一部社会伦理启示录。福克纳通过小说中人物的伦理选择，聚焦了人类社会的生存困惑。福克纳是“最具主观性的作家”，他主张平等、大爱，关注人性，品味人性中的错综复杂，坚信“人类通过与自身命运的极力搏斗，可以获得终极幸福”。在《喧哗与骚动》中，虽然每个人物的结局都是悲剧的，但福克纳的重点却并不是想要表达人物有多可悲，而是为了通过这群人的悲剧告诉人们：只有熬过痛苦，才能拥有战胜一切的勇气。

福克纳曾在诺贝尔文学奖获奖词中这样说道：“人类之所以能够不朽，是因为人类有灵魂，有怜悯、牺牲和耐劳的精神。”福克纳会有这样的认知和反思，与他的出身密切相关。福克纳出生时，南北战争已经结束了很多年，但南方社会留下的种种弊端却现实又锐利。比如，在1865年，林肯已经废除了奴隶制，还给了黑人自由之身，但种族主义思想却在很长一段时间内都没有被消除。福克纳同情黑人，赞美黑人身上的优秀品质。在《喧哗与骚动》中，福克纳曾说，黑人女佣迪尔西“勇敢、大胆、慷慨、温柔和诚实。是我所喜欢的人物之一”。而这个人物的原型也来自童年时期给予福克纳很多深情与热爱的女仆巴尔大妈。不光是种族主义，针对南北战争之后社会转型给人类精神带来的困惑，福克纳也给予了极大的关注。面对家族的没落、社会的变化，康普森家族的人无力掌控自己的命运，于是他们消极应对，并各自走上了堕落之路。

从人的精神原料中，创造出一些从前不曾有过的东西

福克纳非常善于通过心理的描写，把一个人、一个场景、一段对话写活，这源于他骨子里的坚定和细腻。福克纳家族的荣耀是他的曾祖父打下的。福克纳从小就听过许多有关曾祖父的丰功伟绩。比起曾祖父的人人敬仰，福克纳的父亲则被看作是玩世不恭的“不肖子孙”。曾祖父的荣耀和父亲的落寞，让福克纳从小就感受到了“软弱”与“坚强”的“分裂”与“痛苦”。

于是，他发誓要像曾祖父那样出人头地。并从那以后，他广泛阅读了莎士比亚、狄更斯、霍桑、托尔斯泰、巴尔扎克、康拉德等人的作品。福克纳原本也想像曾祖父那样，入

伍从军做个将军。却因为身材矮小，体检时被刷掉了。之后的一段时间里，福克纳无所事事地酗酒、玩乐，被镇上的人称作“游手好闲的二流子”。直到他想起9岁时的那句口头禅，“我要像曾祖父那样当个作家”，才终于坚定了目标，完成了一部又一部经典的著作。而在福克纳蜚声海外后，这位小镇人口中的“二流子”也成了镇上最耀眼的人物。

福克纳曾说：“我从事这项工作，不是为名，更不是为利，而是为了从人的精神原料中，创造出一些从前不曾有过的东西。”他确实做到了，特别是在《喧哗与骚动》中，福克纳不光让读者看到了人类在面对困境时的堕落，更让我们找到了熬过苦难的勇气。

Day 2《喧哗与骚动》

马尔克斯的精神导师，写出了大多数人的精神危机

男女之间的关系，是人和人之间最自然的关系

马克思曾说：“男女之间的关系，是人和人之间最自然的关系。根据男女的关系，可以判断整个文明的程度。”凯蒂生于19世纪末的美国南方，彼时，那里还处在父权文化的黑暗中。在那样的社会背景及传统价值观下，女性没有话语权，亦不被允许拥有自我意识。然而，凯蒂却是一个“离经叛道”的女人。她挣扎在旧传统与自我意识之间，用与男子幽会，并生下私生子的方式，试图冲破封建礼教的桎梏，追求平等和自由。尽管凯蒂由于缺乏经验，为此付出了惨痛的代价，但她对封建制度所表现出的反抗，以及对家族衰落、南方社会转型所表现出的清醒认识，却是值得肯定的。所

以，作者表面上是在讲凯蒂不守贞操，实则是以小家族影射大社会，借康普森家族的兴衰荣辱来探讨整个社会转型后人类所面临的困惑。

在昆丁的意识中，女性的贞操高于生命本身。这不光是因为根深蒂固的“父权”观念，还来自昆丁对康普森家族声誉的执着。在他所信奉的传统价值观中，女人的身体属于男人和家庭，象征着家庭荣誉。然而，昆丁的妹妹凯蒂却守不住贞操，令他们的家族蒙羞。凯蒂七岁那年，和昆丁一起在水边玩耍时曾不小心弄湿了自己的裙子。“我脱掉吧。很快它就干了。”凯蒂无所谓地耸耸肩，对于自己的身体她总是讨厌过多的束缚。“最好还是别脱吧。”九岁的昆丁眉头微蹙，用一种命令式的口吻警告凯蒂，全然不顾凯蒂裙子被打湿的窘迫。因为“在昆丁的眼里，他最看重的肯定不是凯蒂本身，而是她负责守护的贞操。而凯蒂本人，仅仅是贞操的保管者”。然而，对于昆丁口中的“贞操”，凯蒂却表现得不屑一顾。“甚至不觉得它有什么价值，脆弱的皮膜，在凯蒂看来跟手指上的肉刺并无两样。”

于是，凯蒂脱下外裙，穿着胸衣和衬裤，将裙子扔到了河岸上。转身回望间，凯蒂被昆丁的一巴掌狠狠地甩到了岸边，一个趔趄，差点没掉进水里。那一刻，九岁的昆丁已经失去了理智。极端顽固的传统“贞操观”令他无法接受凯蒂在户外场所脱裙子的行为。凯蒂十五岁时，昆丁对她的“保护”更是近乎病态。当昆丁发现凯蒂与其他男孩接吻时，他有些慌了。敏感而孱弱的昆丁知道，巴掌已经无法束缚凯蒂。那一刻，他既恐惧又绝望。昆丁是爱妹妹的，亦想成为守护她的骑士，但他更爱家族荣誉。所以，才会不顾凯蒂的感受固执地“保护”凯蒂的纯洁。

那一刻，班吉明与凯蒂之间达成了“母子连心”般的默契

相较于昆丁对凯蒂复杂的情感，班吉明对凯蒂的爱从一开始就很纯粹。因为在康普森家，凯蒂是班吉明唯一的守护者。班吉明是家中的老幺，他出生后，康普森太太原是对他寄予很大期望，所以才会给他起了一个和舅舅相同的名字——毛莱。“希望是对未来荣耀的某种期待。”人确实该对美好的生命充满期待，但康普森太太对小儿子的期待却落了空。班吉明两三岁时，康普森太太发现班吉明还不会说话。起初，她并不在意，只觉得是班吉明比其他孩子说话晚。可日子一天天过去，班吉明不仅学不会说话，甚至连理解别人的语言都很困难。这个发现令康普森太太觉得惶恐不安。一向以娘家为荣的她根本接受不了自己生了个傻儿子。于是她抛弃了这个智商永远停留在3岁的孩子，哭闹着让昆丁给他改了现在的名字。对康普森太太来说，班吉明已经成了

她的耻辱。所以，她收回了对班吉明的母爱，转而将照顾班吉明的责任推到了凯蒂身上。

对待班吉明，康普森太太确实表现得过于冷漠。班吉明从小喜欢火，生日那天，因为伸手摸火而被烫得哇哇大哭。可康普森太太却丝毫没有表现出心疼的样子，反而气急败坏地对佣人迪尔西说：“你们两个成了年的黑人都照顾不了吗？非要将他这么号着叫着带到屋子里来？”凯蒂见状，迅速跑过去抱住班吉明安抚：“别那么抱他，就不能把他领过来吗？你也太惯着他了，你要是把他宠坏了，最后倒霉的是我。”“你不用管他，我来照顾他好了。”那一刻，班吉明与凯蒂之间达成了“母子连心”般的默契。也是那一刻，班吉明为了守住凯蒂身上的“树香”，也就是她的“贞操”，而拼尽了全力。

当人内心的需求没有得到表达，就会躲进阴影

基于对母爱渴望的班吉明，凯蒂身上散发出的纯洁“树香”是一种母爱的味道。可对杰森来说，凯蒂散发出的却不是树香，而是一种“荡妇”的骚动。和昆丁一样，“父权观念”对杰森的影响很深。他认为男性才是主体，觉得“女人不会是男人的兄弟，亦不会是男人值得坦诚的伙伴”。但与昆丁不同的是，他不爱凯蒂，亦不爱任何人。所以杰森表面

上是在守护凯蒂的贞操，实则是不想被她拖累。他之所以会变成这样，是因为杰森的童年是在孤独中度过的。他从小被奶奶拉扯长大，父母不爱他，哥哥昆丁和姐姐凯蒂不带他玩，弟弟班吉明又是个白痴。

杰森从家人身上没有得到过一点爱。尽管杰森也曾怨过，为什么自己要被不平等地对待，但很快，清醒冷静的杰森就认清了现实。于是，他变得自私利己，变得只在乎钱。为了不让家族蒙羞，不让自己受到拖累，杰森用恶毒的咒骂，牢牢地按压住凯蒂“不守妇道”的骚动。当人内心的需求没有得到公开表达，就会躲进阴影，通过破坏性的方式表现出来。杰森就是这样，因为小时候没有人在乎他的感受，所以杰森发誓要亲自捍卫珍视的东西。对他来说，家族的荣耀、面子胜于一切，所以为了守护住自己的利益，他不惜咒骂、伤害姐姐凯蒂。

Day 3《喧哗与骚动》

读这本书就像在完成一块巨大的拼图

班吉明唯有拼命哭泣，才能永远守住凯蒂

凯蒂从小在“男尊女卑”的限制中长大，传统的价值观告诉她，要服从、要妥协，否则就会被惩罚。但越是这样，凯蒂就越渴望自由。对凯蒂来说，杰森的诅咒、昆丁的监视，根本就不算什么。因为她愿意为了不被控制、不被摆布而付出一切。可纵然对“男尊女卑”有再多不满，纵然多想逃离这个家，在听到班吉明的哭泣时，凯蒂的心还是会柔软下来。

在一个月黑风高的夜晚，凯蒂溜出家偷偷与查理约会。他们坐在树林里的秋千上闲谈。突然，不远处传来了班吉明的哭声。凯蒂闻声后，迅速从秋千上下来，她刚跑到班吉明

身边，就被班吉明拽住了衣角。“怎么了，班吉明？你不想让我留在这儿，和查理待上一阵子吗？”凯蒂柔声问道。班吉明不会说话，可是他却用哭声做了回答。当查理走近凯蒂，将手搭在凯蒂的身上时，班吉明哭得更凶了。无论凯蒂如何劝说，班吉明都没有停下来的意思。直到查理离开，班吉明才终于停止了哭泣。小孩子喜欢用哭来解决问题，因为他说不出来，又想要发泄情绪，所以只能哭。班吉明由于语言障碍，思想意识一直停留在“前俄狄浦斯”阶段。这个阶段的孩子，正处于“母子共生”的关系中。因为还没有性别意识，也没有父亲的介入，所以他们只是本能地恋母，并停留在只有母亲和自己的世界。班吉明就处于这个阶段，由于母爱的缺失，他将对母亲的依恋和爱全部投射到了凯蒂身上。当他发现有男人试图闯入自己与凯蒂的“二人世界”时，班吉明唯有拼命哭泣才能永远守住凯蒂。

爱情使人疯狂，陷入爱情的男女常会情不自禁越过雷池

凯蒂十四岁那年，渴望快快长大的她第一次穿上了大人的衣服，并涂上了大人们都会用的香水。站在镜子前，看着镜子中的自己，凯蒂幻想着有朝一日能摆脱这个家。没料想，班吉明的哭声却将她从美滋滋的幻想中拉回了现实。

“他不喜欢你这身臭美的衣服，你以为你长大了是不是？就因为你十四岁了，你就觉得自己了不起了，是不是？”杰森冷眼看着班吉明，恶狠狠地对凯蒂说。“闭嘴吧，你！”凯蒂才不会相信杰森的说辞。但班吉明没完没了地哭泣，确实令她摸不着头脑。为了让班吉明不再哭泣，凯蒂从母亲那里拿来了装满星星的箱子。班吉明看着箱子里随他而动的星星，起初很欣喜。可没多久，就又因凯蒂的离开而号啕大哭起来。

康普森夫妇简直烦透了班吉明的哭声，只盼着他能赶快闭嘴。凯蒂心疼班吉明，亦不想他过得不快乐。为了找到班吉明哭泣的原因，凯蒂匆匆洗过澡后就重新回到了班吉明身边。“你别哭，凯蒂不会走的。”边说边把班吉明领回了卧室。凯蒂拿起香水瓶，把塞子拔了，凑到班吉明的鼻子前让他闻。班吉明一闻这个味道，就又哭闹了起来。班吉明以为只要守护住了凯蒂身上的“树香”，就能将其禁锢在纯洁的童真之中，就能永远拥有她。所以，班吉明对凯蒂身上香水味的抗拒，本质上是一种阻止凯蒂长大、拒绝男人抢夺她贞操的行为。凯蒂虽然不忍看到班吉明哭泣，却也并没有打算守护班吉明一生，因为凯蒂也想要冲破牢笼，去寻求自己的快乐。

十六岁那年，凯蒂爱上了一个名为道尔顿·埃姆斯的男孩。杰森和昆丁发现苗头后，百般阻拦，甚至警告说要“打死凯蒂”。他们却未曾料想，凯蒂心意坚定，不愿妥协。为了与道尔顿在一起，凯蒂竟做好了与康普森家族决裂的准备。然而，他们的爱注定会像罗密欧与朱丽叶一样，无法暴露在阳光下。爱情使人疯狂，陷入爱情的男女，常会情不自禁地越过雷池。康普森三兄弟终究没有守住凯蒂的贞操。与道尔顿相爱不久后，凯蒂便怀孕了。

那天晚上，是班吉明第一个发现了凯蒂身体上的变化。他拽住凯蒂的衣裙，将她推进了洗澡室。那一刻，班吉明还渴望凯蒂能用水冲掉身上的“不贞”之味。“为什么你要在牧场、在沟里、在阴暗的林子里，偷偷摸摸地犯贱呢？”昆丁控制不住心中的怒火，疯了一样地咆哮。凯蒂怀孕的消息全家人很快就知道了。康普森太太气得直接晕了过去，醒来后，她给自己戴上了“黑纱”。她宁愿当凯蒂已经死了，也不愿自己有个自甘堕落、故意跟自己对着干的女儿；杰森恨透了凯蒂，咒骂她是堕落的“荡妇”，给家族蒙羞。为了保全家族的声誉，甚至想要将不守妇道的凯蒂送进妓院。

单纯的爱恨往往比复杂的情感要简单得多

在凯蒂失贞的问题上，如果班吉明表现出的是恐惧，杰森表现出的是愤怒，那昆丁表现出的就是既愤怒又恐惧。因为他不光是为了家族的声誉而守护凯蒂的贞操，更有对凯蒂超越兄妹的爱意。

凯蒂失身那天，昆丁与凯蒂发生冲突，并逼她承认自己是被强迫的。因为他始终不愿相信，凯蒂自甘堕落。但事实上，作者福克纳和一些评论家并不认为凯蒂的失贞是一种堕落的表现。评论家格拉迪斯·米利娜说：“凯蒂是个非传统的南方女性，她不是通过爱或受诱惑而成为一个母亲，而是刻意地追求性自由，逃避规矩，最终逃离了康普森家。”凯蒂早就和昆丁说过，她想要逃离这个家，永远不回来。因为她受不了礼教束缚，更受不了男尊女卑的桎梏。只是，凯蒂没有把握好尺度，才走上了未婚先孕的反抗之路。

昆丁拿着小刀，抵在了凯蒂的脖子上，却始终下不去手。因为比起要凯蒂接受惩罚，昆丁更想要令她失贞的男人担起应负的责任。但昆丁始终是敏感且软弱的，他根本惩罚不了任何人。

Day 4《喧哗与骚动》

真正爱你的人，舍不得对你精明

所谓的“淑女”，就是要抑制住自我的意识，时时刻刻以男性的眼光规范自己的行为

“你这是干什么？”昆丁讶异地看着道尔顿，下意识地藏起发抖的双手。道尔顿耸耸肩，一脸无所谓的样子，“你说过你要做的事，没这家伙不行吧”。道尔顿并非不要命的人，他只是“赌徒”心理作祟，赌昆丁是否会为了凯蒂而杀人。“你的枪见鬼去吧。”昆丁烦躁地一拳伸了过去。奈何手起拳还未落，昆丁的两只手腕就被道尔顿紧紧地束缚住了。道尔顿力气很大，昆丁根本不是他的对手。只见他一个扭转，将昆丁撂倒在地，粗壮的拳头流水一般落在了昆丁的脸上。昆丁迷迷糊糊地晕了过去，等到他再醒来睁开眼看到

的是凯蒂焦急的面容：“你伤着没有？”

凯蒂是顺着枪声找到昆丁的。她到的时候，道尔顿已经骑马离开了。凯蒂有些失落，但这份失落不仅仅是出于爱情，而是出于无法摆脱康普森家族的绝望。凯蒂从小忍受着“父权制文化”对女性的压迫，康普森太太经常教育她要做一名“淑女”。而所谓的“淑女”，就是要抑制住自我的意识，时时刻刻以男性的眼光规范自己的行为。凯蒂无惧男权，早就想撕破男权社会的虚伪面纱了，但碍于女性的身份，完全没有话语权，所以只能利用“贞操”去宣泄对性别压制的愤怒。凯蒂想，看重声誉的康普森家族，一定会在得知自己怀孕的消息后马上把自己嫁出去。却未曾料想，昆丁竟然会赶走道尔顿。尽管计划赶不上变化，凯蒂也不想就此放弃。她下定决心要离开这个家，也决意要给肚子里的孩子找个“爸爸”，所以她坚定地告诉昆丁：“我得找个人将婚结了。”可昆丁听到这话后却提不起半点兴趣。因为他早已把爱的欲望寄托在了凯蒂身上。

人是其不幸的总和，一切都自有定数，任何人都改变不了

1910年，康普森夫妇露出了久违的笑容，因为他们的女儿将在本年的4月25日嫁人。未婚夫西德尼·赫伯特·赫德

是印第安纳州的一名优秀青年，度假时第一眼见到凯蒂，赫伯特就爱上了她。虽然婚礼有些仓促，但赫伯特为了彰显自己的诚意，一掷千金地送了凯蒂一辆车。在20世纪初的美国，四轮汽车可是稀有物。从此以后，凯蒂也成了镇上第一个有车的人。凯蒂身上有一种让男人着迷的特殊魔力，尽管赫伯特当时也觉得他们的进展有些快，但他做梦也没有想到此时的凯蒂竟已怀有两个月的身孕。杰森和康普森夫妇一样，努力促成凯蒂和赫伯特的婚事。因为自私利己的他眼中只有利益和钱。赫伯特承诺他婚后会给他安排银行的工作。既可以保住家族声誉，又能得到一份安稳的工作，杰森对这个姐夫非常满意。

班吉明不懂什么是结婚，只因感受到了凯蒂的离开而哭闹。但他毕竟是个智力只停留在3岁的孩子，姐姐凯蒂更多的是一种温暖的回忆。相比昆丁，班吉明的不开心来得快去得也快。赶走道尔顿没多久，昆丁就病了。因为他“体内有些十分可怕的东西”，“晚上他甚至能看到它对着自己咧嘴笑”。昆丁深知这个可怕的东西就是对凯蒂的“欲念”，然而，他不能说，也说不出口。在昆丁看来，“人是其不幸的总和”。一切都自有定数，任何人都改变不了。唯有死亡才能真正结束这一切，让所有的美好都留在地狱中。所以，那时的昆丁，灵魂早已走向了死亡。凯蒂就是昆丁的最后一根稻草，她的婚礼，也就成了昆丁的“索命符”。

自己所信奉和代表的传统，只不过是一种徒劳的形式

“凯蒂你发烧了，要是你病了，就别结婚，别嫁给那个流氓。”尽管昆丁也意识到了事态的不可控，却仍然警告凯蒂不要嫁给赫伯特。“我必须找人嫁了。”凯蒂态度坚决。凯蒂不在意赫伯特是个怎样的男人，也不在乎他是否值得托付终身，因为凯蒂只想借此逃离康普森家族，也只想为她未出生的孩子找一个名义上的爸爸。昆丁本以为时间能冲淡一切，所以一直在强忍着不去唤醒自己对凯蒂肉体的期待，奈何等来的竟是凯蒂与浪荡子赫伯特的婚礼。

所以，在1910年6月，昆丁选择了自杀。那时，凯蒂刚新婚两个月。昆丁虽为康普森家族的长子，却比任何人都软弱。昆丁从小就明白南方保守主义文化给人带来的伤害，但他却依然摆脱不掉这刻入骨髓的传统印迹。曾经，昆丁也试图重振家族荣耀，所以才渴望通过保护凯蒂的贞洁来寻求男子汉的气概，树立男人的形象。然而，凯蒂不可遏制的性欲，以及怀孕后的委身下嫁，却让昆丁看到了现实的无力。于是他“干脆抛开一切，自溺于水中”。

昆丁死后，康普森家族平静了很久。杰森成了当家人，巴结着赫伯特，盼望能尽早去银行上班。奈何纸包不住火，

凯蒂生下孩子后不久，赫伯特就提出了离婚。赫伯特很精明，按照月份推算，他发现孩子并不是自己的。于是他抛弃了凯蒂，且没有给她一分钱的赡养费。既然没有了婚姻关系，许诺给杰森的银行工作也一并没了。从此以后，杰森偏执地认为是凯蒂毁了他的前程，所以他将怒气都撒到了凯蒂的孩子身上。由于没钱交学费，杰森没上过大学，原本可以借着赫伯特的人脉混个银行的工作却被凯蒂搅黄了。1911年，凯蒂被丈夫抛弃后将女儿昆丁送到了娘家，乘次日的火车离开了。凯蒂以为只要按时给家中寄钱，女儿至少可以有一个安稳的生活。却不曾料想，杰森根本就没打算善待她的女儿，甚至还阻止她们母女相见。

Day 5《喧哗与骚动》

对待亲人的态度，藏着一个人的修养

人一旦有了软肋，便脆弱得不堪一击

凯蒂在报纸上看到康普森先生去世的消息后，立马就去了墓地。当初，康普森先生把凯蒂的女儿带回家后，凯蒂就离开了小镇。“你来这儿干吗？我还没料到你会这么没脑子？”杰森在墓地看到凯蒂，有的不是久别重逢的喜悦，而是鄙夷不屑的质问。“为什么他们不告诉我？我偶然在报上看到的。”凯蒂看着墓地轻轻地问。凯蒂的突然出现吓了杰森一跳。尽管他知道凯蒂不会回家，却还是很不安。毕竟凯蒂的女儿昆丁还养在家里，他可不想凯蒂这个“耻辱”再回到这里，也不想家里再多一个人吃饭。“家里连你的名字都不知道了，不要以为你能借父亲去世的机会浑水摸鱼地跑回

来。”“你要是能安排我见她一会儿，我给你五十块。”凯蒂哀求道。

明确了凯蒂的来意，杰森眼前一亮，试探道：“你给我一千块我都不让她知道。”杰森确实恨凯蒂，可他却喜欢钱。如果凯蒂愿意提供他要的报酬，杰森不介意瞒着所有人让凯蒂远远看一眼自己的女儿。“你就让我看她分把钟都行，我不会来乞求什么的，我看了马上就走。”凯蒂进一步哀求道。人一旦有了软肋，便脆弱得不堪一击。“把钱给我。”杰森才不管凯蒂有多思念自己的女儿，他的眼里只有钱。在杰森眼里，凯蒂的女儿昆丁不过是他勒索凯蒂的工具。当初之所以会同意照应凯蒂的女儿，也是因为康普森太太说：“凯蒂好歹还顾这个家，不至于毁掉自己和小昆丁的前途。”

全是理智的心，恰如一柄全是锋刃的刀。它叫使用它的人手上流血

凯蒂把钱交到杰森手上后仍抓住不放：“你说到做到？你答应吗？”“放开。”“要是有别的法子，我也不会来找你。”凯蒂软了下来，把手收了回去。凯蒂确实没有可以托付的人，也没法带着孩子一起走，因为她还要赚钱。“你这说的才是人话，哪里还有什么其他的鬼法子。”杰森得意地

挑了挑眉。

于是，杰森和凯蒂约定了见面的地点，便坐着马车回去接凯蒂的女儿昆丁。待到夜幕降了下来，杰森给昆丁裹上舅舅的雨衣，抱着她上了马车。凯蒂早已等在了约定的街角，翘首以盼。杰森之所以会选择夜晚约见凯蒂，就是担心被镇上的人看到，因为他一直把凯蒂当作康普森家族的耻辱。从凯蒂身边路过时，杰森把昆丁身上的雨衣脱了，举到窗前。然后就像消防车一样，从凯蒂身边冲了过去。“骗子。”凯蒂觉得自己被杰森骗了，哭喊着追在马车后面。约定是相互的，既然杰森违背了承诺，凯蒂也没打算坐火车离开。星期六早上，凯蒂戴着面纱，找到了杰森工作的地方。“你疯了？你已经害我丢了一份工作，你还想让我把这个也丢了？”凯蒂握紧拳头，浑身颤抖地瞪着杰森说：“你该死。”凯蒂从未想过杰森会如此不顾念手足情深。福克纳曾说：“从我的想象中产生出来的形象里，杰森是最最邪恶的一个。”因为他谁也不爱。

泰戈尔说过：“全是理智的心，恰如一柄全是锋刃的刀。它叫使用它的人手上流血。”杰森是康普森家最理智的人，康普森太太曾说，只有杰森最不像这个家的人，也最让她省心。因为杰森既没有昆丁的冲动，也没有凯蒂的鲁莽。只是，杰森的理智过于冷酷，冷酷到送亲弟弟去阉割，敲诈亲姐姐，虐待亲外甥女。杰森从小就没有在家里得到过公平的对待，所以他不知道什么是爱。成年后，为了弥补缺失的爱，他爱上了钱。康普森太太曾劝过他，希望他能善待凯蒂的女儿。可是，杰森却不为所动。他气汹汹地警告凯蒂，不要再找用人迪尔西或家里的其他人，否则就带着昆丁离开小镇。

精明的杰森才不会让钱白白流入一个孩子的手中

凯蒂无能为力，她唯一能做的就是每个月按时寄钱给杰森。凯蒂每次都会写两封信，一封给杰森和母亲，一封给女儿昆丁。昆丁长大一点后，凯蒂还会额外给昆丁寄一些钱，让她添置一些女孩子需要的东西。精明的杰森才不会让钱白白流入一个孩子的手中。所以，他从来都是瞒着所有人，扣下凯蒂的支票。凯蒂也曾提出要看每个月的银行账单，因为她怀疑杰森会挪用这些钱苛待女儿。但是，杰森却拒绝了。凯蒂也不是逆来顺受的人，她也尝试过寄只能由昆丁本人去取的汇票。只是，筹码在杰森手上，凯蒂根本没有讨价还价的余地，她也只能按照杰森的要求做，否则就更别想见到女儿了。凯蒂早就有预感，杰森不会让她与女儿见面，小心翼翼地按照杰森的要求做。杰森也是一样，明知道克扣凯蒂寄来的钱是一种冒险的行为，却仍旧乐此不疲。

有一次，昆丁写信告诉凯蒂，希望她能多寄一些钱给自己。从那以后，昆丁日日盼着母亲的来信。“今天有我的信吧？妈给我来信了吧？”昆丁放学回家，没来得及吃饭就跑去找杰森。杰森当然收到了凯蒂的来信，却并不打算将钱一并交给昆丁。昆丁知道凯蒂一定是寄信来了，便趁杰森不注意跑到杰森的办公桌后面翻他的抽屉。只是，手刚拿到信就被杰森狠狠地抓住了手腕。“你胆子不小啊。”杰森恶狠狠地抓着昆丁的手腕，丝毫没有把她当作自己的亲外甥女。“我要拿条马鞍绳来抽你，居然敢翻我的东西。”昆丁不是第一次见杰森这样对待自己了，她根本不在乎身上再挨上几鞭。此刻，她在乎的是凯蒂有没有给她寄钱来。

Day 6《喧哗与骚动》

父母的言传身教，是孩子一生的“教材”

像你希望别人如何对待你那样，去对待别人

人际交往中有一条黄金法则，即“像你希望别人如何对待你那样，去对待别人”。昆丁小时候就知道杰森并不爱她，每次都摆出一副“要她好看”的样子，若不是有佣人迪尔西拦着，恐怕昆丁活不到17岁。所以，和凯蒂一样，昆丁从小最大的愿望就是逃离这个令她倍感压抑的家。

“她说过给我寄钱来的，她说她寄了不少过来。说是给我用的。”昆丁焦急地哀求道：“给我，拜托了。我以后什么都不找你要了，要是你这次能给我的话。”“就你这么大个人，突然这么着急要钱干什么？”杰森无视昆丁的哀求，反而有些好奇她要钱的原因。“我欠了人家一点钱，我今天

就得还。”“欠谁的？”“我找一个女孩借了钱，我得还了。”杰森天生不爱相信人，确信她在说谎。所以，杰森只拿出了十块钱给她。“十块钱。”昆丁难以置信地看着杰森，她提出要看看凯蒂寄来的支票，却被杰森一口拒绝了。按照杰森的说法，这十块钱已经是恩赐了。

那一刻，昆丁觉得有些委屈。她忍住眼泪，颤抖地接过杰森手里的十块钱，摔门而出。她不知道母亲为什么要生下她，也不知道活着的意义是什么。她和妈妈凯蒂一样，从小就没有感受过爱与温暖。所以，她不服管教，三天两头逃学。这样的昆丁，在杰森眼里，和凯蒂一样是个“荡妇”。所以，他常和康普森太太说“她逃课也不是去做光明正大的事”。

昆丁当然知道杰森不喜欢她，否则不会总咒骂她是个“贱胚子”。“打骂教育，会给孩子造成一生的创伤。”杰森言语上的虐待让昆丁变得叛逆、暴躁。她从来不怕与杰森硬碰硬，即便知道自己不是他的对手，也决意要给杰森添堵。昆丁知道，杰森注重家族声誉，不喜欢女孩子穿着裸露，或轻易交出贞操。所以，她偏要穿着大腿和屁股都盖不住的衣服在大街上乱转；偏要逃课跟着男人去兜风。

某个工作日的下午两点半，杰森在街上看到了穿着暴露的昆丁。那时距离放学还有45分钟，昆丁却和一个系着红色领带的男人在街上闲逛。他气得火冒三丈，见昆丁和男人前脚刚走进巷子，后脚就跳起来跟了过去。然而，杰森终究是晚了一步，等他追到小巷时，昆丁早已没了踪迹。突然，一辆福特汽车飞快地冲杰森开了过来。他刚认出那个系红领带的男人和坐在旁边的昆丁，那辆福特汽车就掉转了方向盘，驶进了另一个巷子。

在杰森看来，“人有什么血液，就会做出什么事给人看。如果你身上有那种血液，你也会什么都做得出来”。昆丁的妈妈凯蒂就曾做出过不光彩的事，在杰森看来，昆丁身上既然流淌着凯蒂的血液，就一样会做出不光彩的事。

杰森绕过林子，几度要追上了，却又被他们狠狠地甩在了后面。杰森被气得发疯，只顾着想要给昆丁好看，却根本无暇将最近发生的事串在一起。以前的昆丁只是逃学，却不会故意在街上闲逛，更不会跟男人开车兜风。

以前的昆丁，虽然也知道凯蒂一直寄钱给家里，却从未迫切地跟杰森要过钱。所以，如今昆丁的行为，已经不单单是要激怒杰森了。昆丁到底想干什么呢？

对康普森太太来说，“昆丁”这个名字更像一个诅咒

星期天的早上，杰森指着房间窗户上的破洞问迪尔西：“这窗户是谁砸的？”就在前一天晚上，杰森房间的窗户突

然被人砸了。他发现后很生气，一大早就召集全家询问。这几天杰森去镇上了，这期间他的屋子一直都是上锁的，所以不可能是有人打扫时弄碎的。很久之后，杰森想起了昆丁，便问迪尔西：“昆丁在哪儿？”迪尔西上楼去叫昆丁吃早餐，喊了三遍都没有人应。杰森要迪尔西拿钥匙开门，众人走进房间后才发现昆丁根本没在房间。康普森太太见状后吓得哭了起来，因为她担心昆丁会和自己的长子一样自杀。对康普森太太来说，“昆丁”这个名字更像一个诅咒。

“他们给她取名叫昆丁的时候，我就知道要出事。”康普森太太一边说，一边吩咐迪尔西在房间里找昆丁留下的字条。杰森心里一沉，迅速跑回了自己的房间。他才不担心昆丁是否会自杀，他更在意的是藏在壁橱里的私房钱是否还在。杰森从壁橱中取出铁盒子，还未打开，心就凉了一半。因为锁已经被撬坏了。昆丁趁杰森不在，从窗户爬了出来，溜到了他房间的阳台上。她用石头砸碎玻璃，发现了橱柜里的箱子，并拿走了里面的七千多元，跟一个临时剧团的贩子私奔了。杰森拿着空荡荡的铁盒，气得面色发青，马上报了警。

警察到宅子里录笔录时，杰森只说自己丢了三千元，因为余下的四千元是过去十六年来凯蒂托他转交给昆丁的赡养费。杰森再三拜托警察帮他追回损失的财产，毕竟其余的三千元也是他省吃俭用的积蓄。精明算计了一世的杰森，即便不甘心，也只能自认倒霉。因为他没法理直气壮地去抓回昆丁，甚至害怕昆丁会在众人面前揭穿自己。昆丁私奔后没几年，康普森太太就去世了。紧接着，凯蒂也没了音信。杰森离开了宅子，搬到了农具店楼上。至此，世上再无康普森家族。

Day 7《喧哗与骚动》

人生如痴人说梦，充满喧哗与骚动

所谓人生，是一刻也不停地变化着的

美国南北战争结束后，南方受到工业革命的冲击，经济开始衰落。当依靠种植业发迹、拥有广阔土地的贵族遇到了铁路、股票、电报、汽车等新兴事物时，还未来得及做出改变，就已经被远远地甩在了后面。康普森一家在种植园文化兴盛时期是显赫一时的家族，过着十分奢侈的生活。受到北方工商业的冲击后他们难以为继，便卖掉了家里的牧场，勉强度日。康普森先生不愿面对现实，他终日酗酒，试图用酒精掩盖自己的无能；康普森太太无法接受现状，于是终日无病呻吟，渴望借此得到别人的关注。父母对现实生活的逃避深深地传递给了他们的儿女。长子昆丁悲观且软弱，虽然想

复兴家族，却苦于无法摆脱传统思想的束缚。最后，在绝望中选择了自杀；二女儿凯蒂具有反抗精神，非常想要摆脱“男尊女卑”的宿命，却在那个缺乏正确价值观的社会中鲁莽地走向了堕落；三儿子杰森自私冷酷，具有很深的“门第观念”。他不相信爱人与亲人，在经济压力的重担下成了一个极具报复心的人。

列夫·托尔斯泰说过：“所谓人生，是一刻也不停地变化着的。”诚然，在社会转型的背景下，康普森家族确实会迷茫，会不知道该怎么办。但变化是一定的，任何时候逃避解决不了任何问题。康普森家族的悲剧提醒我们，在困境面前积极面对总比逃避更有用。

人类通过与自身命运的极力搏斗，可以获得终极幸福

很多孩子成年后，为了摆脱悲剧的人生，成为更好的自己，便会不断地自我修补。只是，每个人修补的能力有限。康普森家的三兄妹，在面对成长期间的困惑时，就因修补能力欠缺而走向了悲剧。因为他们始终不懂，击败成长困惑的最大武器是父母的爱。然而，康普森夫妇却始终在逃避做父母的责任，他们无法给予孩子们应有的父母之爱。自私地躲在安全区冷眼旁观，却偏偏还要将自己的阶级观念强加在孩

子身上。在没有爱的环境下长大的孩子，长大后遇到困难时，很难自信、冷静地去解决。因为他们不相信自己有能力解决，更想不通自己存在的意义是什么。而这也是福克纳自己的童年困惑，以及成长之痛。

把福克纳家族带向辉煌的曾祖父去世后，祖父和父亲开始借酒精来逃避家族衰败的命运。屡次失败的父亲和坚强自尊的母亲给福克纳的童年留下了无穷的争吵。于是，处在青春期阶段的福克纳在缺爱的家庭生活中非常困惑。所以，他开始学父亲酗酒、玩乐，也开始尝试过混乱不实的人生。这些失败的人生形式被福克纳投射在了康普森一家人的身上。所不同的是，福克纳走出了困惑，成了整个家族的骄傲。所以，他也坚信“人类通过与自身命运的极力搏斗，可以获得终极幸福”。

人类在重重磨难之中，不仅仅将延续，还将会获胜

生死问题一直是人类绕不开的一个现实问题。不同的是，对生死态度的不同，注定了人类是否能在有限的时间里做出无限的思考。在《喧哗与骚动》中，死亡对丁昆丁来说是毫无意义的。相比死亡的可怕，昆丁更愿意把死亡当作是锁住时间、留住美好的“地狱之火”。而对于杰森来说，死

亡却是受难的开始。他负重而生，即便不相信，以及不爱任何人，也要好好地活下去。

在杰森看来，“这些事件不管我们怎样度过，它们终归是我们的，属于我们这些已经胜利出生的人，而不属于死神，尽管我们以后终将无可避免地死去”。在生死面前，昆丁的态度是消极的，杰森的态度却相反。所以，前者才选择了自杀，后者才会宁愿辜负所有人也要好好地活下去。尽管杰森在福克纳的心里是最险恶的人，但杰森对待死亡的态度却是福克纳羡慕且希望的。因为现实中的福克纳在面临生死困惑时，也曾一边对生充满了厌恶，一边对死满怀恐惧。

晚年时，福克纳曾不慎从马上掉下摔伤过，在病痛的折磨下靠着酒精来麻痹痛苦；也曾因酒精服用过多而中毒，在医院抢救期间感受过命悬一线的恐惧。虽然在磨难面前福克纳也曾像昆丁那样，悲观过、混乱过，但他最终还是忠于了自己的内心，顽强地对抗死亡，直到生命的最后一刻。因为福克纳相信，“人类在重重磨难之中，不仅仅将延续，还将会获胜”。人的一生，一定会有很多困惑：有人困惑“怎样去过一种体面的生活”，有人困惑“怎样去自由地追求自己的理想”，有人困惑“活着的意义是什么”。其实这些困惑产生的原因都不过是源于我们内心对美好的渴望。所以，有困惑并不是坏事，因为没有困惑的人生或许才是平淡且无聊的。作为一个现实主义的作家，威廉·福克纳用将近28万字的篇幅，讲述了一个家族的悲剧故事。无论是意识流的表现手法、多角度的叙述方式、扑朔迷离的情节，还是细腻的人物情感，都足以引发读者的兴趣。对于喜欢美国文学的朋友来说，《喧哗与骚动》既是“高山”，也是“近路”。虽难以理解，却影响和启发了很多人。

《永恒的终结》

关于时间旅行的终极奥秘和恢宏构想

［美］阿西莫夫

愿望就是眼睛，是随时睁大的眼睛；等待就是敏感，是那种无意识的敏感。你苦苦等待的东西，说不定就在下一个拐角里与你不期而遇。

科幻迷们翘首以盼60年

20世纪科幻文学史上的一座丰碑

厘清了关于时间旅行的一切构想

穿越时空的爱情，闻所未闻的永恒时空

Day 1 《永恒的终结》

阿西莫夫，一个为万物而生的人

世界上只有一个艾萨克·阿西莫夫

阿西莫夫是美国科幻小说黄金时代的代表人物之一，曾获科幻界最高荣誉的雨果奖和星云终身成就大师奖。《永恒的终结》于1955年出版，被全球科幻迷们一致奉为阿西莫夫的最高杰作，是20世纪科幻文学史上的一座丰碑。全书是以时间旅行为题材的科幻小说，既厘清了关于时间旅行的终极奥秘和恢宏构想，还透过科幻的故事上升到了对整个社会、时代，甚至是全人类终极命运的哲学层面的思考。俄裔美籍犹太作家艾萨克·阿西莫夫被全世界读者誉为“神一样的人”，美国政府更是为了表彰他在“拓展人类想象力”上做出的贡献授予他“国家的资源和大自然的奇迹”这个独一无二的称号。

小说讲述了在27世纪，人类掌握了时间旅行的技术，建立了一个叫“永恒时空”的组织，开始穿越时空与改写现实的不完美。永恒时空里的人奉行着安逸的“中庸之道”，表面上是在保护全人类，实则是在为人类打造舒适的牢笼，并使其失去征服宇宙的动力。阿西莫夫通过有趣的时空设定、侦探式的叙述逻辑，呼吁人们一定要走出绝对安全的现状，不断在危机中寻求进步与发展，否则终将会被四面八方涌来的黑暗吞噬。

《2001太空漫游》的作者亚瑟·查尔斯·克拉克曾说：“女士们，先生们，世界上只有一个艾萨克·阿西莫夫。”阿西莫夫确实配得上这样的称号，他一生创作了近500部作品，内容涵盖了人类生活的各个层面。在阿西莫夫创造的完整宇宙中，也总是带有浓厚的人文情怀。他之所以能写出如此多立意深远且宏大的小说，与阿西莫夫独特的个人经历密不可分。

我不为别的，只为写作而活着

小时候的阿西莫夫是众人眼中的“神童”，他从小喜欢读书，常常躲在安静的地方一本接一本地读。1926年，科幻杂志《惊奇》创刊，它带着聪明的侦探故事进入了阿西莫夫的视线。阿西莫夫觉得里面的故事非常有趣，并由此产生了对文学创作的憧憬。11岁时，阿西莫夫开始尝试写作。然而，第一部作品《一群来自格林维尔的大学生》仅写出了8章就弃写了。因为那时候的阿西莫夫不光阅历尚浅，也根本不知道该如何写作。短暂的瓶颈期并没有击退阿西莫夫对写作的热情。正如成名后的阿西莫夫所说：“我不为别的，只为写作而活着。”

怀着这种对写作的执着，14岁的阿西莫夫参加了英文老师在学校开设的写作课。在课上，阿西莫夫天马行空地描绘起想象中的乡下，然而，这样的一篇文章却被老师和同学当作笑话。但是，酷爱写作的阿西莫夫却不同。老师和同学的嘲笑与批评非但没有将他打败，反而助他在否定中越挫越勇。成年后，阿西莫夫尽情发挥着天才的想象，笔耕不辍地创作了一部又一部作品。终于，他从寂寂无名成为大家熟知的科幻作家。

只要你再坚持一下，你想要的，时间都会给你

1954年，阿西莫夫用了两个月的时间完成了《永恒的终结》这部小说的初稿。他对这个故事非常有自信，便把它拿给了《银河》杂志的戈尔德。当时，阿西莫夫经常为《银河》杂志供稿，与戈尔德也颇为熟识，却没想到这次，

《永恒的终结》竟遭到了戈尔德的退稿。戈尔德没看中这个故事，他建议阿西莫夫重写。被退稿对任何一个作家来说无疑都是一个打击。幸而，年少时屡遭退稿的阿西莫夫对“退稿”产生了免疫。所以这一次他并不打算接受戈尔德的建议。

几天后，阿西莫夫将《永恒的终结》作为长篇小说，拿到另一家出版社，并将自己在这个故事上想要表达的观点如实告诉了出版社的编辑。“是金子总会发光的”，与戈尔德的看法不同，这家出版社看中了《永恒的终结》。编辑们甚至因为这部小说而达成了一种默契——“只要是在合理的范围内，就无须去挑阿西莫夫的毛病，所以一些错误的语法也会被故意保留下来。因为一旦改正了这些错误，阿西莫夫的许多小说就不再是‘阿西莫夫式’的了。”

读过《永恒的终结》后，你会发现，这部小说不光是科幻小说，它的背后有阿西莫夫对整个社会、整个时代，甚至是全人类的终极命运的思考。

小说的主人公安德鲁·哈伦生于95世纪，是永恒时空的时空技师。他的职责是通过时间旅行来实行“最小必要变革”守护500亿人类，以此帮助人类社会拥有一个更好的发展，消除人类的灾难和痛苦。安德鲁·哈伦15岁时被选中，经历了与家人的痛苦别离后就被带进了“永恒时空”。进入“永恒时空”之后，安德鲁·哈伦从时空新手到观测师，再到时空技师，一路走来非常顺利。然而，为了避免与一般时空住民的情感纠葛影响工作，“永恒时空”的人不可以结婚，不得生育。某天，安德鲁·哈伦在执行观测任务的时候，与同行者诺依擦出了爱的火花。为了保护诺依不受“时空变革”的影响，安德鲁·哈伦违规地将她带进了“永恒时空”中暂时躲避。然而，那时的安德鲁·哈伦并不知道，诺依其实是“隐藏时空”派来终结“永恒时空”的奸细。“永恒时空”打着保护全人类的旗号，一直在控制人类的行为。为了让人类把精力转移到核能科学上，也为了帮助人类早日实现驰骋星海，在银河系内广泛殖民的理想，“隐藏时空”决定彻底终结“永恒时空”。于是，诺依便潜入“永恒时空”，寻找终结“永恒时空”的机会。遇到安德鲁·哈伦后，诺依觉得他非常有趣，久而久之便爱上了他。然而，诺依与安德鲁·哈伦毕竟属于不同的时空，他们的关系也是对立的。

Day 2《永恒的终结》

人生走过的每一步都算数，唯有努力不会负你

坚信为全人类的利益而奋斗是自己的使命

每个永恒之人的生命都要经历四个阶段：从普通人到时空新手，到观测师，再到时空专家。在做观测师的第五个年头，安德鲁·哈伦被授予“高级观测师”的头衔，并被派往了482世纪。这是他第一次在不受监督的情况下工作，心情既激动又有些不自信。站在通向一般时空的入口，安德鲁·哈伦想起了旧日的时光。

那时的他，刚刚来到永恒时空，作为“时空新手”在学校里度过了10年的时光。安德鲁·哈伦从学校毕业后，就告别了时空新手的身份，在法律上得到了“永恒之人”的头衔，成了一名观测师。那时的他意气风发，坚信为全人类的

利益而奋斗是自己的使命。他铭记导师亚罗的教导：“观测师可是受人瞩目的职位，如果没有观测师的工作，计算师就没东西可以计算，生命规划师就没有人生可规划，社会学家也没有社会可以剖析；所有时空专家都成了无源之水、无根之木。”

在482世纪的观测任务是安德鲁·哈伦升为高级观测师后第一次独立且不受指导的任务，因此安德鲁·哈伦心中难免有些紧张。482世纪对安德鲁·哈伦来说是一个并不舒适的年代。因为“唯物主义”“享乐主义”“女性至上”“体外孕育”在482世纪盛行，从各方面来说，哈伦都觉得这种社会病态无比。所以安德鲁·哈伦早就想设计一次现实变革，让千百万只知道终日寻欢作乐的女人成为贤妻良母。时空变革要经过仔细的分析计算，而安德鲁·哈伦的任务是要不掺杂任何情绪地客观记录观测的数据，并撰写对482世纪的观测任务书。这对观测师安德鲁·哈伦来说并不是一件难事。他只要如实记录下482世纪的情况就可以了。

有时候，你越想结束与某件事、某个人的纠缠，就会被缠得更紧

做完第二份观测周报后，助理计算师芬吉找到了他。芬吉来自600世纪，有着突然就会爆发的坏脾气。他总是偷偷

注视着安德鲁·哈伦的一举一动，说不清是出于担忧还是忌妒。总之，芬吉的行为令自我保护欲很强的安德鲁·哈伦感到非常不舒服。所以从一开始，他就不认为能和芬吉相处融洽。

“你的报告很清晰，也很有条理，不过你的真实想法是什么？”芬吉面无表情地看着安德鲁·哈伦。芬吉与安德鲁·哈伦的对话更像是警察对犯人的审问。“这件事上，我没有任何个人想法。”安德鲁·哈伦不想多说，心里盼着能赶快结束与芬吉的对话。有时候，你越想结束与某件事、某个人的纠缠，就会被缠得更紧。“别逗了，你来自95世纪，谁都知道那意味着什么。482世纪肯定让你觉得不舒服。所以，请回答我的问题。”芬吉不依不饶，明显怀着敌意。“作为一名观测师，我必须检查所有相关现实。”安德鲁·哈伦说完后，便冷着脸离开了。

时间会让人成长，岁月会催人成熟

482世纪的观测任务结束后，安德鲁·哈伦便与芬吉没有了交集。直到成为时空技师的第二年，安德鲁·哈伦才又一次见到了芬吉。“时间会让人成长，岁月会催人成熟。”如今的安德鲁·哈伦佩戴着玫红色的时空技师肩章，周身散发着时空技师应有的权威感。再见到芬吉时，安德鲁·哈伦从心理上觉得芬吉缩小了一圈，觉得芬吉既可怜又落魄。

“你好，时空技师哈伦。”芬吉看着安德鲁·哈伦，露出“不敢让人等太久”的表情。“你好，计算师。”哈伦点点头。

芬吉皱皱眉，明显是被安德鲁·哈伦的气场压倒了。不过，他调整得很快。“一场危机在482世纪逐渐显露，我们需要精确的现实观测。因为您上次执行的观测任务非常完美，所以我们需要您再做一次。”时空技师接到低级的观测任务，对安德鲁·哈伦来说本是一场天赋的浪费，但芬吉既然得到授权安排了这次任务，他也不得不接受。芬吉言简意赅地介绍着细节，还未等安德鲁·哈伦缓过神来，他就已经讲完了。事实上，即便芬吉将细节介绍得再烦琐，安德鲁·哈伦也听不进去。因为他的心思早就被办公室里新来的女人拨乱了。女人穿着482世纪上流社会常见的衣服，上半身完全透明，下半身穿着轻薄的五分裤。她姿态优雅，令人过目不忘。

安德鲁·哈伦每每与她在走廊上擦身而过，都会有种私人领域被侵犯的感觉。他认为这一切都是这个女人造成的，所以在第三天观测结束后，他就去找了芬吉。“计算师芬吉，我建议诺依小姐应该返回一般时空。她的衣着过于裸露。这里是永恒时空，一个像她这样的人，完全不合时宜。”与其说安德鲁·哈伦见到诺依会莫名恼火，不如说他这是在用力按捺住对诺依的心动。对他来说，只要诺依不再出现，一切就会恢复平静。“她在此工作，我们有过精心的考量。她在本职工作中，发挥的作用必不可少。”芬吉说。

永恒时空的居民是不能和一般时空的居民有情感纠葛的，为了让永恒之人踏踏实实地工作，他们不能结婚，也不能生育。所以，在安德鲁·哈伦看来，芬吉这么明目张胆地将诺依留在办公室是在公然“挑战和侮辱完美永恒之人的道德准则”，安德鲁·哈伦气得说不出话。芬吉见状，得意地笑了笑，继续说道：“我已经向全时理事会报告过了，这次观测任务，你将和诺依一起完成。”安德鲁·哈伦简直不敢相信自己的耳朵，就因为诺依来自482世纪，所以只有和她一起执行观测任务，才能更好地研究那个世纪的生活习俗吗？安德鲁·哈伦怒火中烧，他知道一切可能是个圈套。

Day 3《永恒的终结》

一个跨越世纪的禁忌之爱背后，深藏着不为人知的秘密

任何可能会导致现实恶化的变革，都要事先进行“最近距离观测”才能进行

482世纪是贫富差距相对悬殊的世纪之一，根据社会学家对已知世纪人类社会的拆解，482世纪存在“有闲阶层”。这个阶层的人追求极致精美的生活方式。这就导致482世纪的社会底层有可能会因为财富天平的过度倾斜而饿死。所以，任何可能会导致现实恶化的变革，都要事先进行“最近距离观测”才能进行。作为观测师，安德鲁·哈伦必须要“不带预期地无意识观测”。因为只有不期待看到某种东西，才能避免先入为主地看世界。但是，这种“不带预期地无意识观测”做起来非常难，因为人类的判断很容易受到

第一印象的影响。而且实验心理学的研究也表明，“外界信息输入大脑时的顺序在决定认知效果的作用上是不容忽视的。最先输入的信息作用最大；最后输入的信息也起较大的作用”。安德鲁·哈伦之前观测482世纪时，就已经对其产生了初印象。这一次，想要不受这些因素的影响对于安德鲁·哈伦来说难度很大。

在482世纪的第一个晚上，安德鲁·哈伦躺在自动适应他身体轮廓的床罩上翻来覆去地睡不着。一想到芬吉那副奸计得逞的嘴脸，安德鲁·哈伦就气得发狂。第二天清晨，安德鲁·哈伦一睁开眼，就迎上了诺依关切的眸子。“洗澡水放好了，你的衣服也准备好了，我已经安排好了，今晚你就参加我们的聚会。”诺依说得轻松随意，安德鲁·哈伦却听得心烦意乱。他努力调整呼吸，告诉自己必须要控制住内心的躁动。他说：“我希望自己尽可能有时间独处。”诺依看着他的侧脸，没说什么便离开了。时间来到了傍晚，聚会上，安德鲁·哈伦拿出随身携带的分子录音机记录下了那天晚上的所有声音。分子录音机的一头连在翻译器上，另一头则通过力场，连在他唇边的话筒上。这样，他既不用担心听不懂482世纪的语言，也可以边听边记录下自己的所思所想。深夜，安德鲁·哈伦坐在房间里，继续边回听聚会的录音，边描述着自己的感受。聚精会神之际，诺依却突然出现了。“你怎么来了？”“你为什么一见到我就来气呢？”诺依反问道。“你在这儿，我没法工作。”安德鲁·哈伦暴躁地说。面对安德鲁·哈伦的无名火，诺依毫不在意。她将聚会上安德鲁·哈伦只喝了一口的薄荷味饮料递到安德鲁·哈伦的手上后，便一屁股坐在了沙发上。

永恒之人是不能有婚姻的。私自与女人交欢，在永恒时空是犯罪

微黄的灯光打在诺依裸露的肩颈上，形成柔和的弧线。安德鲁·哈伦错过头看别处，在肾上腺素的刺激下，手紧张到不知道该放在哪里。“你多大了？”诺依喃喃地问。安德鲁·哈伦感觉到诺依正在窥探他的隐私，也预感到他们之间将要有事发生。尽管他极力在控制自己，可还是回答了诺依的问题：“32岁。”“我比你小哦，我27岁。不过，你是长生不老的永恒之人呢。等我变成老女人，你还会是今天的样子吧。”诺依天真地问。“你在说什么啊？我们也会变老和死去，跟所有人一样。”那一刻，他觉得脑海中的眩晕在强烈地翻滚。“为什么永恒之人没有女性呢？让我也做永恒之人吧。”迷离间，安德鲁·哈伦看到诺依在一点点靠近自己。他想要克制自己，却毫无招架之力。他是个自我保护欲极强的人，可是，诺依每次说话都会贴他很近，这让他觉得非常不自在。“如果，我也能成为永恒之人。”在薄荷饮料

中酒精的催化下，安德鲁·哈伦有些醉了。回过神来时，诺依已经彻底突破了他们的安全距离。她紧贴着安德鲁·哈伦的脸颊在他耳边喃喃低语。安德鲁·哈伦把持不住，便一把将诺依抱在了怀里。

那一晚，他们有了肌肤之亲。但是，永恒之人是不能有婚姻的。私自与女人交欢在永恒时空是犯罪。尽管安德鲁·哈伦记得一切有关永恒时空的规章制度，可他还是让诺依变成了自己的一部分。

诺依在新的现实中根本不存在

看着熟睡在身旁的诺依，安德鲁·哈伦不敢合眼，因为他害怕美梦会破灭。甜蜜的日子总是过得很快，一个物理月的观测时长很快就要结束了。然而，在现实面前，安德鲁·哈伦却越来越焦虑。

在一个给定的现实进程中，四分之一个世纪的生活和经历造就了今天的诺依。在这过程中，一丁点的变革都会造就不一样的诺依。尽管按照时空变革的构想，诺依也应该会在某种程度上变得更好。但是，对于诺依未来的变化，安德鲁·哈伦还是非常不安。于是，他完成了观测任务书中规定的任务后，就不顾诺依的挽留匆匆回到了永恒时空。因为他必须要查到变革的细节，然后计算出变革对诺依产生的影响到底有多大。在生命规划师的办公室里，安德鲁·哈伦焦急地等待着生命规划师的计算结果。终于，经历了漫长的等待后，加法计算器停止了运作。“结果出来了，生命规划师。”安德鲁·哈伦激动得跳了起来。“没错，是出来了。”生命规划师阴沉着脸，冷静且平淡地说，“诺依在新的现实中根本不存在。事实上，即便是在变革之前的旧现实，我也看不出她有什么存在的理由。”

Day 4《永恒的终结》

他为了爱情
而质疑整个世界

当你爱一个人时，眼神是藏不住的

安德鲁·哈伦得知诺依将在新现实中不存在的结果后内心一度撕扯、崩溃。但在外人面前，他却不能表露出真实的情感。告别了生命规划师和社会学家后，安德鲁·哈伦失魂落魄地回到火柴盒般的方正房间。这是他与诺依分开后，第一次独处机会。然而，没安静多久，芬吉就不请自来了。

“观测报告不太完善，我能去你房间面谈吗？”芬吉的脸出现在了屏幕上。安德鲁·哈伦迟疑了一下，“不能”两个字刚到嘴边就被他咽了回去。虽然安德鲁·哈伦最不想见的人就是芬吉。因为在他看来，自己会和诺依做出愧疚不已的荒唐事完全是因为芬吉。但是这次任务芬吉毕竟是领导，他没理由拒绝。“非常欢迎，计算师。”安德鲁·哈伦笑着应了下来，尽量保持着面部的舒展。安德鲁·哈伦一边心念着“镇静”，一边问：“哪部分不完善，先生？”芬吉抬眼看着他，旋即露出一丝瘆人的微笑：“是不是还有一些事，你在报告里没提？”安德鲁·哈伦心头一颤，不假思索地矢口否认。“说吧，你和诺依两个人的私人互动，报告书里并没有提到。”芬吉用犀利的眼神盯着安德鲁·哈伦，看到他眼神中的张皇，芬吉的嘴角微微向上扬，等待安德鲁·哈伦接招。作为观测师，安德鲁·哈伦在观测任务执行期间，不能有自我的意识。因为他要保证观测的客观性，这样才能在观测结束后，如实汇报所见的一切。诺依从前是芬吉的秘书，安德鲁·哈伦知道芬吉一直在打诺依的主意。想到这，安德鲁·哈伦有些得意。出于炫耀，他决定充满爱意地讲述与诺依发生的一切。当你爱一个人时，眼神是藏不住的。

只要跟永恒之人发生肌肤之亲，就可以让一个凡人女性获得永生

讲到与诺依那晚的长谈时，安德鲁·哈伦明显变得支吾了起来。“好了，够了。”正当安德鲁·哈伦掂量着哪些该说，哪些不该说时，芬吉举起手打断了他，“不用再往下说了，我不想听你和诺依相拥在一起做龌龊事的全部细节。”

尽管在诺依之前，安德鲁·哈伦确实从未有过其他女人，但芬吉的语气下流且随意，还是伤害到了他作为男人的尊严。安德鲁·哈伦非常生气，而当他冷静下来，重新将一切串在一起时，他却笑了。因为他夺走了芬吉觊觎许久的诺依，所以才会招来芬吉的嫉妒。

于是，安德鲁·哈伦决定乘胜追击："我希望能获得准许，可以与一名一般时空住民建立暂时交欢关系。"一般情况下，时空技师是不会向计算师提出这种申请的，安德鲁·哈伦这么做完全是为了激怒芬吉。但芬吉却什么都没有做，反倒显得异常冷静："我跟你说过482世纪的问题，在当前现实里，一般时空居民中有一部分人，对永恒时空抱有不切实际的幻想。"

"是的，我记得。"安德鲁·哈伦毫不在意，仍然沉浸在赢得诺依的胜利里。芬吉冷冷地瞥了他一眼："那就让我再说得清楚一点，在这个世纪的上流社会流传着一种观念，认为永恒之人就是永生的。所以，大部分女人都会相信，只要跟永恒之人发生肌肤之亲，就可以让一个凡人女性获得永生。""你说什么？"安德鲁·哈伦眼神空洞地看着芬吉，似乎想要说些什么，却发现任何解释都显得苍白。因为诺依确实说过，她想要成为永恒之人。他与诺依的爱，不过是一场华丽短暂的梦，梦醒后等待他的终究是残酷且漫长的现实。安德鲁·哈伦无论如何也不愿相信，他挣扎着说："你说她出卖自己的身体，是为了测试自己是否可以成为永恒之人？”突然，安德鲁·哈伦向芬吉冲了过去，想把芬吉掐死。幸好哈伦还有一丝理性，芬吉才没被掐死。

他在爱情面前已经完全失去了理智

芬吉明知道诺依的诉求是想要成为永恒之人，却还要故意安排诺依和安德鲁·哈伦单独相处。如今，芬吉看到安德鲁·哈伦成功了，非常生气，所以才会戳破一切，令安德鲁·哈伦难堪。然而，面对诺依，安德鲁·哈伦征服了她，而芬吉却失败了。所以出于嫉妒，芬吉确实会对安德鲁·哈伦这种强过自己的人表示不服、不悦和仇视。

加之芬吉是个非常有野心的人，根据安德鲁·哈伦的领导忒塞尔所说，芬吉一直想进全时理事会，但是忒塞尔认为芬吉的性格不合适，所以拒绝了他的申请。为此，芬吉对忒塞尔怀恨在心，便一直在找机会拉忒塞尔下马。当芬吉得知安德鲁·哈伦是忒塞尔提拔且看重的人时，他便开始设局。只要坐实了忒塞尔的私人技师安德鲁·哈伦犯下了危害永恒时空的罪行，芬吉就可以顺势打击忒塞尔，并逼他从全时理事会辞职了。然而，安德鲁·哈伦太爱诺依了。不用芬吉做局，他在爱情面前就已经完全失去了理智。被芬吉激怒后，安德鲁·哈伦决定不再乖乖做个顺从的时空技师。

Day 5《永恒的终结》

爱让人敏感，
也让人勇敢

因为我喜欢你，同时我也看出了你对我的渴望

作为永恒时空的时空技师，安德鲁·哈伦私自将一般时空的住民带入永恒时空，其实已经是重罪。可是，他还是将诺依带进了永恒时空。诺依跟在安德鲁·哈伦身后，走进了时空壶。安德鲁·哈伦用手肘推着操纵杆，力求把速度推到最高。眼看着时空计数器上的数字不断地滚动，安德鲁·哈伦又转到了一般时空居民想要成为永恒之人的话题上。

“一般时空的居民，如果想成为永恒之人，会采取什么做法？”诺依的脸上突然泛起了红晕，她故作镇定地反问：“为什么要这么问？”安德鲁·哈伦很在意诺依的答案，但也不想绕来绕去，便直截了当地问：“那晚，你为什么要和

我发生肌肤之亲？”安德鲁·哈伦虽然很怕听到诺依的答案，却还是控制不住地想要去确认。“因为我喜欢你，同时我也看出了你对我的渴望。”诺依深情地望着他。

时间计数器来到了111 394世纪，这是永恒之人没有涉足过的分区。这里空气清新，基础设施一应俱全。他们在这里停了下来，因为诺依脸色苍白地说：“我不想走更远了，数字已经很高很高了。”安德鲁·哈伦点点头，旋即牵起诺依的手，走出了时空壶。“我要永远待在这里吗？那可是相当孤独啊。”诺依扫视四周后，微微蹙眉道。“不会的，别担心。我会照顾你的。我会提出申请，与你建立正式交欢关系，然后去调查你在新现实中的模样，确保你不会受到变革的影响。”

人天生喜欢冒险，越是禁止的东西，越是想要得到，心理学将其称为“禁果效应”。永恒时空越是禁止永恒之人将一般时空的居民带进来，安德鲁·哈伦就越是想要打破这个限制。安德鲁·哈伦也是一样，遇到诺依后他一直在挑战永恒时空的底线。在永恒时空的戒律中有这样一条：如果一个人分两次切入一般时空的同一现实，他就有可能会遇到自己，所以，一定要避免。安德鲁·哈伦一点不想和过去或未来的自己相遇，但他还是频繁回到482世纪取诺依生活所需的必需品。因为他既想要在心爱的女人面前大出风头，又非常享受这种虎口脱险的游戏，所以才会心存侥幸。

前五次行动中，只有一次安德鲁·哈伦在房间里听到了“砰”的一声。由于只见声音没见人，他并没有特别在意。然而，在最后一次行动时，奇怪的声响又来了。这一次，他听到了男人的笑声。安德鲁·哈伦打开门，探头往隔壁房间看。当他认出那个男人的侧脸时，瞬间吓得魂飞魄散。因为，那个男人就是几天前的自己。在接下来的日子里，安德鲁·哈伦始终活在那天的恐惧中。482世纪的变革已经开始了，而他却不敢继续调查新现实中诺依的身份。直到芬吉的威胁再次激发了他迎战心理恐惧的决心。

那一刻，安德鲁·哈伦感受到了被窥探的冒犯

忒塞尔告诉安德鲁·哈伦，芬吉向他汇报了一些事情。为此，他希望能和安德鲁·哈伦聊一聊。安德鲁·哈伦心虚，断定芬吉向忒塞尔汇报了诺依的事。于是，他决定不再等待，即刻向全时理事会提出要与诺依交欢的申请。一切准备就绪后，安德鲁·哈伦登上时空壶准备将这个好消息告诉诺依。然而，时空壶却突然在100 000世纪时停住了。

为什么会这样？安德鲁·哈伦脑子很乱，他很担心诺依是否平安。对他来说，诺依不光是爱人，还是倾谈的对象。安德鲁·哈伦好不容易找到了可以聊人生、谈想法的人，他真的不想再回到从前那种孤独的时光。于是，他决定去找芬

吉。“你到底想干什么？”芬吉不安地抖了一下，他见安德鲁·哈伦神情不对，担心他会对自己做出过激的事。

“时空壶中，100 000世纪的位置上有通行障碍，我希望你把障碍挪开。”“时空壶里有障碍？”芬吉惊讶地问。“别装得这么惊讶，昨天你联系了忒塞尔，今天时空壶里就设置了障碍。你们究竟做了什么？又说了什么？”芬吉的脸上露出一丝恐惧，却还是不顾安危地说了实话：“我一开始就不认为你是个合格的永恒之人，诺依不过是我用来测试你的工具。你和诺依在时空壶里做的那些事，我全部都知道。”那一刻，安德鲁·哈伦感受到了被窥探的冒犯。“去找全时理事会吧，我已经向他们汇报过了。”芬吉嘴角上扬，露出了大获全胜般的狂喜。

安德鲁·哈伦满脑子都是该如何救诺依，他根本不想与芬吉纠缠，因此便压住怒火，转身离开了。回到575世纪后，安德鲁·哈伦直奔忒塞尔的门前。然而，任凭他如何粗暴地狂按门铃，都没有人来开门。安德鲁·哈伦不敢再往下想，只能回到房间干等。第二天一早，安德鲁·哈伦还没睡醒，就被门铃吵醒了。打开门后才得知，全时理事会小组会议邀请了他。

Day 6《永恒的终结》

他的想象力
没有边界

如果没有马兰松在24世纪发明时间力场，永恒时空就不会存在

忒塞尔身边坐了5个高级计算师，每个人的资历都在35年以上。安德鲁·哈伦坐在他们对面，却丝毫没有见到前辈的感动。他想，这些人应该不知道，自己已经了解了诺依在他们手上。所以，为了能有效地利用好这点优势，安德鲁·哈伦必须要让对方先挑起战事。安德鲁·哈伦暗想，自己绝不能因为芬吉的话就自乱阵脚。然而令安德鲁·哈伦一头雾水的是，本以为是“午餐审判会”，整个午餐会却气氛融洽，而且全程没有人提过诺依。

结束后，安德鲁·哈伦试探性地问忒塞尔：“那个482世纪的姑娘？”

“她很安全，没人找她麻烦。”忒塞尔不假思索地脱口而出。

那一刻，安德鲁·哈伦忽然觉得忒塞尔很虚伪。尽管如此，安德鲁·哈伦也必须要保持镇定，因为他要找到一个可以威胁忒塞尔乃至全时理事会的理由，以此为交换才能保诺依平安——“有个名叫维科·马兰松的人，生活在24世纪。因为他发明了时间力场，才有了日后的永恒时空。然而事实上，时间力场所需的数学理论基础‘列斐伏尔方程’是在27世纪时被发现的。所以，马兰松是不可能在24世纪发现时空力场的。”

忒塞尔指间的烟头掉落到了地上，说道：“在新手期，这些课程你都学过。”

善于观察的安德鲁·哈伦看出了忒塞尔的微表情与微动作，便继续说道：“如果没有马兰松在24世纪发明时间力场，永恒时空就不会存在。而这个时候，一位叫库珀的新手却被破格提拔成了永恒之人。你教他数学，我教他原始时代的社会学知识，就是为了把他送回24世纪，让他把列斐伏尔方程教给马兰松，对不对？”

忒塞尔脸色一沉，说道：“你说得没错，不过有一点，你说错了。库珀就是马兰松本人。”

临终前，库珀望着太平洋上的落日，终于发现原来自己就是马兰松本人

安德鲁·哈伦难以置信地看着忒塞尔，一阵迷惑后，他的大脑恢复了原有的清晰。根据忒塞尔的解释，安德鲁·哈伦将一切串在了一起：马兰松死后留下一本《回忆录》，这里面记述了一个名为库珀的人。库珀生于78世纪，在23岁时，成了时空新手。进入永恒时空后，库珀在忒塞尔的手下学习数学知识，安德鲁·哈伦则教他原始时代的社会学知识。

后来，库珀被送回24世纪，向马兰松传授特定的技术。然而，突然有一天，马兰松却掉进山沟里摔死了。库珀很懊恼，于是决定以马兰松之名，建造一个时间力场。临终前，库珀望着太平洋上的落日，终于发现原来自己就是马兰松本人。为了记录这段故事，库珀写了一本《回忆录》。这本《回忆录》一直被视为永恒时空的高级机密。安德鲁·哈伦聚精会神地听着，“这么说，你早就知道自己将会做什么了。”忒塞尔叹了口气，“我们一直精心地关照着库珀的成长，确保他不会学到《回忆录》中没有提到的知识。”“如果我少教库珀一些重要的知识，这条因果链是不是就会被打破？”安德鲁·哈伦问。忒塞尔没有回答，他当然知道安德

鲁·哈伦是这条因果链的关键人物。于是，他向一个巨大的球体房间走去。安德鲁·哈伦跟在忒塞尔的身后，走进了这个球体房间。房间里的一切令安德鲁·哈伦无比震撼。然而，当安德鲁·哈伦回过神来时，就有些慌了，因为忒塞尔将他反锁在了房间里。

根据《回忆录》的记载，库珀在前往24世纪之前，曾看到安德鲁·哈伦在控制室里操作操纵杆。为了确保上面的记载重现，也为了避免安德鲁·哈伦不会和库珀乱说，他必须要锁在里面2个小时，直到库珀离开。

人类的无限时空，就此开启

两个小时后，库珀被送上时空壶。到达之后，库珀首先要利用力场挖掘机，在山洞里挖一个洞，为自己建立一个隐藏点，然后再利用无线信号接收设备，慢慢适应那个时代的语言。两年后，库珀再去找马兰松，与他成为朋友并教授他必要的知识。“如果我没有出现在正确的地点怎么办？我还能回到永恒时空吗？”库珀明显有些不安。“不会有差错的。”忒塞尔说得斩钉截铁。

然而过于有把握的事，总是会遇到些意外。一想到诺依被忒塞尔扣押了起来，安德鲁·哈伦就非常气愤。于是他破坏了操纵杆，强行改变设定，想要借此阻止时空壶的启动，打破因果链的形成。“计划失败了，因果链没有完成。”安德鲁·哈伦走出控制室，冷冷地说。为了消除安德鲁·哈伦的怀疑，让他安心去原始时代找回库珀，然后再把他送去正确的地点。忒塞尔思来想去，决定先陪他一起去111 394世纪寻找诺依。然而这一次，100 000世纪的障碍物，却消失不见了。到达111 394世纪后，安德鲁·哈伦顾不上忒塞尔，他跑出时空壶，在黑暗中用力呼喊着“诺依”，直到诺依安然无恙地冲到自己怀里，才终于安下心来。找到诺依后，他们便乘坐时空壶，前往原始时代寻找库珀。只要能在库珀抵达时截住他，因果链就不会被打破，永恒时空也不会就此消失。然而，冷静下来后，100 000世纪的障碍物便成了安德鲁·哈伦的困惑。“为什么在100 000世纪会存在障碍物？而诺依又没有受到伤害，它能有什么作用呢？”有什么事情是因为障碍物的出现而引发；如果障碍物不存在，这件事就不会发生呢？答案就是：正因为时空障碍的存在，哈伦才会回到下时，去要挟永恒时空，把诺依换回来，不惜一切与永恒时空同归于尽。安德鲁·哈伦意识到，这一切都是安排好的，包括他与诺依的相遇，一切都是人为的。而安排这一切的，正是隐藏世纪的人。在安德鲁·哈伦和诺依第一次在一起的时候，他们就把库珀的意义放进哈伦的脑海里，然后操纵哈伦的行动。

诺依，就是隐藏世纪派来的奸细；诺依惊恐地看着他，装作听不懂的样子说道："你在说什么啊，安德鲁？""别再装了，障碍物就是为了激怒我，让我为了救你，与永恒时空对着干。"安德鲁·哈伦一边说，一边举起枪，抵在诺依额头。诺依笑了笑，决定不再隐瞒——彻底终结永恒时空，是诺依这次的目的。因为永恒时空的存在，人类无法自主选择未来，更无法把精力转移到核能科学上，而这一切将大大放慢人类征服银河系的进程。"永恒时空必须存在"，虽然诺依理由充分，安德鲁·哈伦也确实认为永恒时空的阶级制度、尔虞我诈、随意干涉不利于人类的进一步发展，但他还是绝望地坚持要守护永恒时空。因为无根感让他觉得孤独。诺依看出了安德鲁·哈伦眼神中的迷茫，并试图用爱的力量唤醒他，"地球并非永恒不变的，它只是人类文明无限冒险历程的一个出发点。永恒时空会消失，我的故乡世纪也会消失。但我们会幸存下来，在这里安家落户，繁衍子孙，而人类的足迹也会踏遍星海"。

听到这，安德鲁·哈伦暗淡的眼神逐渐有了光亮，他转身看着诺依。浑然不知此时的时空壶正在消失。天色大亮，永恒时空终结，安德鲁·哈伦也终于不再是一束孤影。人类的无限时空，就此开启。

Day 7 《永恒的终结》

“神一样的人”，探讨了人类的终极命运

人道主义强调人与人间的相互平等、尊重，不得歧视种族、性别、宗教信仰

细读阿西莫夫的《永恒的终结》，你会发现故事的内核不是科幻，而是通过科幻故事对自由、生命、爱情、尊严等人道主义主题的演绎。在小说中，“永恒时空”是27世纪人类掌握了时间旅行技术后成立的组织，它的主要任务是守护人类社会的发展。他们一旦发现人类社会会发生灾难，就会根据分析计算做出微调，通过纠正过去发生的错误将灾难提前扼杀掉。

表面上看，永恒之人是灾难的“清道夫”，永恒时空是人类的“护城河”，实际上，他们却剥夺了人类主动选择未

来的权利，将人类圈禁在自己打造的舒适牢笼里，使人们停止“进化”。这种约束人的行为实则是在压制人类的自由。在科幻的外套下，小说处处体现了对人道主义的关注。人道主义强调人与人间的相互平等、尊重，不得歧视种族、性别、宗教信仰。这在诺依问安德鲁·哈伦“为什么永恒之人没有女性”时也得到了体现。诺依所在的482世纪是一个女性至上的社会，可是这样的社会却令安德鲁·哈伦觉得污浊、混乱。阿西莫夫在这里想要表达的是对男女不平等社会的讽刺。或许，这也是作者想对永恒时空实施终结的真正原因。在人道主义内核的包裹下，阿西莫夫所写的小说不只是光怪陆离、虚无缥缈的异想，他擅长实操层面的科研工作，对伪科学也深恶痛绝。所以，这部小说是基于物理学、化学、生物学、天文学、心理学等科学理论，通过合理的逻辑思考，对未来世界和宇宙的描述。通过人道主义和理性主义，将人类社会的种种状况表现在《永恒的终结》这部小说中，不仅寄托了阿西莫夫的美好愿望，同时也对人类社会的进程提出了自己的思考。

我们终究是要在艰难的变化中成长的

从11岁写作开始，阿西莫夫“一直梦想着自己能在工作中死去，脸埋在键盘上，鼻子夹在打字键中”。尽管他在写作的路上也数次碰壁，经历被退稿、被否定的过程，但艾萨克·阿西莫夫始终相信，任何事物都需要无限的时间去推动成长，只要不失活力地勇敢成长，终有一天会有所收获。

在《永恒的终结》这部小说中，艾萨克·阿西莫夫同样将这份心情投射到了主人公的身上。在永恒时空中，有着森严的等级制度，从时空新手到时空技师，安德鲁·哈伦经历的不光是技术层面的考验，更有心灵上的冲击。作为观测师，初次面对芬吉这个怪老头时，他的心情是怯懦的。因为对能力不足的恐惧，他甚至不敢主动问起自己的观测报告得到了全时理事会怎样的评价。安德鲁·哈伦并不喜欢芬吉，他对自己的严苛、盘问、试探，甚至让安德鲁·哈伦感到不适。而这份不适，恰好也成了激励安德鲁·哈伦前进的动力。经过了两个物理年的努力后，安德鲁·哈伦荣升为时空技师。再次回到482世纪与芬吉碰面时，安德鲁·哈伦没有了初入职场时的胆怯，他从心理上觉得芬吉比之前缩小了一圈。

顺境无法使人成长，只有在逆境中，人才会想要触底反弹，才会真正地得到成长。作者在小说中提到的“永恒时空”，也再一次表达了“艰难催人成长”的道理。表面上看，永恒时空是捍卫人类幸福的存在，实际上它却是一个安逸的牢笼，因为它剥夺了人类犯错的权利，更没有给人类成长的空间。在小说中，作者借由诺依的嘴说出这样一段话：

"如果永恒时空从来没有建立，人类会把投入在时空工程学上的精力投入到核能开发上。人类抵达其他星系的时间，会比当前现实早一百万个世纪。人类也会把自己的火种撒遍整个银河。"阿西莫夫想要告诉我们：我们终究是要在艰难的变化中成长的，如果你拒绝变化、拒绝伤痛，也就等于拒绝了与美好相遇的机会。

真正的爱情能够鼓舞人，唤醒他内心沉睡着的力量和潜藏着的才能

在具有人文关怀的小说中，"爱"是永恒不变的主题。关注人性的艾萨克·阿西莫夫在《永恒的终结》中亦通过"爱"的力量战胜了人心中的恐惧与彷徨。安德鲁·哈伦与诺依的相恋，一开始就充满了冲突。因为他们分属不同的时空，而后者的时空任务又是要终结前者的时空。然而，这段注定会悲剧的相遇却因为爱而有了温暖的结局。

诺依的真实身份被拆穿后，安德鲁·哈伦用枪对准她的额头，却舍不得扣扳机。诺依告诉他，人类之所以会在150 000世纪之后不复存在，是因为永恒时空限制了人类的进步和发展。尽管安德鲁·哈伦早已对永恒时空的乱象心存不满，但他从来都不敢直面这些问题，更从未真正想过要彻底毁掉它。这并不是出于对永恒时空的热爱，而是因为他不知

道毁掉永恒时空后自己将何去何从。而诺依的出现恰好弥补了安德鲁·哈伦内心的孤独，也给了他巨大的勇气，让他不再对未来充满恐惧，亦敢于直面永恒时空的乱象。时空壶消失后，诺依也缓缓钻进了安德鲁·哈伦的臂弯。那一刻，安德鲁·哈伦知道，未来不管是在哪个世纪，自己都不再是孤独的一个人了。

爱情能给人勇气，所有的不安、怯懦，也终究会被爱情化解。正如薄伽丘所说："真正的爱情能够鼓舞人，唤醒他内心沉睡着的力量和潜藏着的才能。"

《查令十字街 84 号》

这是一本爱书人的圣经

[美] 海莲 · 汉芙

我相信，爱读书的人是会发光的一群人，是最可爱的一群人，是传播文明的一群人，是建立秩序的一群人。他们是让世界充满爱、让世界变得更加美好的一群人。

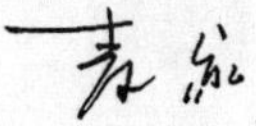

那时候，写信和读书
都是一件幸福的事情
“爱书人的《圣经》”
50 年来引起了无数爱书人的共鸣

扫码收听本书音频

MAI JIA
READING
WITH YOU

Day 1 《查令十字街84号》

人与人之间的互相照亮

全球爱书人士之间的一个暗号

《查令十字街84号》由美国女作家海莲·汉芙在1970年汇总出版。之所以说“汇总”，是因为本书通篇都是信件，记录了海莲·汉芙和位于伦敦查令十字街84号的马克斯与科恩书店经理弗兰克·德尔之间跨越了20多年的传奇“书缘”。此书一经问世，便迅速被爱书人士奉为经典。在此后的数年中，它被译成数十种文字流传，广播、舞台和银幕也都钟情于它。渐渐地，《查令十字街84号》成了全球爱书人士之间的一个暗号。每年都有世界各地的书迷到伦敦查令十字街朝圣。

这本书也因此有了一个浪漫至极的名字——“爱书人的

圣经”。1916年4月，海莲·汉芙出生于美国费城，长大后海莲·汉芙成了一名为电视剧、舞台剧撰写剧目和修改剧本的自由撰稿人。她在经济大萧条时期的美国长大，父亲原本是位民谣说唱艺人，因生活所迫靠制衣维持生计。虽生活贫寒，夫妇俩仍经常带着女儿去戏剧院，这让海莲早早感受到了艺术与文字的魅力。十九岁时，海莲·汉芙进入费城大学学习英文。但因家境贫困，无法负担完整的大学教育，她在一年后辍学，并开始了四处求职谋生的日子。为了丰富自身经历，她在纽约市立图书馆刻苦自学。这一过程中，英国牛津大学教授阿瑟·奎勒·库奇爵士的两卷英国文学演讲使她受益良多。打工间隙，海莲·汉芙会利用空闲时间在家自学这些英国文学演讲，并于1985年出版了传记《Q的传奇》，以此纪念这位Q先生对自己的深远影响。通过努力，海莲·汉芙成了年度剧作家比赛的两名获胜者之一，这促使她搬到纽约，开始接受戏剧协会的写作艺术训练。20世纪50年代，她开始涉足电视行业，并为几家早期的电视节目公司写剧本。遗憾的是，她的剧本没有一部登上过舞台。她后来不无遗憾地表示，她可以创造人物，可以描写他们之间的对话，却始终写不出像样的情节。

海莲·汉芙住在纽约一幢白蚁丛生、摇摇欲坠、白天不供暖的老公寓里，虽然生活穷困潦倒，但她仍然喜爱读书，尤其热爱英国文学。美国书价昂贵，且市场上的畅销书大多枯燥乏味，海莲思来想去，将目光转向了英伦三岛。1949年，在阅读了《星期六文学评论》上的广告后，她选中了位于查令十字街84号的马克斯与科恩书店。没想到第一次订货便收获了超出预期的服务。海莲·汉芙为这些书籍倾倒，此后，她与这家书店保持了二十年的通信联系。

二十载悠悠岁月见证了数百封信件的穿梭

查令十字街，单从字面上看，会让人以为是一个十字路口，其实不然。13世纪末，英国国王爱德华一世为了悼念亡妻埃莉诺王后，在其出殡的沿途架筑了十二座石头做的十字架。1865年，建筑师爱德华仿制了其中一座十字架，将其矗立在英格兰东南区铁路终站前广场。因十字架的缘故，车站名称也逐渐演变为后来的“查令十字车站”。因为交通便捷，网点聚集，这里逐渐成为近代伦敦的发展中枢。以查令十字车站为端点向北延伸出的街道，也自然而然地成了“查令十字街”。而这本书的灵魂——马克斯与科恩书店便坐落于查令十字街84号。书店的主管弗兰克·德尔先生便是海莲·汉芙此后二十年通信的对象。二十载悠悠岁月见证了数百封信件的穿梭，但他们始终未曾相见。

1968年，弗兰克·德尔先生逝世，海莲·汉芙不忍心让这些珍贵的书信永远沉寂在书桌抽屉，在征得弗兰克家人的同意后，她将书信汇总发表在《查令十字街84号》一书中。1975年，英国广播公司（BBC）将《查令十字街84号》第一次拍成了电影；1981年，它被英国戏剧界改编成了舞台剧，在伦敦西区和百老汇首演，海莲·汉芙再次访问英国，在伦敦观看了全球首映式；1987年，电影制片人梅尔·布鲁克斯为他的妻子购买了这本书的版权，再一次将它改编成了电影。这版电影成就斐然，海莲·汉芙受邀参加了电影的皇家晚会表演，会见了英国皇室成员——伊丽莎白女王的母亲，以及查尔斯王子和戴安娜王妃。

《查令十字街84号》问世以来，来自世界各地的粉丝不断地通过邮件和电话联系海莲，她也尽力地回复着每一个人。在一次去英国的旅行后，海莲患上了肺炎和糖尿病。最终，海莲·汉芙于1997年4月去世，她终身未嫁。

感动于这悠悠岁月中珍贵的情谊与无尽的遗憾

纵观海莲·汉芙81年的人生，虽然在绝大多数时间里过得穷困潦倒，却仍爱书如命，将所收藏来的书籍视为珍宝。

海莲·汉芙也是一名典型的美国姑娘，出生于四月的她拥有着白羊座的典型属性，性格里充满了莽撞如火的热情元素。在通信之初，当她偶然从邻居那里得知，因为战后经济困难，物资短缺，英国民众们的吃穿用度都是限量供应。她没有想着去考证真实性，而是直接寄了一块六磅重的火腿去伦敦。尽管对此刻的海莲来说，海峡那边的那家书店还相当地陌生。但她选择释放自己的善意，只是为了那一丝“能帮到他们”的希望。

当一遍遍翻阅这本书时，读者总会感动于这悠悠岁月中珍贵的情谊与无尽的遗憾。电影《查令十字街84号》为书中未完结的故事画上了令人唏嘘的句号：年迈的海莲·汉芙终于站在魂牵梦萦的书店前，面对人去楼空、物是人非的书店，只能凭想象来复刻那些散发着古朴香气的橡木书架、琳琅满目的书籍，还有弗兰克先生温柔的微笑。但这些，都不在了……

Day 2 《查令十字街84号》

因书结缘，
找到灵魂契合的人

一段长达二十年的书缘、情缘，就这样展开了

1949年10月5日，三十三岁的海莲·汉芙窝在沙发中，屋外的楼梯噔噔噔地响了几声——她的邻居们陆陆续续出门了。作为一名自由撰稿人，只有海莲·汉芙会白天留在公寓里。整栋楼的其他住户都会在早上九点出门，不到晚上六点不会回来。冬天的时候，这个老公寓在白天总是不供应暖气，因为房东认为他犯不着为了海莲·汉芙——一个窝在家里摇笔杆子的小作家，而整天把暖气开着。

海莲·汉芙翻看着新到的《星期六文学评论》——这是一本创办于1924年的文艺周刊。渐渐地，她的目光被上面刊

登的一篇书店广告吸引了。广告上讲，这家位于英国查令十字街84号的“马克斯与科恩书店”是一家“古书商店”，专门销售绝版书与二手书。

海莲·汉芙嗜好读书，对书籍的选购也有着严格的标准。她嫌纽约这个城市没有独特的气质，市面上流通的书籍，按她的话说就是“巴诺书店里头那些被小鬼们涂得乱七八糟的邋遢书”。她盯着这则广告，想起自己一直想读的哈兹里特的散文、斯蒂文森的作品集等，不由自主地心动了。在纽约，这些书要么是价格奇高的孤本，要么是被涂得乱七八糟的脏书。既然在纽约买不到想要的书，那干吗不去英国碰碰运气呢？左思右想后，她提笔写下了第一封发往马克斯与科恩书店的信。环顾自己所在的老旧公寓，海莲在信中的措辞相当严谨：

我只是一名对书籍有着古老胃口的穷作家，随信附上一份清单，如果贵店有符合该书单所列的书，而每本又不高于五美元的话，可否将这封信视为订购单，将书一并寄回给我？

落款是稍显俏皮的“海莲·汉芙（小姐）”。此时的海莲·汉芙一定不会想到，一段长达二十年的书缘、情缘，就这样展开了。

捧着这些精美的英国书籍，海莲·汉芙的内心无比满足

二十天之后，海莲·汉芙收到了书店的回信。这是一封典型的英国来信——极其绅士，也十分古板。刚看完开头，海莲的内心就犯起了嘀咕，因为回信人竟称呼她为“敬爱的夫人”。但信件中的内容和随信而来的书籍却给了海莲极大的惊喜。除了颇不易见的利·亨特散文和拉丁文圣经没有找到，回信人寄来的其他书籍基本上满足了海莲·汉芙的所有要求。贴心周到的回信人还提供了目前可供选择的书籍版本，并承诺会留意是否能找到收罗齐全且装帧精良的版本，届时再为海莲·汉芙寄上，落款“马克斯与科恩书店　FPD敬上”。

看惯了那些用惨白纸张和硬纸板大量印刷的美国书，捧着这些精美的英国书籍，海莲·汉芙的内心无比满足。她看着一直以来充当书架的水果箱子，又看着这些有着精致皮装封面和米黄色厚实内页的书，根本不忍心将它们放进去。海莲对这些书爱不释手，想立即把FPD先生提到的那本可供选择的圣经买下来。可是她很快发现，书店寄来的账单是“英镑”，这可难住了我们的美国姑娘。无奈之下，海莲求助了她的邻居凯特，凯特的男朋友顺利帮她把账单换算成了美

元。在写第二封信时，海莲想起那句“敬爱的夫人”，虽然知道这是英伦特有的礼貌腔调，可爱的海莲还是决定逗一逗他：“你们可否行行好？下次先将书价换算成美金，不要难为我这个简单的加减乘除都一塌糊涂的人了。还有，我希望在你们那边，‘夫人’的意思和我们这边是两码事。”果然，在一周后的回信中，FPD先生乖乖地把称呼改成了“敬爱的汉芙小姐”。但这次的两本《新约全书》却没能让海莲满意，她索性连称呼都没加，直接甩了一封信去吐槽这本翻译得乱七八糟的圣经。“哼！去他的！是哪个家伙出馊主意把拉丁文译成这副德行？我手边还有一本从老师那儿借来的圣经，暂且不还他了，等你们找到一本卖给我再说。”

开始倾注自己的情感，信开始有了温度

互通信件两个月后，海莲·汉芙察觉到从头到尾都是同一个人在为她服务——FPD先生。所以，从那一刻开始，海莲·汉芙倾注了自己的情感，信开始有了温度。当信件被灌注了心血，它便有了生命。它不再是一封简单的订购信了，而开始成为两人沟通的桥梁。另一方面，作为生于四月的美国姑娘，海莲·汉芙当真是把白羊座热情善良的属性发挥得淋漓尽致。邻居女孩的英国男友告诉她，因为刚经历了大战，英国物资短缺，民众的生活都仰赖配给和黑市。听到这

些，海莲·汉芙简直吓坏了，她无法想象信件那头的书店员工们正过着什么样的日子。她当即选择了一家可以专门代人送补给物资到英国的公司，毫不犹豫地寄了一条六磅重的火腿过去。要知道，此时的海莲还不知道与她通信的FPD先生的真实姓名，不知道这家书店究竟是什么样子，更不知道他们是否真的需要帮助。

Day 3《查令十字街84号》

爱有回音——因为信任与默契

当释放的善意被对方细心呵护并予以反馈时，我们也更加深刻地领悟到“爱有回音”这几个字的分量

在包裹寄出去仅仅十天后，海莲·汉芙就收到了书店的加急回信。这一次，海莲终于知道了长久以来和她通信的FPD先生的真名——弗兰克·德尔。这份跨越海峡的圣诞礼物让书店员工们深感震撼，要知道，他们已经许久未曾看到过火腿了。大家不敢相信竟会有人对素未谋面的一群人付出这样的关怀和慷慨，在表达感谢的同时，他们纷纷祈愿海莲未来一年一切顺心。

当释放的善意被对方细心呵护并予以反馈时，我们也更加深刻地领悟到“爱有回音”这几个字的分量。三个月后，

海莲·汉芙又给书店寄去了生鸡蛋和罐头，并在信中一边吐槽为什么近几个月没有收到寄来的书，一边调侃弗兰克是不是在“打混”。海莲是浪漫的，作为一个会随着季节更替而变换心境的爱书人士，她说，“春意渐浓，我想读点儿情诗。你自己动动脑筋，最好是小小一本，可以让我带到中央公园去读”。海莲的这封信没有指定书目，她把选择权交给了弗兰克。在接到海莲的“订购信”后，弗兰克开始对书店现有的书籍进行筛选，但遗憾的是，店里并没有符合她要求的存书。于是，弗兰克在回信中承诺会为她竭力搜寻。海莲和弗兰克之间的友谊是纯粹而简单的，一言一行间有着旁人难及的默契与信任。作为一名骨子里挑剔的爱书人，海莲认同弗兰克对书籍鉴赏的品位，并放心地将选择权交付给他。作为一名商人，弗兰克在对待海莲时从来没有“多卖多赚”的敷衍想法，而是真正地“想她所想，急她所急”。

不肯让这本好书受到一丝一毫的亵渎，这便是海莲对珍爱书籍的仪式感

虽然没有收到想要的诗集，海莲·汉芙却收到了另一份惊喜——一封来自书店员工塞西莉·法尔的信。一直以来，海莲的信都是寄给弗兰克，弗兰克也将回信视为他的分内职责，书店众人总寻不到机会与海莲沟通。虽然已经是两个小

家伙的妈妈了，塞西莉仍然没能忍住好奇，调皮地在信中表达了对海莲的感谢与喜爱。

塞西莉偷偷地告诉海莲，弗兰克先生年近四十，长得很帅，有一位漂亮的爱尔兰太太。这些日子，书店众人对海莲寄来的包裹感谢万分，大家都认为海莲一定是一位年轻、善良、有教养且打扮时髦的人。读到这里，海莲抚额大笑，立即起笔回信："我非但一丁点儿学问都没有，连大学也没上过呢！至于我的长相，大概就跟百老汇街上的叫花子一样时髦吧！"至于弗兰克，海莲一直想戳穿他那英国式的矜持，"哈哈，我只是在打趣，不过就知道他会当真，要是哪天他得了胃溃疡，都是我害的。"海莲恳请塞西莉多多来信，告诉她关于伦敦的一切。

海莲曾无数次幻想过，当她步下轮船，踩上伦敦覆盖着尘灰的人行道后，她一定要去柏克莱广场走一走，去看看圣保罗大教堂……"如果我到英国是为了探寻英国文学呢？"海莲问。"去那儿准没错。"一位派驻在伦敦的记者朋友答道。五个月后，书店新到货了一本出版于1852年的《大学论》。因海莲之前曾经询问过这本书，弗兰克写信询问她是否中意，并表示会在收到回复前为她保留，避免别人捷足先登。海莲在激动之余，又对弗兰克的英式矜持进行了吐槽："只卖6美元的首版，竟还问我要不要买！真不知道是该说你老实，还是憨！"同时，海莲也向弗兰克分享了她将要出版第一本书的好消息。在通信一周年之际，海莲收到了这本《大学论》。海莲将这本书端端正正地摆在案前，不时伸手过去无限爱怜地抚摩它。她不肯让这本好书受到一丝一毫的亵渎，这便是海莲对珍爱书籍的仪式感。

小小的一间书店，此时此刻，比整个世界还要大

在这半年中，塞西莉给海莲寄来了全家福，甚至开始教海莲如何烤出一个完美的约克郡布丁。海莲的事业也渐入佳境，一名制片人有意邀请她为一部电视剧改编剧本，报酬丰厚。忙事业的同时，海莲依然不间断地往英国邮寄物资。由于弗兰克因公外出，书店的其他伙计们终于有了正当的理由给“弗兰克的汉芙小姐”回信，大家纷纷表达了对她的感激，并诚挚地邀请海莲前往英国。

弗兰克先生到乡间拜访私人府邸，搜寻了不少代售的藏书。他始终记得一年前海莲想要的情诗集，这次他终于找到了一本符合她要求的书。弗兰克想，虽然无法用等价的钱和物质来表达他们对海莲的感激，但或可用这本书作为全体员工的回馈吧，希望她会喜欢。很巧的是，这本情诗集在海莲生日当天送到了她手中。当她翻开这本承载着满满心意的情诗集时，也看到了这张夹在书中的卡片：

谨以此书赠予海莲·汉芙

并为其诸多美善情谊

致上最诚挚的祝福与无尽的感谢

——伦敦查令十字街84号全体员工

于海莲而言，这简直是最棒的生日礼物！此刻，对海莲·汉芙来说，伦敦不再是书本里冷冰冰的刻板符号，而是由一条街延展而开，那里有一家散发着古朴书香的书店，书店里面有一群热切盼望见到她的朋友。小小的一间书店，此时此刻，比整个世界还要大。

Day 4《查令十字街84号》

人与人交往，永远是相互的

书店前人来人往、络绎不绝，但当她推开木门走进去的时候，一切喧嚣都停止了

就在海莲为了改编剧本忙得焦头烂额时，她的好友玛克辛从英国寄来了一份惊喜。玛克辛是海莲相识多年的好友，作为一名话剧演员，她最近随着剧组去了英国。虽然新戏没能让伦敦万人空巷，但慷慨的剧场还是给了他们几个月的档期。玛克辛一边考虑着在伦敦短租的事，一边迫不及待地跑去了海莲常和她提起的书店。

这是一间仿佛从狄更斯书里蹦出来的可爱铺子，店门口陈列了几架书。书店前人来人往、络绎不绝，但当她推开木门走进去的时候，一切喧嚣都停止了。下一秒，一阵古书的

陈旧气味扑鼻而来，她闻到了混着霉味儿的书墨香，闻到了墙壁、地板散发的木头香。此时，坐在入门处书桌后的男士站起身来，很绅士地向她问好。玛克辛没有表明她是海莲的朋友，互相问好后她想："他看起来像是五十多岁，应该不会是弗兰克。"收回思绪后，玛克辛开始仔细地打量这家书店。

书店不大，但目光所至之处全都是书架。那些高耸直抵到天花板的深色书架，虽在漫长的岁月洗礼中褪去了颜色，却仍然散发着橡木的幽幽香气。玛克辛穿梭在书架间，想看看是否能遇到弗兰克先生或者塞西莉，但徘徊了半个钟头也没有看到人，只能遗憾地离开。回到旅馆，她迫不及待地把今日所见写下来，盼望着海莲可以早日收到这份惊喜。

捧着这份礼物，海莲的内心获得了极大的满足

这封信简直写活了可爱的书店，海莲不停地在脑海中描摹着书店的样子，越想越觉得心里"酸溜溜"的。于是海莲提笔回信："老天，我不想让你认为我是酸葡萄，但你竟然可以饱览逛遍我的书店，而我只能乖乖蹲在这间破公寓里，埋头写这劳什子的电视剧脚本！"虽然有点吃醋，靠谱的海莲还是给好友寄去了英国比较紧缺的方糖和巧克力，并期盼着自己可以早日成行。

圣诞节快到了，海莲的圣诞礼物如期抵达书店，两箱新鲜鸡蛋与牛舌罐头大大地补充了书店众人的存粮。同时，大家也为海莲准备了一份精美的礼物。弗兰克先生的邻居是一位已经八十多岁的老太太，她一人独居，非常擅长手工刺绣。虽然做了很多，老太太却从不向外售卖，也不轻易送人。每一次海莲寄来物资后，弗兰克都会把分给他的物资匀出来一些送到博尔顿太太家中。这次，博尔顿太太终于答应了弗兰克太太的恳求，将最近刚完工的一件手工桌布卖给了他们。捧着这份礼物，海莲的内心获得了极大的满足。这是一条漂亮的爱尔兰绣花桌巾，米黄色的底布上用手工绣着古典的图案，布满了各种不同颜色、浓淡有致的花儿。这件充满着英伦风情的礼物让海莲破旧的小公寓焕发着新的光彩，她从没见过这么美的桌巾。虽然不能如玛克辛一般去伦敦，但抚摩着桌巾的海莲仿佛也触碰到了那片让她魂牵梦萦的土地，她忍不住回信询问编织者的姓名、地址，想亲自写信表达她的赞赏与感谢。几天后，海莲第一次收到了来自弗兰克太太诺拉·德尔的回信。

长久以来接收着海莲寄来的礼物包裹，诺拉一直想写信给海莲表达她的感激，这次终于有正当理由可以动笔了。诺拉介绍了博尔顿太太的情况，并告诉海莲，博尔顿太太对“这件桌巾漂洋过海送给了一名好心的女士”这件事非常吃惊，如果能再亲耳听到海莲的夸赞，她一定会更开心的。诺拉感谢着海莲的慷慨，同时告诉海莲短时间内不需要再寄送更多的物资了，他们储存的食物已足够享用到来年春天，就算有偶尔的物资短缺，也可以拿别的东西去黑市上换。诺拉约定着过些日子寄一些全家福给海莲，也期盼不久之后可以在英国相会。另一边，博尔顿太太很快收到了海莲热情洋溢的来信。自从上了年纪，她的双手总是不太听使唤，能做的活儿也不像以前那么多了。独居多年，看着这封带着火热情谊的信，博尔顿太太不禁湿润了眼眶，想着如果当初再多花些工夫在桌巾上就好了，这双手做出的东西能有幸交到喜欢它的人手上，是一件多么令人欣慰的事儿呀！

没有人是一座孤岛，即便是航行万里的小船，也终会有灯塔照亮

尽管弗兰克太太在信中一笔带过了她拿丝袜去交换食物这件事，海莲却把它放在了心上。想到自己的好友正在伦敦演出，她嘱咐玛克辛拿四双丝袜去书店交给弗兰克，让他转送给店里的三个女生和诺拉。于是在之后的某天中午，弗兰克用过午餐回到书店时，赫然发现有四双丝袜摆在他的办公桌上。没人晓得它们是什么时候来的，是怎么来的，女孩们都感到不可思议，惊喜之余纷纷打算自行写信给海莲……

与此同时，电视剧制片方把海莲的剧本稿酬从最初的一

集二百元提到了一集二百五十元。如果按照这样的调薪幅度，再过四个月，海莲就能攒够费用启程去英国了！海莲太想去看看“她的书店”了，当计划一点点清晰起来，真的有了去英国的希望，海莲反而有些紧张。“写了这么多没大没小的信，我大概只会悄悄溜进去再静静踱出来，而不敢告诉他们我是谁呢。”

此时是1952年的冬天，距离他们第一次通信已过去了三年。这样的情谊对海莲来说是万分珍贵的，她过着独居生活，却从未在书信中展现出她的孤单与落寞，总是像太阳般给书店众人带来温暖和快乐。没有人是一座孤岛，即便是航行万里的小船，也终会有灯塔照亮。对海莲来说，书店就是远方的灯塔，那里永远会有人为她驻足，期盼着她的到来。

Day 5《查令十字街84号》

给好书多一点时间，也给自己多一点机会

对于一本好书，不能希冀自己一眼就洞穿它、读懂它，反复阅读是非常必要的

海莲·汉芙在十九岁时进入费城大学学习英文，但因家境贫困，无法负担完整的大学教育，她在一年后辍学，开始四处求职谋生。为了丰富自身经历，她在纽约市立图书馆中刻苦自学。其中，英国牛津大学教授阿瑟·奎勒·库奇爵士，也就是“Q先生”的两卷英国文学演讲使她受益良多。

在打工间隙，海莲会利用一切空闲时间在家自学这些演讲。可以说在文学方面，Q先生对海莲有着极其深远的影响。此时是1952年2月，三十六岁的海莲在重温Q先生的著作时注意到Q先生多次引用了沃尔顿《五人传》中的段子，便

对这本书产生了浓厚的兴趣。海莲翻遍了全市最大的图书馆也没能找到这本书，倒是在四十二大街的分馆中找到了它。但坐镇在柜台后的女馆员用力地摇着头，盛气凌人地告诉她："恕不外借！"海莲想着，与其窝在密不透风的阅览室里啃完这本书，不如问问弗兰克能不能找到这本书，毕竟不能边读书边喝咖啡的体验实在是太糟糕了。

于是，在嘱咐完好友玛克辛给书店的女孩子们送丝袜后，海莲写信给弗兰克让他帮忙留意这本书。老实说，订这本书实在是违背了海莲的购书原则，毕竟她从来不买没读过的书，在她看来，买"没读过的书"就和买了"一件没试穿过的衣服"一样。海莲觉得，对于一本好书，不能希冀自己一眼就洞穿它、读懂它，反复阅读是非常必要的。

当人的情感与书纠缠在一起时，这种情感便远远超出了爱情的范畴

写完订购信后，海莲在落款处附加了一句："只有我的朋友才可以叫我海莲！"过了几天，在西方传统情人节这天，海莲收到了回信。弗兰克先生终于摒弃了无谓的"汉芙小姐"这类称呼，直接称呼她为"亲爱的海莲"。海莲与弗兰克之间的情谊似乎是爱情，却又不是爱情，当人的情感与书纠缠在一起时，这种情感便远远超出了爱情的范畴。他们

之间，更多的是爱书人之间的惺惺相惜，是知己间无声的默契，是心灵与心灵之间才会激发的最纯粹的精神共鸣。

随信而来的还有一本出版于1840年的《五人传》，经过了一百多年的时间，它依然保存完好，质地柔细，带着毛边的书页尤其可人。海莲捧着这本书，欣喜之余也同弗兰克分享了一个好消息：如果她的电视剧续签，明年她就可以前往英国了！

几个月后，诺拉寄来了他们的全家福，海莲终于知道了和她长期通信的朋友们的模样。两人说好明年在英国一起观看女王加冕仪式，同时还不忘调侃弗兰克一番："弗兰克说这些照片没把他拍好，还说他本人比照片好看多了。不打紧，我们就让他说梦话好了。"

这几个月，虽然海莲的收入状况不错，但很不幸的是她的牙齿开始出现状况。看着自己的牙齿一颗一颗接连坏掉，海莲要么乖乖装上牙套，要么就得全部拔光！因为不想过早地当个"无齿之徒"，海莲决定还是安装牙套。诊疗费对她来说简直是天文数字，海莲不禁哀号：我们活在一个多么诡异的世界，那么漂亮又能终生厮守的书只需花上一张电影票的钱就能拥有，而去医院做一副牙套的钱却不止这个的五十倍。海莲辛辛苦苦攒下的积蓄被瞬间花光，未来的几年只能继续留在纽约，看着自己的牙齿一一"加冕"了。

给优秀的书籍多一点时间，也是给我们自身多一点机会

近在眼前的机会泡汤，囊中羞涩的同时，海莲并没打算停止买书。可爱的海莲在信中洋洋洒洒地写道：“连牙齿都弃我而去了，总该给自己留点儿什么呀。”她在信中同弗兰克分享着自己的整理习惯。每年一到春天，海莲就会对书箱进行大清仓，把一些再也不会读的书全丢掉，就像丢掉再也不穿的衣服。旁人都很惊讶，但海莲却觉得：他们所谓的“爱惜书本”的方式才奇怪呢！他们总是买一堆新出版的畅销书，匆匆看完，然后从不重读，不到一年时间便能忘得一干二净，却在看到海莲一箱一箱往外扔书时露出“这怎么得了”的表情，不禁让人觉得好笑。在她看来，对于优秀的书籍，人们需要时时回身与它相处，反复回味，才能在有限的时间内品出无限的延伸。

给优秀的书籍多一点时间，也是给我们自身多一点机会。时间过得飞快，转眼又是一年的圣诞节了。海莲收到了书店众人精心挑选的礼物——《爱书人文选》。镶金边的皮面、上金漆的书头，轻而易举地夺下了海莲“藏书选美”的桂冠。海莲打心里头认为这是一桩挺不划算的圣诞礼物交换，因为她认为自己寄去的仅仅是食物，顶多一星期便能吃光，而他们送来的礼物却能与她朝夕相处，能在每个夜晚带

领她徜徉在优美的辞藻间微笑入眠。海莲是贫困的，她的物质生活十分艰难；但她也是富足的，她拥有无数心爱的书本，拥有着旁人难以企及的精神世界。好的书本值得反复回味，如同陈年佳酿，悠悠岁月间的沉淀会为它注入更为醇厚的味道。

Day 6《查令十字街84号》

相见不如怀念

冥冥之中，这或许便是书籍对海莲的馈赠吧

在补牙后，海莲一直负责的电视剧又停播了。没了固定的收入来源，又要支付看牙的庞大开销，这让本就手头很紧的海莲更加焦头烂额。但峰回路转，一个新的项目找到了她。这个新节目旨在将名人轶事改编为电视单元剧，节目组希望海莲能尽快完成一个故事大纲以供参考。海莲灵机一动，之前买到的《五人传》中有太多可以参考的灵感了！于是她改编了约翰·多恩的故事，并将多恩的名句“没有人是一座孤岛”编进剧本中，顺利拿到了一笔酬劳，有效地缓解了经济上的窘境。冥冥之中，这或许便是书籍对海莲的馈赠吧。

日子转眼到了1956年年初。这是他们通信的第七个年头，此时的海莲已经四十岁，弗兰克先生也已经四十八岁了。这几年间，书店员工塞西莉·法尔跟随丈夫去了中亚，梅甘·韦尔斯也准备辞职搬到南非定居……大家的生活都发生了或大或小的变化。海莲也从补牙的庞大开销中缓了过来，如果电视台继续和她合作，明年夏天她就可以成行了！到时候，她一定要去亲眼瞧瞧书店，还要见见手艺绝佳的博尔顿老太太。

正当她满怀希冀地攒钱时，原本住得舒舒服服的旧公寓却要拆迁了，住户们不得不为自己寻觅新的住处。住了大半辈子的破旧公寓，海莲想着，也是时候为自己选一间好公寓了……更重要的是，这数量繁多的精美书籍也需要更好的环境来妥善保存呀！于是，她在第二大道预定了一间客卧两用的公寓，四处张罗新家具和书架、地毯，很快就花光了好不容易攒下的积蓄。至于英国之旅，只能无限期延后了……

有的人远在天边，却懂你的所思所想

金妮与艾德是一对可爱的新婚夫妇，他们与海莲相识多年，此次蜜月之行选择了去往英国。虽然海莲迟迟无法成行，但她的朋友们却代替她去了书店。一进店，当他俩说出是海莲的好友时，便被大家团团围住。弗兰克先生极力邀请他们去家中过周末；书店老板马克斯先生特地从办公室走出来，一定要和“汉芙小姐的朋友”握握手。所有人都是一副一定要好好款待他们才肯善罢甘休的样子，金妮和艾德差点就淹没在这无边的盛情之中了！读着好友寄来的明信片，想象着他们被书店众人团团围住的样子，海莲捧腹大笑。“一定会有机会去的吧。”她想。收拾利落新公寓的各项事宜后，海莲开始重新攒钱。老天总是喜欢和她开或大或小的玩笑，她一直负责的电视节目将搬去好莱坞，于是离开纽约搬去南加州的海莲又失业了……但她始终没有放弃过，半年后，海莲凭自己的实力得到了一笔CBS提供的编剧奖助金，供她未来一年时间将美国历史编写成电视剧本。

在之后的几年中，海莲一直重复着“失业—重新找到工作—再失业—卖出几篇散篇稿子—再次找到工作”的循环，去英国的希望变得越来越渺茫……海莲在1961年3月10日写给弗兰克的信中讲到了她最近的一些遭遇，当她和一位编辑谈起某位作家时，编辑问她：“这个作家到底是何方神圣啊？”海莲不厌其详地为她从头细说，这位编辑竟不耐烦地插嘴说：“你还真是中毒不轻！”海莲在心底长长地叹了口气，在信中写道：“这下你该明白了吧，弗兰克，这个世界上了解我的人只剩你一个了。”有的人远在天边，却懂你的所思所想。

高山流水遇知音，彩云追月寻知己

1965年10月，弗兰克在给海莲的回信中说，“我们还健在如昔，只是愈发老态龙钟了”。此时的他们已经是57岁和五十一岁的年纪了，距离他们第一次通信已经过去十六年了。这几年间，弗兰克的大女儿希拉成了一名老师，小女儿玛莉则与一位人品不错的小伙子定了亲。海莲依旧从事着写作的行业，工作更加忙碌，口袋却没能加倍饱满。书店的生意倒是不错，从美国、法国、北欧和其他各国来的大批观光客几乎把书店里比较好的皮面精装书搜刮一空，但弗兰克依然会在新书到店时为海莲预留出她可能会感兴趣的书本。

在1968年10月16日的回信中，也许是弗兰克察觉到自己的身体状况正在恶化，他的落款是从未写过的一句话：“想念您。”1969年1月，那年纽约的冬天特别冷，海莲从图书馆返回家中时已经是晚上了。在一堆账单之间，有一封薄薄的蓝色的航空信。海莲当时并未太过在意，而当夜深人静时，她打开了这封信。世界天旋地转，因为信中传来的是弗兰克的死讯……整整二十年，海莲都未能前往她魂牵梦萦的英国，未能与她的灵魂挚友弗兰克相见。在弗兰克去世后，他的太太诺拉给海莲寄来了一封信。在信中，诺拉感谢了海莲的慰问，同时第一次坦诚了自己对海莲的情感：“不瞒您说，我过去一直对您心存忌妒，因为弗兰克是如此爱读您的来信，你们两人是如此了解彼此……”高山流水遇知音，彩云追月寻知己。如今，卖书给她的好心人已经离去，书店老板马克斯先生也已经不在人间，只剩下书店留在那儿，就像这二十年间无数次接收她的信件一样，静静地伫立在时间的长河里，等待着她的到来……

Day 7《查令十字街84号》

每个人都是一本书，终会有读懂你的人出现

这世间有一种感情，真诚，默契，发乎情，止乎礼

读书是门槛最低的高雅，海莲身处泥泞的现实，书香却为她的灵魂镀上金身！海莲又是浪漫多情的。作为一个会随着季节更替而变换心境的爱书人士，她会说，“春意渐浓，我想读点儿情诗”；她会在收到爱尔兰风格的桌巾后，幻想自己披上了维多利亚时代的水袖，手执一只乔治王朝的古董茶壶，坐在桌边优雅地斟上一盏香茗；她甚至还会为喜欢的书本想象一个美好的场景，会在拥有古雅的书籍后产生罪恶感，她觉得自己所在的这间破公寓、蹩脚的旧沙发实在是委屈了它们……这样热情、天真、浪漫的海莲，自然值得被尊敬和喜欢。

弗兰克·德尔先生是一名典型的英国绅士。工作中，他是一丝不苟的书店主管；生活中，他是一名模范丈夫。在二十年的通信中，他对海莲的感情始终是真诚且温厚的。起初，他只是将海莲视为书店的客户，但海莲用她的热情与善良将他们紧密地联系在了一起。他会用特有的宽厚回应海莲的调侃，会记得她几年前提到的某本书，可以从她的只字片语中判断出她喜欢的书籍类型，一言一行间皆是旁人难及的默契与信任。

这世间有一种感情，真诚，默契，发乎情，止乎礼，不用反复提及，却都深藏心底。海莲曾有过两次机会去往英国，但都在即将攒够费用时出现了意外情况。无限期推后了英国之旅，她依旧满心期待着下一次机会，然而岁月不待人，等来的却是弗兰克去世的噩耗。是啊，我们总以为很多事情还有明天，殊不知只留下无尽的遗憾。

书店，则是由无数不同时间的书籍汇聚而成的川流不息的长河

对海莲·汉芙来说，伦敦早已不是书本里冷冰冰的刻板符号。而是由一条街延展而开，那里有一家散发着古朴书香的书店，书店里面有一群热切盼望见到她的朋友。在二十年的通信中，从弗兰克、书店员工，再到弗兰克的家人、邻居

家的刺绣老太太，海莲与他们都建立了深厚的情谊。这样的情谊对海莲来说是万分珍贵的。没有人是一座孤岛，即便是航行万里的小船，也终会有灯塔照亮。对海莲来说，书店就是远方的灯塔，那里永远会有人为她驻足，期盼着她的到来。

此外，海莲对书籍的热爱与痴迷是《查令十字街84号》贯穿全书的主线。书籍，是人们留存记忆的一种表现方式。书店，则是由无数不同时间的书籍汇聚而成的川流不息的长河。海莲喜爱的英国玄学派诗人、散文家多恩有一句话："全体人类就是一本书。当一个人死亡，这并非有一章从书中撕去，而是被翻译成一种更好的语言。"海莲是贫困的，她的物质生活十分艰难；但她也是富足的，她拥有无数心爱的书本，拥有着旁人难以企及的精神世界，有着对书籍真诚而炽热的爱。而给优秀的书籍多一点时间，也是给我们自身多一点机会。海莲·汉芙对书籍的痴迷，是书缘；海莲·汉芙与弗兰克先生二十年的书信往来，是情缘。高山流水，知己难求。愿每一个爱书人都能保持对书籍真诚而灼热的爱。愿《查令十字街84号》永远是爱书人心中独一无二的圣经。

《乡土中国》

我们为什么是现在的样子

费孝通

故乡就像是一个巨人，他在生活中的某一刻就会把你拎回来。

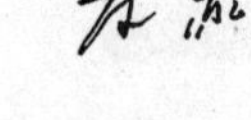

中国社会学的里程碑著作

《乡土中国》一环扣一环

梳理了中国基层的全貌及其产生的原因

时至今日，书中深刻的思想锋芒依旧

给人以启迪

Day 1《乡土中国》

中国社会的本质问题
隐藏于中国的农村

只有搞清楚了中国社会中价值观由何而来的问题，才能明白中国人为什么是现在的样子

作为我国社会科学研究的普及范本，《乡土中国》的国民接受度在专业学术类研究著作中非常高，堪称中国社会学的里程碑著作。

作者费孝通生于1910年，出生于江苏吴州，是20世纪初中国著名的社会学家和人类学家，也是将中国的社会学建立为完整学科的第一人，被称为“中国社会学的设计师”。他曾为中国社会学的研究和教学提出过极具代表性的“五脏六腑”研究方法。在费孝通看来，想要重建和发展中国的社会学科，必须要建立专门的研究部门和完整组织，这是实证学

科的“五脏”，同时还要培养专门的研究人才，人才是研究部门能够成功运转的“六腑”。其实费孝通的出身并不贫苦，甚至可以说与他所研究的农民阶层毫无关系。他的父母皆是受过良好教育的世家子弟。祖母的娘家曾是吴州同里一带有名的绅士家庭。费孝通的祖父一生喜欢研究算学，虽然没有参加过科举，但也曾著书立说。费孝通的母亲是一个受过新文明教育的开放女性。她崇尚男女平等，喜爱新事物，更是在吴江县开办了第一所新式学堂。但就是成长于这样一个家庭的费孝通，选择了与他在阶层上相距颇远的乡村农民作为研究对象，这或许得从费孝通的一位老师说起。费孝通曾师从中国社会学的奠基人吴文藻先生。吴先生是第一个提出“中国的社会调查必须区别于西方”的学者，也正是在吴先生的影响下，费孝通才在自己的研究中始终保持着“民族特性”的自觉。

在费孝通成长的20世纪初期，中国的社会学科还处在未开化的阶段。当时，中国学术界对社会学没有清晰的概念，对于社会调查和研究也仅限于模仿西方，将所有的精力都集中在数据的整理上。在当时的研究人员看来，社会研究就是做出一份完整和准确的社会数据。社会学仅仅被看作政府工作的数据来源。面对这种情况，在大学讲授社会研究的费孝通发现，学生对于冷冰冰的数据毫无兴趣。即便是学院的教师们，也将搜集数据看作是枯燥、乏味的工作。为了改变这种情况，深受吴文藻研究方法影响的他坚持将伦理思想与社会文化相联系。在费孝通看来，中国社会的本质问题都隐藏在中国的农村中。通过对农村生活的剖析，能够洞悉中国社会中伦理道德和价值观念的发生和变迁。只有搞清楚中国社会中价值观由何而来的问题，才能明白什么是中国，什么是中国人，他们为什么是现在的样子。

中国乡土社会中的观念和农村人的心理都是只可“意会”，无法“言传”

《乡土中国》是费孝通在自己学术研究的黄金时期的作品。这本书不仅在中国享有非常高的知名度，在西方也被作为中国文化和社会伦理研究的范本。费孝通采用人类学与实地分析相结合的研究方法，对中国农村中的底层文化和伦理道德进行解析。费孝通认为，要得到中国社会的真实全景，就要保证在整个研究过程中时刻立于中国的国情。既然中国的社会学是为了认识中国和改造中国，那么《乡土中国》的写作也必须是从中国土地中“土生土长”出来。所以，在写作过程中，费孝通非常注重实际事例的运用。除去提出“差序格局”“时势权力”等概念外，他并没有对相关的学术思想做过多的解释，而是使用大量故事来讲述。这是因为在费孝通看来，中国乡土社会中的观念和农村人的心理都是只可

“意会”，无法“言传”。

《乡土中国》出版于1948年，是费孝通在云南大学任教时讲授乡村社会学课程的内容选编。整本书共收录了费孝通关于中国乡土社会的十四篇论文。在内容方面，该书涵盖了从社会结构、权力关系到法权伦理等多个方面。《乡土中国》主要描述的是中国从乡村社会向现代社会转型中所遇到的问题，以及由此引出的关于中国社会伦理和文化的思考。自鸦片战争开始，中国传统的农业社会开始和西方社会模式发生接触。在这之前，中国是典型的自给自足的小农经济模式，整个中国社会也是建立在这种经济模式之上的“乡土性”社会。但是，当遇到商品经济至上的西方社会模式时，出现了无法融合的现象。中华人民共和国成立以后，为了国家发展和建设考虑，中国开始对农村地区和农民群体整体改造。在改造过程中，政府采取的措施一换再换。从“文化下乡”的扫盲运动到法治观念的普及，中国政府为改变农村的落后和贫困做出了莫大努力。但努力却不讨好，原因就在于当时的中国知识分子对所谓的“中国农村”根本不了解。

在费孝通之前，不少关于中国社会的分析著作都将焦点定在数据上，以为只要掌握了中国农村的数量、农民的人数，再制订相应规模的扶持计划就可以了。但遗憾的是，新型文化和外来思想在“乡土性”极强的农村寸步难行。面对这种情况，费孝通选择从中国传统文化入手，通过研究农村社会中“乡土性”特点的由来和时代变化找出新型政策无法“下乡”的根本原因。同时，通过这种研究，费孝通提出了通过乡村研究来分析中国社会的思想。费孝通将中国乡土的特点归类为阶层、血缘、自我核心三个基本范畴。在这个基础上，他分别写出了乡土本色、文字下乡、再论文字下乡、差序格局、维系着私人的道德、家族、男女有别、礼治秩序、无讼、无为政治、长老统治、血缘和地缘、名实的分离、从欲望到需要十四篇论文。通过费孝通深入分析和透彻思考，我们不难理解，在传统的中国乡村，甚至整个社会中，为何会存在许多别具一格，与西方大不相同的社会模式。

Day 2《乡土中国》

熟人社会挤占了文字存在的空间

中国乡村生活中最离不开的就是土地

中国社会结构的特点，从最根本上看在于它的乡土性。虽然从表面上看，中国社会中存在着形形色色的阶层，它们有的跟乡土阶层相去甚远，但是，它们都是从乡土社会中衍生出来的。乡土的本色就在于“土”。中国乡村生活中最离不开的就是土地。虽说从目前的全球历史来看，以农耕文明为主的国家不在少数，但是只有中国产生了以小农经济为根基的乡村社会。

种地对中国人究竟有多重要呢？费孝通在书中讲述了两个例子：曾有一位美国友人问费孝通，为何一些原本生活在中国平原地区的人迁徙到草原之后，首先选择的不是最适合的放牧，而是尝试开垦土地进行播种？无独有偶，费孝通曾经的老师史禄国也曾对他讲过，中国人就是到了气候恶劣的西伯利亚也要固执地种下自己带来的种子，试试看能否成活。这种对土地和耕种的依赖，造就了中国农民对土地充满了特殊的感情。

从农业、游牧业和工业的区别出发，费孝通告诉我们，以种地为生的农民没有办法像牧民一样逐水草而居，也没有办法根据工业的发展择城而居。他们的一生都被捆绑在了土地上。长在地里的庄稼不能动，伺候庄稼的农民也是“本身插入了土里”。不流动是中国乡村社会最大的特点。这并不是说农村人是完全固定的，而是在中国农村，人和人之间的空间距离是相互孤立的。以住在一起的集团为基本单位，每个单位之间几乎没有交流。这是因为就农业生产来看，每一个单位都可以自给自足，对单位之外的世界没有需求，也就不会产生相应的合作交流。这种单位可大可小，大到上千户人家，小到仅有三家人，只要能够满足生活所需，都可以成为独立的村子。

农民聚集成村大致有四个原因：一是因为所谓的分工合作仅限于一家人之中，所以每一家能够照顾的土地面积很小，大家照顾的土地在一起，自然需要集中住在一起。二是因为农耕非常依赖水利，虽然耕种是自家的事，但完整的水利和灌溉系统是单户人家无法完成的，大家相互之间有合作的需要。三是因为中国地势复杂，为了免受动物伤害或者其他村庄的欺压，大家集中在一起更为安全。四是由于继承的原因，原本一家的土地会被众多子孙一代一代地分割、继承。人多了，土地不够用了，就开垦新的土地，渐渐地，村落的面积便会愈来愈大，人口也会越来越多。

乡村既然是一个熟人社会，相比较不够完善的文字交流，面对面的语言交流更为实用

农民和农村一样，有自己的特点。在城里人眼中，农村人最大的特点就是“愚”。这个“愚”除了指农民普遍知识水平不高，还特指农村人总是排斥新事物，使得任何在农村推行的政令都需要花费更多的时间。就这个问题，费孝通首先讨论的是农村“文化”问题。他在书中称，说乡下人愚钝，不是因为他们的智力比城市人差，而是因为他们的文化水平低。所以，他讲述了初期“文字下乡”的事例。但是，费孝通讨论这件事情的目的不是为了提倡扫除文盲，更不是贬低农村人，而是为了说明农村之所以没有“文字”，因为他们其实并不需要。

想要在农村普及“文字”，首先要改变的是他们的人员结构。农村为什么没有文字？这里说的没有文字，是指在农村人的日常生活中，能用到的文字很少，他们不需要很多的

文字便能够正常生活。文字的产生是出于对记录的需要。从“结绳记事”到现代的白话文，都是承载着这一用处。除此之外，文字还有一种与此相似的用处——满足“间接接触”。人类不管是表达情意还是相互配合，都需要沟通。在没有文字的时代，两个不能见面的人想要沟通就必须有人居中传话。如果有了文字，这个问题就好解决。虽然文字有着不可替代的功能，但是与语言相比，文字并不能称为完善，它只是一种间接说话的方式。而在农村生活中，人与人之间的来往都是直接接触，即使有个远距离需要，通过广播和电话就可以解决。文字，就没有了存在的空间。

在中国农村，大家都生活在一个熟人社会，同一个村子里的人相互之间都有联系。年龄差距越小，相互之间的交往也就越亲密。在这样的环境中成长起来的人都会保留着一类习惯，例如：听见有人敲门，大家多数会简短地问一句“谁啊”，这时候，来人只需答一声“我”，双方就已经知道是谁了。这样的交流方式，在满是陌生人的社会中肯定是行不通的。

乡村既然是一个熟人社会，相比较不够完善的文字交流，这种面对面的语言交流更为实用。那么，在不太需要文字的乡土社会，想要普及文字，就要让“面对面交流”变成非主流的交流方式。最早出现的文字都是发生在庙堂之中，直到改革初期，乡下人都认为文字和文化与他们没有什么关系。不论在空间上还是在时间上，在面对面交流占主流的社群中，人们不需要依赖文字来满足生存。这样，想要普及文字，就要先改变中国基层中的乡土特性。让他们从熟人的社会转入“不太相熟”的社会，在熟人不够多的情况下，文字自然变成了必须的交流手段之一。

随着网络技术的发展，人与人之间的交流变得简单快捷了许多，但是，基于网络的交往却让我们越来越远离“熟人的社会”。在每个人都是朋友，又每个人都不熟悉的现代社会中，我们似乎又有些怀念那种“足音辨人”的默契与安心。

Day 3《乡土中国》

每个人都是一颗石子

中国人区分自己和他人，是为了更好地从自己出发创造差序格局

在从城里下到乡村的工作者们看来，农村人除了“愚”，还很“私”。这里的私说的就是自私。当然，费孝通在这里所说的自私不带有任何贬义，它指代的只是一种有特性的价值观。俗语说“各人自扫门前雪，莫管他人瓦上霜”。中国人尤其喜欢将自己和他人明确区分开来。有些人或许会觉得西方国家中的独立性和界限感比我们明确得多。费孝通也非常赞同这一点，但是，他想要强调的是：中国人区分自己和他人，是为了更好地从自己出发创造差序格局。“差序格局”是费孝通提出的一个专门指代中国社会伦理结

构的名词。尽管在书里费孝通并没有给出一个明确的定义来解释什么叫差序格局，但他利用了大量通俗的事例来解释这是一个怎样的社会结构，以及这种格局是怎样形成的。

费孝通在书中用了一个比喻来形容它。如果我们向水中丢一块石子，它会激起一层一层的波纹，这些波纹有深有浅，离石子越近的波纹越深，离石子越远的波纹越浅。在中国乡土社会中，每一个人都是一颗石子。大家在社会中所有的亲友关系就是由这颗石头激起来的波纹。比如，离我们关系最亲近的自然是父母、手足，再往外便是爷爷奶奶、表亲姑侄。若再要往外，便是远房亲戚了。如果把这种格局形容成一张网，那么在每个人的网中所覆盖的人都是不同的。它们不仅包括现在的人，还包括过去的和未来的人。虽然一对兄弟的父母是相同的，但是却有着不同的妻女，自然就会有不同的亲家和亲戚。所以，费孝通才会说，中国的社会结构都是从“私”出发的。差序格局就是从无数个“我”出发的无数网相互交叉形成的。

忠孝悌信都是私人关系中的道德要素

既然中国的乡土社会是一种根据私人联系所构成的差序格局，那么在这种格局中的人际关系又会有什么特点呢？生活在一个与外界接触不多，每个人又可以自给自足的社群中，除去偶尔大型的合作工程外，绝大部分时间大家并没有相互的需要。因此，生活在乡土社会中的个人都不需要一个稳定且长期的团体。大家都根据自己的需要、不同的场合与别人交往，所有的关系都是后起的，也都是次要的。

既然所有人的关系网都以自己为中心，那大家为了避免冲突，中国形成了“仁”的道德思想。“仁”是儒家的中心思想，它规定着人与人之间的长幼尊卑，也是一种从“私人”出发的长幼尊卑。“仁”是一种笼统的总体思想，它统领着“忠孝悌信”所有道德规则。依照费孝通的研究，在中国乡土的差序格局中没有任何一种道德观念可以超过私人关系的道德。忠孝悌信都是私人关系中的道德要素。这就要求生活在乡土社会中的人，首先要问过交往的对方与自己是什么关系，才能决定用什么样的标准行事。大家看一件事情办得合不合规矩，先是看是否符合长幼尊卑的次序，“逾越”在乡土社会中是大不敬的。

离开了乡土社会，重新面对自由的人们，或许会再一次迷失方向

既然乡土社会中的人对“家”之外的人都敬而远之，那家人都包括谁呢？“家庭”是乡土社会中的基本单位，只是中国的家庭更应该称作“家族”。在人类学上，家庭有明确

的界定，即指由亲子关系所构成的生育社群。但是生育关系是短暂的，长大之后的孩子会离开父母，开始自己的亲子关系，如果仍然将他们看作家人，那么这个家族就会越来越大。如果将他们看作“他人”，家庭的范围便始终保持在亲子关系范围内。这两种观点代表了西方和中国在家庭观念上最大的区别之处。

在中国家庭中，所有的社群分子都可以依据需要的程度，沿着亲属关系不断向外扩大。只不过这种扩大沿着的线路以父系为主。在父系扩张的原则下，已经嫁人的女眷和女婿严格意义上并不算家人，因为他们之后会变成别人的家人。随着子嗣的繁衍，家族的人数会越来越多，最初的小家庭必定会发展成人类学上的氏族。成为氏族之后，面对庞大的人数，就需要建立相应的政治、经济、宗教等事务。中国的家庭都是一个事务合作组织，小的事务夫妻双方就可以决定，如果是大的事务，便需要族中老少一起商议。既然大家是“一家人”，利益便是相连的。在中国，男女之间真正意义上的自由恋爱是中华人民共和国成立之后才出现的。在这之前，爱情可以有，但只能跟家族可以接受的人在一起，否则，便要面对重重劫难。家族生活中的这些原则造就了中国早期的夫妻之间并不看重爱情，而是看重彼此家庭或者家族之间的关系。在乡土社会中生活久了的人会发现，有说有笑、有情有义是在同性和同龄人之间才会发生。性别、年龄上的差距造成了无形的隔阂。男女之间除去工作和生育，彼此之间并不清楚应该如何交流。在费孝通看来，这绝不是偶然产生的，这是把除亲子关系之外的社会功能拉入家庭中的必然结果。在曾经的旧社会中，因婚姻而造就的悲剧实在是太多了。

但是，远离了乡土社会的当下，人们又该如何应对呢？费孝通曾说，中国社会的结构是由乡土格局造成的，改变这个结构就可以改变中国群体的思想。但是他也说，离开了乡土社会重新面对自由的人们，或许会再一次迷失方向。

Day 4《乡土中国》

入乡随俗的由来与局限

在中国人的情感上，矜持和保留一直是两性之间交往的常态

家庭不同于一般的社会群体。一般的社会群体是成员之间简单的相加，而家庭是有血缘关系的维系。与一般社会群体相比，家庭多承担着一个生育繁殖功能。这里，费孝通提醒读者注意：虽然生育功能是家庭的主要社会职能，家庭成员之间的关系却不会随着生育的结束而结束。夫妻之间有了孩子，就要开始孩子的抚育过程，随着抚育过程的结束，孩子或许会脱离家庭，但是夫妻之间的合作关系却不会因此终止。既然双方关系不会终止，甚至是一生一世的合作伙伴，那么从生育开始的家庭便会被附加上许多其他的社会功能。

中国的家庭更应该叫作“家族”，它以父系为中心，从过去向未来延伸。夫妻关系只是家庭关系的附庸，是一个副中心。大家生活在一起，人数越来越多，为了避免冲突，方便解决纠纷，就要制定一套可行的行事规矩。既然以夫妻为中心的小家必须要以“家族”为主，那么这项“家规”的制定就要以大家族为标准。这和之前提到的中国乡土社会中的氏族，为了便于治理，会形成自己的政治、宗教是一样的。一个家族中不止一对夫妻，有年龄相仿的，也有差距较大的。大家都聚集在一起，且都不与外界频繁沟通。久而久之，家族便是大家唯一的生活世界。在这个成员变动不大的社群中，如果单纯地靠感情来维系男女之间的关系，是极为不牢靠的。所以，越是封闭的、家族权力掌控的地方，对于男女之间不合规矩的行为惩罚得越是严重。古时候的浸猪笼便是典型的例子。

但是，单纯地压制也不是办法，如果有一种办法能够让大家都自觉遵守，便会免去许多的麻烦。于是家族中便出现了“男女有别”的道德礼法。男人和女人之间区别明显。男人负责外出种地，女人在家照看孩子。相互之间除了生育，没有太多交集。工作结束后，男人们也不会总是留在家里，而是外出交际，寻找同性交流消遣。女人也是如此，在工作结束后的闲暇时光，便会寻找同村的女人聚集聊天。如果有男人总是和女人在一起，即便是自家的媳妇，也会被其他男人调侃上两句。久而久之，在中国人的情感上，矜持和保留一直是两性之间交往的常态。

“法治”依据的是“立法”，而“人治”依据的是“礼法”

既然中国乡土社会中的中心是“家庭”，那么，法治在中国乡村就是行不通的。一家人最重要的是不能伤了感情。所以，“人治”便成了乡土社会礼制秩序的基本。“人治”和“法治”之间的区别，并不在于“人”和“法”，而是在于维持“治”的力量。“法治”依据的是“立法”，而“人治”依据的是“礼法”。

在乡土社会中，只要是合乎礼的便都是对的。这一点，如果单从对行为规范的约束上与通俗的法律倒是没有太大分别。但是不同的是，维持法律的力量是国家或权力机构，而维持礼法的力量是传统。我们常说，法律面前，人人平等。不管是谁，出于什么目的触犯了法律就要受到相应的惩罚。但是，在礼法面前，只要你的行为合乎你自己社群的传统，是否造成伤害就不是判断是非对错的标准。如此一来，问题就产生了，中国有太多的家族，大家之间有没有一个统一的标准呢？答案是没有。所以，中国才有了入乡随俗的说法。“礼治”在人员流动很低的乡土社会，也就是家族社群中非常有效。但是，如果社会进入了人员流动较大的现代社会，这套标准就没有了实施的空间。设想一下，如果是一个陌生人加入到一个家族中，孤立无援，即使在他看来，这个家族的“族规”再不合理，也没有反抗的余地。但是如果这个家族一般的人都换成外来者呢？答案想必大家已经很清楚了，这也就是为什么随着现代化的发展、人员流动的增多，社会必将从“礼治”社会进入“法治”社会。“治”的力量也从传统变为法律。

子不教，父之过

中国的乡土社会以家庭为中心，以礼法为规则。在这样的环境中，费孝通指出，会出现一个常见的现象，那就是“无讼”，没有诉讼。也就是说，在乡土社会中，大家不喜欢打官司。不管彼此之间有什么冲突，依照礼法，应该寻找“家长”解决，或者按照传统，老一辈怎么办，自己也怎么办。如果其中一家选择了告上法庭，那便是，要用国家的法律来处理。这不仅是冒犯了家族的礼法，更显得不近人情。

既然应该遵照礼法，出了问题大家又不愿意求助于法律，这便引出了中国另外一个传统“连坐”。所谓“连坐”，费孝通在这里选择了一个非常贴切的例子：子不教，父之过。礼法是族群的规则，但是这个规则虽然可以靠外力来强制实施，却没有办法让大家都自觉遵守。创造礼法的最初设想是社群中的每一个人都可以自觉遵守规则，克己复礼。在每个人都自觉的情况下，社群的治理便不会耗费太多的人力物力。社群想要大家知礼，所以孩子从一出生便要按照礼法的要求进行培养，这个责任就落在了父母长辈身上。这样一来，孩子不懂礼数，便是大人没有尽到教导的责任。孩子犯了错，大人也有管教不严的罪。

如果教化得益，家族子女便不会犯错，同样地，如果家族子女做出了坏的行为，那就是教化者无能。在这种情况下，如果还选择打官司，岂不是要将长辈的无能宣扬出去？

Day 5《乡土中国》

为什么中国人
总是讲究落叶归根

看重冲突的横暴权力与看重合作的同意权力

在费孝通看来，中国社会乡土性的特点造就了它必须选择同样特殊的权力形式。毕竟，在相对独立又封闭的社群中，皇权总是显得鞭长莫及。他通过对人类社会中权力构成的分析发现，关于权力一般可以分为两类：一类看重冲突，一类看重合作。看重冲突的权力类型，费孝通称其为横暴权力，而看重合作的权力类型，称其为同意权力。

先从横暴权力看起。一旦社会群体中存在冲突，就会有冲突的双方。这种时候，权力属于哪一个阶层，哪一个阶层就是当下的统治方，而另一个或另几个阶层都是被统治方。根据这种观点，只要冲突双方的力量发生变化，权力的所有权也会随之转移。人类社群中的冲突是持续性的。没有谁会心甘情愿地接受胜利者定下的所有条件，更何况这些条件对于失败方必定具有压迫性。

那么与之相反的同意权力是什么样子呢？人类社会的分工特性决定了没有一个人可以完全不依赖他人独立地活着。即使是最小范围的家庭，夫妻双方、父母子女间总要相互依靠。从分工造就的生产力提升来看，它是对每一个社会个体都有利的经济基础。通过分工与合作，个人可以获得单独活动没有办法获得的生活资料。既然享受了这些便利，自然就很难再做到对别人的事情完全不过问。大家相互之间总是合作处理事务，久而久之，便分不清你家的事和我家的事，反正都是大家的事。如此一来，自家应该做的事情没做完，相当于拖累了全村，别家人自然会过来指责自家。同理，别家的事情没做完，就相当于损害了我家的利益，我当然有理由上前管一管。可要是没有一定的规则来约束这种“插手”行为，那整个社群就会陷入混乱。所以，大家需要明确自己的权利和义务。同意别家来干涉我家的事情是义务。即使自家人不乐意，也要咬紧牙关尽这个义务。因为如果不尽义务的话，当别人家侵犯到我家利益的时候，便没有理由干涉别家了。这种基于合作模式的权力结构就叫作同意权力，即你的一部分权力是需要我的同意才能够生效，而我的一部分权力也必须得到你的允许。

费孝通通过对中国历史的阅读发现，横暴权力和同意权力总是同时存在。社会中的统治者总是同时代表着这两种权力，只不过比重不同。即使在同一个群体中，也是一些人之间发生横暴权力，一些人之间发生同意权力。在现代社会中，仍然有这两种权力的延续。但是，每一个家族都是相对独立的小团体，这两种权力不能面面俱到。所以，还需要一些补充权力。其中一种补充就叫作教化权力，顾名思义就是长辈教导孩子的权力。

不管这个族群扩展得多么大，最初的居住地永远都是大家紧密联系的根源

在以父系社会为主要中心的家族群体中，长幼尊卑的秩序非常明显，但是大家可能会有疑问，那就是这种长幼尊卑的规则是怎么保持的。费孝通对这个问题的回答是：教化。每一个孩子在刚出生的时候都不会了解这些规则，在长大的过程中甚至可能讨厌和反抗这些规则。在这种情况下，面对没有规矩的孩子，长辈们是没有办法施行带有残酷压迫性质的横暴权力，而孩子们也不可能主动与长辈之间形成同意权力。这时候就需要劝说、引导、示范等比较温和的手段来实现对孩子的管理。这种教化权力当然并非全部针对孩童，只要是长辈对晚辈、有威望的人对威望较弱的人都可以行使教

化权力。它既不是一种民主权力，也不是一种专制权力。费孝通叫这种特别的权力为长老统治。在缺乏流动的社群里，长幼之间的次序是绝对的。年长者对年幼者的权力是可以用强制来形容的。这也是由乡土社会的血缘关系决定的。

中国乡土社会是一个以生育为重要职责的社会群体。同时也是一个以父系为轴心的单系家族组织。在这个组织中，所注重的亲属关系也多是源于生育而非源于婚姻。所以，称之为血缘社会更为准确一些。就生育本身来说，是每一个社会群体都必需的，但是通过生育会产生什么样的社会关系却各不相同。在血缘社会中，生育可以决定一个人的社会地位。血缘社会是一个非常稳定的结构，虽然其中的成员会因为生命的限制，无法永恒地停留在结构中，但是血缘社会的用处就是要利用生育和血缘来维系这个结构的新陈代谢。

父死子继：农民的孩子还是农民，这是发生在职业中的血缘接力。平民的孩子只能是平民，这是发生在身份阶层上的血缘接力。还有财富的继承、家族权力的继承等，都是依照血缘来订立顺序。在这样一种稳定力量的支撑下，血缘社会很快便衍生出了地缘社会。既然是一家人，自然要住在一起。家族的成员越来越多之后，之前的土地便不能负担全部的族人了。这种情况下，有能力的成员去开垦新的土地，继续扩大族群。但不管这个族群扩展得多么大，最初的居住地永远都是大家紧密联系的根源。即使外出开垦新土地的成员们最终通过生育形成另一个村落，他们和原来的家族仍然保持着血缘上的联系。这样，血缘就完成了空间投影，将两处并不相连的土地链接了起来。

直到今天中国人仍然看重籍贯。只要说出一个人的籍贯，我们便会联想到一些地域性的特点。大家已经在潜移默化中将地域与人绑在了一起。这就是血缘性在土地上完成的接力。或许也能够理解，被现代人诟病的重男轻女思想是如何产生的。虽然这些都是已经被新时代否定了的陋习，但是正是通过这样一个乡土社会，我们才得以在新的时代，成长为现在的模样。

Day 6《乡土中国》

乡土社会应该怎样面对现代世界？

现代社会的变动方式是融合，乡土社会的变动方式是颠覆

乡土社会是一个非常稳定的结构，甚至可以将它看成一个静止的社会。当然，这里的静止并不是说乡土社会中没有人员的流动，而是乡土社会的结构通常都不会发生变化，即使发生也非常缓慢。传统的乡土社会与现代社会不同，现代社会的变化速度是惊人的。在传统社会中，某个家族的特性，或者说乡土性上百年都不会有什么不同。不同的变化速度自然会产生不同的变动方式。现代社会的变动方式是融合，乡土社会的变动方式是颠覆。

费孝通认为，传统乡土社会的变迁通常发生在旧制度无

法应对新环境时。乡土社会实质上就是由一个个相对孤立的家族形成的社会。从单个家族的角度来看，只要外界发生的变化不影响自己，绝大多数时间都会选择置之不理。可是，当社会发生巨变，数百年不曾经历过变化的乡土人内心是惊慌失措的。这时候，如果有人能够站出来为大家指引方向，自然会受到大家的拥戴，获得一定的指挥权。这种权力就叫作时势权力，是被时势赋予的权力。

时势权力一般分为两种，一种是由文化为主导，一种是由武力为主导。在乱世中，谁能拥有武力，且愿意保护家族中成员的安全，自然会受到拥戴。那么，什么叫以文化为主导的时势权力呢？社会变迁的原因在于旧结构无法应对新环境。也就是原来的生活方式没有办法解决新出现的问题。有问题无法解决，生活上自然就会产生困难。但是抛弃旧结构也需要一个过程。人们在没有察觉到旧方法不适用之前，是不会选择放弃的。通常大家都会坚持一段时间，直到事实证明非改不可。另外，在同一种环境中生活了上百年的族群，都会形成习惯上的惰性。在旧的结构还能保持人们对它的信仰时，是不会被抛弃的。但时代是不容反抗的，守住一个没有用处的方式或结构并没有意义。面对时代的挑战，人们总会改变。如果旧的方式被抛弃了，新的方式又没有找到，这个时候大家便会陷入混乱。那么，文化的时势权力便开始产生了。掌握了新方法的人会获得大家的崇拜和信仰。这种崇拜和信仰足以取代之前的旧信仰。

如果时代条件变化的速度过快，这种乡土精神便会非常危险

经过对时势权力的分析，费孝通从中扩展出了另一种乡土社会的特点——没有社会计划。在乡土社会中，因为大家都是依照自己的经验行事，在没有社会动荡的时期，大家便不需要新的文化，也就不需要时势权力。乡土社会中的欲望或者说需要与文化相融合，可以成为行为的准则，但是这种准则并不是完全自觉的，这种准则与计划无关。乡土社会中的分工，或者谋划可以说是“天工”而非人力。这种情况的弊端在于，如果是时代环境发生了变化，乡土社会中的成员并不能主动地有计划地适应。这种乡土社会所关注的只是社会的生活条件，并不会考虑到最基本的生存条件。如果基本生存条件变了，人们在有时间的情况下，只能通过盲目的试错来寻找可行的对策。但是如果时代条件变化的速度过快，这种乡土精神便会非常危险。

随着全球化的不断发展，目前中国几乎已经不存在没有受到冲击的乡土社会。这种情形逼迫着乡土人群开始将目光转移到生存条件的思考上。这在社会学研究中表现在一个新名词的出现——社会功能。一个社会作为群体生活的框架，

是具有一定功能的。这种功能是从客观的角度来考察一项社会性行为对人的生存和社会稳定会造成什么样的影响。影响社会的行为有可能是人们无意识做出的，但是由此产生的结果却是可以经过分析得出的。在这种前提下，社会学家或者国家的管理者通常会自觉地思考行为与结果之间的关系。理性开始进入社会生活中。现代社会是充满知识和理性的社会。在这种社会结构里，人们倾向于在行动之前先做出计划。这与乡土社会中完全依赖经验，不必计划的特点相差甚远。在乡土社会中，自然会在时间中为人们挑选出一个足以依赖的生存方案。

人生活在一定的地域中，就要充分认识这个地域的文化，同时还要十分熟悉这种文化的优势和劣势

乡土社会是一个以血缘为基础、以父系为中心的稳定结构。在乡土社会中，不善变化是人们的特点。数百年来习以为常的生活模式让大家不仅不喜欢变化，更不会应对变化。

那么，中国的乡土社会应该怎样面对现代世界？现代世界是变化的时代。随着经济全球化的发展，几乎没有一个国家的文明被隔离在外，所有民族的文明都会受到外来文化的冲击。在面对冲击的时候，如果一种文化本身具有很强的变动性，或者能够提前做好准备，那么强行改变的阵痛会相对

较轻。中国的乡土文化显然要经历这种改变的痛苦。为了解决这种痛苦，费孝通提出了“文化自觉”的理念——一种面对冲突时期本土文化和异族文化的态度。他指出，人生活在一定的地域中，就要充分认识这个地域的文化，同时还要十分熟悉这种文化的优势和劣势。从文化本身来看，它是可以适应新环境的。中华文化是无数先人前辈的智慧和经验，它在历史中经历了千年的沉淀。即使在当代，中华文化也能够在世界文化之林散发出独特的气质与魅力。这样一种文化是不应该，也不会与狭隘、固守画上等号的。所以，我们需要改变的只有我们自己。只要我们自己能够秉承谦逊的态度，对外来文化宽容一些，不要抱着偏见的态度误解异族的文化，也可以达到“和美与共，天下大同”的理想状态。

Day 7《乡土中国》

社会学就是回答
“我们为什么是我们”的问题

西方文化中的现代社会学研究方法，并不能够直接运用在中国的社会研究中

说到《乡土中国》在中国社会学中的地位，在北大的社会学系考试中，一定会见到的一个名词——“差序格局”。因为这一概念对中国的社会研究，乃至世界社会学理论的建设都具有重大的贡献。当年，刚满二十岁的费孝通报考燕京大学，最初选择的是中文系。在那个崇尚思想的年代，中文系是许多有志青年理想的院系，大家都坚信思想可以改变时代。报到当天，费孝通偶遇了当时在社会学系担任主任的杨开道教授。出于好奇，费孝通问杨教授：什么是社会学，它能干什么？杨教授回答他：它能回答你为什么姓费的问题。

就这样，费孝通先生转投了社会学系。在一生的研究中，费孝通先生一直没有忘记当日杨教授的回答。社会学就是回答“我们为什么是我们”的问题。

《乡土中国》写于中西思想交替碰撞的20世纪40年代。当时，从英国留学归来的费孝通辗转于中国几所高校，从西南联大到云南大学，再到清华大学。他就是在呈贡这个闭塞的农村，住在一层是猪圈的吊楼里写下这部中国社会学的奠基之作。在《乡土中国》的写作年代，中国的社会格局在结构上与西方社会的格局大不相同。西方社会受基督教文化的影响，形成了一种以个人独立性为基础的团体合作模式。因此，形成于西方文化中的现代社会学的研究方法，并不能够直接运用在中国的社会研究中。面对这种情况，费孝通改变思路，从中国社会的历史和实际状况出发，加上现代社会学研究方法的运用，对中国的基层社会进行层层剖析，最终探明了中国社会的特性在于其“乡土性”。这种将现代研究方法与中国现实相联系的态度，不仅推进了社会学在中国的发展，对当代的文学和哲学领域都具有重要的推进意义。

为何乡村地区城市化是一个必然的结果

《乡土中国》整本书的结构可以分成三个模块，每个模块之间是层层递进的关系。

从第一篇文章开始，费孝通便从总体上点明了中国社会的基本特性在于它的“乡土性”。而这种乡土性产生的原因就在于中国传统的乡村社会是一个极少变动的封闭结构。这种结构的稳定性一般很难被打破。面对这样一个具有结构稳定的研究对象，费孝通将目光聚焦在决定农民生存根本的“土地”上。土地是农民世代繁衍的基脉。对土地的感情和依赖性让以农业为生的人们总是世代定居在同一个地方，迁徙只能发生在非常时期。这种特点决定了中国乡土社会的基本社群单位是村落。乡土社会的生活是非常富有地方性的。社群成员之间都是熟人，熟人群体的形成给予了乡土社会形成一种与机械结构完全不同的有机结构。所谓机械结构，费孝通认为，这个词可以很好地指代西方社会的群体。在西方，人与人之间的合作，或者说共同生活的基础是简单的相互需要，他们是一种单纯的相加关系。但是在中国，熟人社群中除去相互之间的需要，大家还通过血脉和姻亲联系在一起。大家是一种有机的共生关系。

全书的第二部分重点讲解了中国社会的基本结构。分析了由熟人构成的乡土社会与现代社会不同的特征和模式。文字是人类交流和发展的重要工具之一。但是在乡土社会中，由于成员之间相互熟识，语言，尤其是简化了的语言则成了最主要的交流方式。文字存在的重要性被大大降低。面对这种情况，费孝通提出，想要完成中国乡土社会的现代化，提高乡土人群的文化程度，确实应该普及文字。但是，应该怎样普及呢？最重要的工作不仅仅是宣传和教育，还需要足够的耐心。文字的生长力在乡村中被大大地限制了。只有等到限制文字生长的熟人社会基础变得薄弱，文字才能真正地进入乡土人群的生活中。除了熟人居多的特点之外，乡土社会还是一个以差序格局为基础的社会结构。差序格局决定了乡土社会的社会功能在于区分内外和公私。所以，在中国传统中才会出现内外有别、公私分明的特点。费孝通形容这种社会格局就像是将一块石头丢进水中，处在波纹之中的人都是与中心发生关系的人。而每个人又是以自己为中心的。这样一来，便会形成无数波纹相互交叉的网状结构。在我的网中处于核心地位的人，在你的网中可能只处于边缘。大家相互之间的关系网都是各不相同的。这种相互交叉的差序格局具有伸缩性。圈子的大小会随着中心势力的变化而变化。同时，又因为社会关系是从个人出发，私人之间的联系被加强，维系乡土社会的道德便同样具有了私人性。推己及人是中国传统品德，但若总是插手别人的家事总归不是办法，可家丑又不可外扬，为解决纠纷，大家只能求助共同的“家长”，由此便衍生出了长老权力。同样由乡土社会的差序格局延伸出的权力还有同意权力。我们可以将乡土社会简单地理解成“家”的社会。社会中的最低单位是家庭，可以是三口之家，也可以是百人家族。与家人之间，道德上只能注重教化，规范上只能采取礼治，而有了纠纷也提倡“无讼”。

最后，费孝通从欲望和需要的差别上区分了乡土社会和现代社会，在社会规划上，现代社会依靠的是“需要”，因此便会产生“计划”。社会变动的速率越快，人们的需要变化得越快，计划就要随时调整。在一个社会群体中，能够做到这种适时调整的机构只能是国家。在乡土社会中，国家和乡村之间的联系完全跟不上这种变化速度。想要在乡土社会中进行社会规划是非常困难的。所以，在乡土社会中大家依据的是“欲望”，是最表面的现象，对这种现象的总结就是传统。

读完了这本书，或许大家能够明白，在今天的中国，乡村地区城市化是一个必然的结果，曾经的乡土文化也不可避免地要接受外来文明的冲击。

麦家陪你读书（第一辑）

《我想要的人生》

《写给世间所有的迷茫》

《做简单的自己》

《一切都来得及》

荐书人

深蓝蓝　慕　榕　竹　子　momo

文　苑　慧　清　陈不识　妍　诺

无患子　路雨生　三尺晴　琴萧陌

驿路奇奇　竹露滴清响　盐系少女

恪慕容　北　坡　贰　九